비수랑 新무협 판타지 소설

FANTASTIC ORIENTAL HEROES

흑풍비객 1

비수랑 新무협 판타지 소설

초판 1쇄 찍은 날 § 2011년 3월 24일
초판 1쇄 펴낸 날 § 2011년 3월 31일

지은이 § 비수랑
펴낸이 § 서경석

총괄팀장 § 유경화
편집책임 § 주소영
편집 § 박우진 · 어정원

펴낸곳 § 도서출판 청어람
등록번호 § 제1081-1-89호
등록일자 § 1999. 5. 31
어람번호 § 제2-2067호

주소 § 경기도 부천시 원미구 심곡2동 163-2 서경B/D 3F (우) 420-822
전화 § 032-656-4452팩스 § 032-656-4453
http://www.chungeoram.com
E-mail § chungeoram@chungeoram.com

ISBN 978-89-251-2470-4 04810
ISBN 978-89-251-2469-8 (세트)

흑풍비객

FANTASTIC ORIENTAL HEROES

비수랑 新무협 판타지 소설

1

도서출판 청어람

目次

序

내 나이 마흔.

흔히 여자 나이 마흔이면 지나가던 개도 거들떠 보지 않는다고들 하지.

그래, 맞다. 여자 나이 마흔이면 비루해진 화초(花草)다.

향낭을 젖무덤에 품고 지분을 덕지덕지 처발라도 이미 향기 잃은 세월이다.

그러나 나에게도 불꽃같았던 시절이 있었다.

서슬 퍼렇던 무인으로서의 시절, 그 버려놓은 시간 속에서의 만남.

쇠모루 위에서 무혼(武魂)을 불사르던 그 사내.

그 사내…….

누구나 사노라면 잊지 못하는 사람이 있다.

잊었노라 살면서도 죽어도 잊히지 않을 사람이 한 사람쯤은 있게 마련이다.

늦은 아침, 부스스한 얼굴로 일어나 입맛없이 밥알을 잘근잘근 씹다가 명치 아래에서 울컥 눈물이 치밀어 올라 목메게 하는 그런 사람.

몽롱한 달빛이 스며들어 베개 언저리가 촉촉하게 젖어버리는 달빛 푸르른 밤, 나도 모르게 사무치게 외로워져선 문뜩 그려내는 퍼런 기억의 조각들.

이렇다 할 사유도 없이 상심한 어느 날 오후, 돌담 위에 아지랑이처럼 피어오르는 봄볕을 멍하니 바라보다가 불현듯 떠오르며 아련하게 들리는 그 사람의 얼굴과 목소리.

분명히 잊혀야 했을 사소하고 소소한 대화가 가슴에 화인이 된 듯 다시금 되새김질될 때 신물처럼 넘어오는 쓰디쓴 언어들.

그리하여 눈빛은 텅 비고, 입가엔 쓸쓸한 미소가 번질 때.

그래…….

잔혹한 삶을 담담한 발걸음으로 걸어가는 뒷모습.

흔적조차 없는 발자국과 가슴이 저리도록 뭉클했던 체취.

칼 맞은 듯 가슴이 아프던 그 사내의 이름.

그리고,

서늘한 그림자에 묻어 있던 그 사내의 피비린내.

피비린내…….

당신이 이 이야길 흐트러진 모습과 졸린 눈으로 읽든……

콧속이 먹먹하도록 구린내가 나는 뒷간에 쪼그려 앉아 버릇없이 낄낄거리며 읽든……

하릴없는 시간을 허비하기 위해 잡념의 끄트머리에서 눈길이 주마간산처럼 지나치든 말든……

나는 지금부터 한 사내의 질풍노도와 같은 인생을 기억해내고, 그 기억의 파편들을 주워 모아 당신에게 가지런한 이야기로 풀어내려고 한다.

난, 그 사내의 이름조차 몰랐다.

처음엔 그랬다.

사람들은 귀면살수라는 섬뜩한 말과 뜻으로 그 사내를 기억하고 표현했다.

귀면살수(鬼面殺手).

바로 그 사내에 관한 이야기다.

第一章

누구냐?

黑風上客

문풍지로 스며든 겨울바람에 황촉(黃燭)의 불빛은 잔물결처럼 찰랑찰랑 흔들렸다. 눈이 시리도록 어른거리는 촛불의 노란 불빛 아래로 깡마른 노인의 손이 나타나더니 책상 위에 놓인 한 통의 서찰을 집어 들었다.

무림첩(武林牒).

무림첩이라 쓰인 첩지의 겉봉엔 두 마리의 용이 한 자루의 고풍스런 검을 휘감고 있는 낙관(落款)이 큼지막하게 찍혀 있었다.

무림맹주 진추문(晉推文)의 낙관 문양이다.

반듯하게 접힌 첩지를 빼내어 펴니 깔끔한 필체가 사열하는 포졸들처럼 질서정연하게 나열되어 있었다.

찬찬히 첩지를 읽어 내려가던 북관성(北關城) 성주 제갈서림(諸葛瑞臨)의 눈빛은 비릿해지고 입매는 묘한 비웃음이 배어났다.

'흥! 이 영감쟁이가 이제야 똥줄이 타들어가나 보군!'

제갈서림은 하찮아하는 눈길로 무림첩을 마저 훑어 내렸다.

무림맹주 진추문이 무림 동도들에게 배포한 무림첩의 내용은 이러했다.

무림맹주 쌍룡일검(雙龍一劍) 진추문이 면구함을 무릅쓰고 무림 동도들에게 고함.

모년 모월 모일을 기하여 귀면살수(鬼面殺手)가 무림 공적이 되었음을 천명하노니, 무림의 안녕을 근심하는 모든 무림 동도들은 이를 살피어 인식하고 철저히 대비하시길 바라오.

귀면살수는 천서회(天鼠會)로부터 청탁을 받는 전문 살수로서 삼여년 동안 무려 쉰다섯이나 되는 무림 동도의 목숨을 앗아간 바, 이를 보다 못한 무림맹에서 귀면살수를 무림 공적으로 지명함과 동시에 화급을 다투어 추살할 것을 무림 동도들에게 권고하는 바이오.

놈은 귀면살수라는 명호에 걸맞게 악귀의 얼굴을 연상케 하는 반면(半面)의 탈로 얼굴의 반을 숨기고 있소이다. 이러한 까닭으로 놈의 용모파기에 상당한 애로가 있었음을 양지해 주시기 바라오.

지금까지 밝혀진 바론 놈의 나이는 삼십대 초반이나 중반쯤, 닷

척 반이 조금 넘는 작지 않은 키에 어깨가 떡 벌어진 게 허우대가 무척이나 그럴싸하다고 하오.

빛바랜 잿빛 무복에 겉으로 소지한 무기도 없이 적수공권(赤手空拳)으로만 활보하는 것으로 알려졌으나, 실상 놈의 손에 변을 당한 주검들을 확인한 바론 놈이 예리한 단도나 단검, 이와 비슷한 종류의 비수를 품고 있음이 확실시되었소이다.

사문과 내력, 하다못해 놈의 이름 석 자라도 알아내기 위해 무수한 인력과 장구한 시간과 막대한 자금을 쏟아부었으나, 아직 이렇다 할 소득이 없어 심히 유감이오.

만일 관할 지역에서 귀면살수로 의심이 되는 자의 출현이 있을 시엔 가까운 무림맹 지부로 이를 급히 전함과 동시에 놈을 끝까지 추적하여 꼬리를 잡아두시길 바라오.

혹여 놈의 목을 베어 참수한 머리를 들고 오는 자가 있으면 무림맹은 포상금으로 은 삼백 냥을 기본으로 지급할 것이며, 본인이 원한다면 무림맹의 요직까지 준비하고 있음을 미리 밝히는 바이오.

불가피한 사정으로 그럴 형편이 되지 못하여 놈의 위치나 놈에 관해 쓸 만한 정보만을 제공하는 자에게도 본 무림맹은 상당한 액수의 은자를 준비 중임을 첨부해 두겠소.

무림 동도의 평온과 무림의 정의를 위해.

모년 모월 모일 무림맹 옥담정사(玉潭精舍)에서

무림맹주 진추문 배상(拜上).

북관성 성주 제갈서림은 무림맹에서 날아온 무림첩을 책상 위에 가만히 내려놓았다.

힘의 논리만이 지배하는 무림의 세상에서 살수로 업을 삼은 자는 일반인이 생각하는 것보다 의외로 허다했다. 모든 살수들이 귀면살수처럼 엄청난 살행을 하고 다니는 것은 아니었지만 그렇다고 해서 무림 공적으로 몰아붙여 추살할 만한 일은 결코 아니었다.

과거의 기록으로 보더라도 귀면살수보다 더한 살수가 나타난 적이 있었지만, 그런 살수가 무림 공적으로 몰려 처단되었다는 기록은 그 어디에도 없었다.

무림인이 무고한 일반 백성을 과하리만치 무수히 죽였을 때나, 아녀자를 상대로 겁탈과 살인을 밥 먹듯 일삼았을 때나, 금지시한 사악한 술법을 이용해 천인공노할 살생만을 하고 다녔을 때,

그런 이유로 무림공적이 된 자는 있었지만 무인이 무인들을 상대로 살수를 했다는 것만으로 무림 공적으로 몰린 예는 없었다.

적어도 칼밥 인생들이 살아가는 무림의 법칙에선 암묵적으로 용인되었던 살인이고, 또 그것이 살수들의 명예로 작용하던 시대였다.

그런데 무림맹주 진추문이 무림첩을 돌리면서까지 귀면살수를 무림 공적으로 몰아 한시바삐 처단하려고 하는 것은 그럴 만한 속사정이 있기 때문이다.

달포 전에 무림맹 청풍당 당주 이민수가 백주대로에서 피살

을 당했고, 또 보름 전에 무림맹 산하에 있는 신협전장(信協錢莊)의 장주인 천금만도(千金萬刀) 복동주가 자택에서 변사체로 발견되었다.

두 사람은 무림맹과 직접적으로 연관이 있다는 공통점 외에도 한 가지의 공통점이 더 있었다. 그것은 주검의 입에 동일한 엽전이 물려 있었다는 점이다.

주검에 남겨진 엽전 한 닢은 귀면살수가 살수를 감행한 뒤 시체의 입에다가 물려놓는 독특한 표식이었다. 왜 그런 해괴한 표식을 남겨놓았는지 정확한 이유는 밝혀지지 않았다. 그리고 살해당한 두 사람 모두 무림맹주의 최측근이었고, 무림맹에서 서열을 다툴 정도로 상당한 실력자들이었다.

귀면살수는 삼 년 전쯤에 돌연 무림에 나타났다.

하지만 처음부터 귀면살수라는 무림 명호가 모든 무림인에게 공포의 대상이 되었던 것은 아니다.

처음엔 귀면살수에게 피살된 사람 중 열의 아홉은 사파의 무인들이었고, 나머지 하나가 정파인이었다. 그러다가 갑자기 열의 아홉이 정파 무인이 되더니 나머지 하나가 사파 무인인 상황으로 역전되어 버렸다.

사정이 그러하니 그간 강 건너 불구경하듯 모르는 척 손을 놓고 있던 무림맹은 불에 덴 듯 화들짝 놀랄 수밖에 없었고, 귀면살수의 살행에 온 신경이 곧추서는 것이 당연지사가 되었다.

그러나 어쩌랴.

귀면살수의 진면목에 대해 아는 이가 아무도 없는 실정에서 무슨 수로 귀면살수를 잡아내겠는가?

귀면살수를 무림 공적으로 지명하고 무림첩을 돌려대며 온갖 부산을 떨어대는 무림맹의 꼴이 오히려 우스꽝스러운 일이었다.

북관성 성주 제갈서림은 흰 턱수염을 손등으로 쓸어내며 한쪽 눈매를 찌그러뜨렸다.

'굿이나 보고 떡이나 얻어먹을 처지가 아니야.'

귀면살수에게 죽임을 당한 무인들 대부분은 이름과 명호를 대면 웬만한 사람이라면 다 아는 고수들이었다.

그 말을 다시 생각해 본다면 귀면살수는 단순한 살수가 아니라는 말도 된다. 죽임을 당한 무인들의 연관성도 찾아낼 수가 없는 입장에서 귀면살수가 자신 앞에 나타나지 말라는 법은 없다. 그것뿐만이 아니라 민심 또한 이상하리만치 귀면살수를 영웅시하고 있다.

동네 꼬마 녀석들까지 들락거리는 세책점에 귀면살수를 영웅으로 묘사한 잡서가 나타나더니 그것이 규방 여인네들에게까지 인기몰이를 하고 있었다.

세책점은 귀면살수에 관한 허구의 영웅담을 앞다투어 필사하고 그것을 십여 권씩이나 배치해 놓는다고 한다.

북관성의 성주로서 절대 간과할 수 없는 문제였다.

거기까지 생각이 미치자 제갈서림의 얼굴 표정이 구겨졌다. 제갈서림은 책상 위에 놓인 무림첩을 언짢아진 눈길로 흘깃 노려보며 혼잣말을 중얼거렸다.

"미꾸라지 한 마리가 온 웅덩이를 흐려……."

제갈서림이 중얼거림을 마저 다 끝내지도 못한 그때, 을씨년스런 푸른 달빛과 황촉의 노란 촛불이 아우라진 문창호지.

방문 밖에서 어른거리는 짙은 그림자.

제갈서림은 제풀에 흠칫 놀라 소리쳤다.

"바, 밖에… 누, 누구냐?"

*　　*　　*

어슴푸레한 새벽녘 장터.

화톳불의 불길이 두어 장의 높이로 치솟아올라 자지러지듯 작렬하는 소리를 터뜨렸다. 연붉은 불티들은 순식간에 잿빛의 티끌로 변해 바람에 날려갔다.

화톳불을 중심으로 빙 둘러서 있는 사내의 수는 다섯이다. 거기에 중년 사내 하나가 꽁꽁 얼어 있는 두 손을 마주 비비적거리며 화톳불에 끼어들었다.

이제 화톳불의 불길에 모여든 사내의 합은 모두 여섯이었고, 대부분 사십대를 넘긴 중년 사내들이었다.

개중 구레나룻과 턱수염이 텁수룩한 옹기장수 오씨(吳氏)가 뒤를 힐끔힐끔 살피다가 우락부락한 생김새완 다르게 목소리를 잔뜩 움츠려 놓았다.

"여보게들, 간밤에 북관성의 성주가 당했다면서? 자네들,

알고 있나?"

오씨의 말에 뱃집이 넉넉한 삼미주루(三味酒樓)의 주방장인 장씨(張氏)가 잠이 덜 깬 두 눈을 손으로 문지르며 시답잖아하는 반응이다.

"당하다니? 그게 무슨 홍두깨 같은 소리야? 성주께서 자다가 누구에게 똥침이라도 맞았다는 말인가, 아니면 겉 뻰질뻰질하고 속 허접한 놈에게 집문서, 땅문서 다 내어주고 늙은 안방마님 속곳마저 도둑맞았다는 말인가? 응?"

수레꾼 이씨(李氏)가 양 손바닥을 활활 타오르는 불길을 향해 쫙 펴서 불을 쬐더니 너스레를 떨어대는 주방장 장씨를 흘깃 꼬나봤다.

"저런 우라질 놈! 퍼질러 자느라 세상이 어떻게 돌아가는지도 여직 모르고 있나 보군!"

수레꾼 이씨의 면박에 주방장 장씨가 아래턱을 삐쭉 내밀며 불쾌한 표정이다.

"이런, 염병! 내가 모르긴 뭘 몰라?"

"간밤에 성주께서 비명횡사를 당했어."

수레꾼 이씨의 말에 주방장 장씨의 얼굴이 일순 딱딱하게 굳어지고 두 눈은 밖으로 튀어나올 듯 휘둥그레졌다.

"비, 비명횡사? 갑자기 왜? 어제까지만 해도 멀쩡하게……."

"간밤에… 자객이 들었다더라."

"뭐! 자, 자객?"

제일 늦게 화톳불을 쬐러 끼어들었던 푸줏간 공씨(孔氏)가 아직 몸에서 한기가 빠지지 않은 듯 한차례 부르르 몸서리를 치더니 장씨를 향해 어눌한 목소리로 말했다.

"아휴, 추워! 북관성 성주 제갈서림이 입에 엽전 한 푼이 물린 채 죽임을 당했대."

"엽전? 그럼… 그 소문 자자한… 귀면살수?"

그간 조용히 있던 저잣거리 백수건달 추씨(秋氏)가 목구멍에서 걸쭉하게 가래를 돋워내더니 화톳불에다가 거칠게 침을 내뱉었다.

"크아악! 퉤! 안 그래도 밥 빌어먹느라 죽을 맛인데! 이제 살벌해서 저잣거린 다 돌아다녔네그려."

투덜거리던 백수건달 추씨는 수레꾼 이씨 옆에 서 있는 낯선 사내를 힐끔 노려보더니 턱짓을 해 보였다.

"근데 자넨 어디서 굴러먹다 온 개뼈다귀인가?"

이십대 후반이나 삼십대 초반쯤으로 보이는 사내가 무어라 입을 열기도 전에 옆에 서 있던 이씨가 입을 못되게 놀려대는 추씨를 나무랐다.

"예끼, 이 사람아! 초면부터 그게 무슨 실례인가?"

추씨는 여전히 험악한 낯으로 이죽거렸다.

"니미럴! 한참 동생 같아서 묻는 말인데, 실례는 무슨 얼어 죽을!"

추씨의 욕지거리를 무시한 이씨가 개중 제일 젊어 보이는 사내의 등을 툭 쳤다.

"너무 기분 나쁘게 여기진 말게나. 저 사람이 원래 저래. 그리고 옷깃만 스쳐도 인연인데… 서로 인사들 나누지?"

타지에서 굴러들어 온 사내의 행색은 누렇게 변색한 평상복이 무척 남루했으나 풍채만은 흐트러짐없이 단정해 보였다. 또한 검게 그을린 얼굴에 이목구비가 뚜렷하며 반듯했다.

특히 사내의 눈동자는 영특한 아이처럼 무척 크고 해맑았으며 빛이 났다.

"와촌(蛙村)에서 살던 한갑수(韓甲首)라고 합니다. 이씨 형님께 며칠 신세를 지게 되었습니다. 잘 부탁드립니다."

추씨가 두 눈을 어그러뜨리며 아는 척을 했다.

"와촌? 와촌이라면 여기서 꽤 먼 곳인데? 뭘 주워 먹으려고 여기까지 굴러들어 왔어?"

"고향 땅으로 돌아가려면 아직 잿길을 다섯 개나 넘어야 하는데, 엄동설한에 노잣돈이 시원찮아 며칠 이씨 형님을 도와가며 여비를 넉넉하게 준비할 요량으로……."

추씨가 주절주절 읊어대는 젊은 사내의 말을 싹둑 잘라먹고 끼어들었다.

"됐고! 어디 갔다가 오는 길인데?"

"광서지부에서 야간경비병을 모집한다기에 갔다가……."

백수건달 추씨가 또 얄밉게 톡 끼어들며 빈정거렸다.

"멀끔하게 생긴 사람이 개나 소나 다 붙는다는 야간경비병 자리도 못 꿰차고 보기 좋게 떨어졌군그래? 그러니 빈털터리로 귀향해야 했고! 맞나?"

한갑수는 민망한 구석 하나 내비치지 않고 당당하게 대답했다.

"예, 떨어졌습니다."

"얼씨구! 자랑이다, 이놈아! 근데, 허우대도 좋아 보이는데 왜 똑 떨어졌지? 불알 두 쪽 가진 건강한 사내라면 다 채용하는 자리가 야간경비병인데, 생가지의 생감 떨어지듯 똑 떨어졌다니 이상하지 않은가? 혹시 불알 두 쪽마저 없었던 게야? 앙?"

"면접관이 자꾸 깝죽거리기에 한 방 패버렸습니다. 면접관의 얼굴에 바로 쌍코피가……."

백수건달 추씨는 어이없어 웃음부터 뿜어냈다.

"푸핫! 뭐, 뭐라? 코피가 나도록 면접관을 팼어? 도대체… 왜?"

"새끼가 자꾸 야간 경비를 하겠다는데 주간 경비로 가라고 하잖습니까. 그래서 서로 버티다가 참지 못하고 패버렸습니다."

"오호라! 그러셨어요? 그나저나 이런 정신머리 사나운 놈을 봤나? 야간 경비보단 주간 경비가 훨씬 좋고 편한데 왜 그것을 마다해? 야, 인마! 너 혹시 살짝 맛이 갔냐?"

예의라곤 눈곱만치도 없이 험악한 말로 빈정거리는 추씨의 타박에도 한갑수는 한 치의 면구스러움도 없이 반죽이 좋은 얼굴로 그럴 수밖에 없었던 자신의 사유를 당당하게 밝혔다.

"저는 밤에 일을 하고 낮엔 꼭 자야 합니다. 즉, 야행성이다 이 말씀입니다."

"야, 야행성?"

"예, 야행성."

백수건달 추씨는 한갑수의 강단진 대답이 황당하여 잠시 할 말을 잃어버렸다. 그 틈새를 이용해서 수레꾼 이씨가 끼어들었다.

"그래서 내가 갑수라는 이 젊은 친구에게 부탁을 했지. 낮에는 내가 수레를 끌고 이 친군 밤에 수레를 끌고. 누이 좋고 매부 좋고, 뭐 그런 것이지! 지금 관아며 북관성이며 이리저리 옮겨다가 하역해야 할 물량이 넘쳐서 말이야. 메뚜기도 한철인데 이번 대목을 잘 잡아야지! 안 그래?"

남 잘되는 걸 보면 늘 아랫배가 사르르 아프다는 옹기장수 오씨가 볼멘소리로 물었다.

"그럼 저 친군 왜 새벽부터 나와 있어? 곧 동이 틀 텐데!"

수레꾼 이씨가 빙그레 웃었다.

"이제 막 교대했잖은가. 밤새 언 몸이라도 좀 녹이고 들어가 쉬어야지. 안 그래?"

그때, 푸줏간 공씨의 손가락이 으스름한 길모퉁이 쪽을 가리켜 보였다.

"저 여잔 뭐야? 아까부터 우리 쪽을 힐끔거리는데?"

모든 사내의 시선이 공씨가 가리켜 보인 길모퉁이 쪽으로 향했다.

많이 되어봐야 방년을 갓 넘겼을 나이.

스물서넛쯤.

단정한 옷차림에 어깨너머로 괴나리봇짐이 걸쳐져 있었다.

이른 새벽 괴나리봇짐을 하고 길바닥에 나와 있다는 말은 말썽 피우다가 가출한 여염집의 처자거나, 아니면 시집살이 못 견디고 도망 나온 새색시일 가능성이 높다.

처녀의 어깨너머에 걸린 괴나리봇짐을 확인한 백수건달 추씨의 눈빛이 대번 먹잇감을 확인한 날짐승처럼 빛을 발했다.

"저년은 또 어디서 굴러들어 왔지?"

짐짓 궁금증을 드러내던 추씨가 한갑수를 향해 시선을 돌렸다. 그러곤,

"야, 개뼈다귀!"

가당치도 않은 호칭이었음에도 한갑수는 자신을 지칭한 말임을 잘도 알아먹고 대답했다.

"예, 형님!"

백수건달 추씨는 형님이란 호칭까지 듣게 되자 의기양양해져선 턱짓을 해 보였다.

"추운 새벽이라 걱정이 돼서 그래. 너 가서 저 애 좀 데리고 와봐. 와서 몸이라도 좀 녹이라고 그래."

한갑수의 대답은 재발랐다.

"예, 형님!"

반듯하고 힘찬 대답을 끝으로 한갑수는 화톳불에서 등을 돌리고 길모퉁이 쪽으로 달려갔다.

한갑수가 달려가자 길모퉁이 처마 아래에 쪼그리고 앉아 있던 젊은 처자는 자신을 향해 한갑수가 달려오고 있다는 사실

을 눈치채곤 겁을 집어먹었는지 슬며시 시선을 외면해 버렸다.

한갑수가 젊은 처자 앞에 서선 무뚝뚝한 말투를 툭 내뱉었다.

"이봐, 아가씨! 우리 형님이 좀 오래!"

젊은 처자는 가는귀가 먹었는지 일언반구의 대답도 없다.

한갑수가 한결 눅눅해진 목소리로 다시 입을 뗐다.

"와서 화톳불에 몸이라도 좀 녹이래."

젊은 처자는 그제야 못 이기는 척 한갑수를 향해 천천히 고개를 들어 올렸다.

"누구신데요?"

한갑수는 젊은 처자의 얼굴을 확인하곤 흠칫했다.

예쁘다.

한마디로 표하자면, 표할 길이 없다.

화폭 속에 그려놓은 듯이 완벽하게 예쁜 것이 아니라 그냥 예쁘다.

홀린 듯 마냥 예쁜 것이 아니라 낯익은 듯 묘하게 예쁘다.

눈동자는 유달리 까맣고 컸다. 있는 듯 없는 듯 그어진 속쌍꺼풀엔 찰진 윤기가 좌르르 흘렀다. 얼굴 윤곽은 물 흐르는 듯 부드럽게 선을 이루면서도 또렷했다. 콧날은 높지도 낮지도 않으며, 콧방울은 영글어놓은 듯 앙증맞아 보였다.

특히 선홍빛의 핏물이 다 드러나 보이는 연붉은 입술은 사람의 혼백을 빨아먹을 듯했다.

대개 집 나온 여자들이란 아무리 깔끔하게 꾸며도 어딘가 모르게 한구석이 흐트러져 있게 마련인데, 젊은 처자의 옷매무새는 매우 정갈하고 단정했다.

빗어 넘겨 깔끔하게 쪽진 머리며 빳빳한 옷깃이며…….

가출한 여자가 아니라 금방 외출을 나온 여염집의 작은아씨 정도로밖엔 여겨지지 않았다.

한갑수가 젊은 처자의 얼굴에 눈을 박아놓고 멍하게 있자, 젊은 처자는 의아한 듯이 고개를 갸웃거리며 했던 말을 다시 되뇌었다.

"누구신데요?"

재차 이어진 질문에 한갑수의 입은 무심코 툭 터졌다.

"한갑수."

젊은 처자는 어이가 없었다.

통성명하자는 것이 아니라, 뭐 하는 사람들인데 다짜고짜 호의를 베풀겠다고 달려왔냐는 그런 의중에서 비롯된 수상쩍은 물음이었다.

그런데 이름 석 자만 달랑 밝힌다.

"아니, 그게 아니라……."

무어라 반박하려던 젊은 처자는 갑자기 새치름한 표정이 되어선 입을 굳게 닫아버렸다.

하긴 딱히 반박할 말도 없었다.

누구냐는 물음에 이름이든 신분이든 우선 밝히는 게 정답일 수도 있다. 그렇게 제풀에 입을 닫아버린 젊은 처자를 향해 한갑수가 현답을 주었다.

"나쁜 사람은 아니니 같이 불 쬐러 가지?"

나쁜 사람은 아니란다. 사실 처자는 그게 궁금했다. 그리고 언 몸과 마음이 진즉부터 화톳불로 향해 있었다. 그래서 급히 굳은 낯빛을 펴며 일어서려고 했다. 그러다가 무슨 생각에서인지 젊은 처자는 다시 낯빛을 상심한 듯 딱딱하게 변색시켜 놓았다.

"이봐요! 그런데 왜 말끝마다 반말이세요?"

한갑수는 젊은 처자의 뾰족한 목소리를 전혀 예상하지 못해서 그런지 당황스러워했다. 당황스런 마음에 한갑수는 뻔뻔스런 대꾸를 했다.

"왜? 반말이 어때서? 집에 가면 너만 한 딸자식이 있는데……."

젊은 처자는 한갑수의 얼굴을 매서운 눈길로 째려봤다.

아무리 많이 되어봐야 서른 안팎의 나이로밖엔 보이지 않았다. 그러니 기가 막힐 노릇이다.

"어머! 연세가 어떻게 되시는데 저 같은 딸자식이 다 있대요?"

"달걀 꾸러미로 엮어놓으면 딱 세 꾸러미가 나오지!"

한 꾸러미에 달걀이 열 개씩 엮어지니 세 꾸러미면 딱 서른 살이라는 계산이 나온다. 젊은 처자의 나이가 스물하고 넷이다. 계산상으론 자신만 한 딸을 낳으려면 적어도 여섯 살 때 애를 낳아야 한다.

그게 말이 돼? 그래, 절대 말이 안 되는 소리다.

그런데도 젊은 처자는 배시시 웃는 얼굴로 일어섰다.

"가요."

젊은 처자가 청아한 목소리로 일어서자 한갑수는 임무를 완수하고 돌아가는 개선장군처럼 기세등등하게 어깨에 힘을 잔뜩 넣고 돌아섰다.

젊은 처자는 무식하리만치 엉뚱한 사내와 아옹다옹 말싸움을 하는 것보다 당장 화톳불이 절실했다.

그래서 되도 않은 말싸움은 피하기로 작정했다.

한갑수와 어깨를 나란히 하며 두세 걸음 걷던 젊은 처자가 갑자기 한갑수 쪽으로 몸을 빠르게 돌리면서 물었다.

젊은 처자의 옷깃에서 미세한 바람도 일었다.

"정말 처자식이 있어요?"

순간, 한갑수는 발길이 돌부리에라도 걸린 듯 앞으로 꼬꾸라져 버렸다.

"어이쿠!"

땅바닥에 철퍼덕 꼬꾸라진 한갑수는 후다닥 일어나선 제일 먼저 백수건달 추씨의 눈치부터 살폈다.

추씨의 눈빛은 한갑수가 걱정한 그대로였다.

'저런, 멍청하고 한심한 놈!'

한갑수는 민망한 얼굴로 바지에 묻은 흙먼지를 툴툴 털어내곤 뒤통수를 긁적거렸다.

"처자식? 있지, 고향에."

뒤늦은 대답을 들은 젊은 처자의 입가에 묘한 미소가 번졌다.

사실 젊은 처자는 한갑수를 향해 빠르게 몸을 돌리면서 그의 발걸음을 한쪽 발로 슬쩍 방해했었다.

무인이 아니라면 도저히 흉내조차 낼 수 없는 그런 민첩함이었다. 그러한 사실을 모르는 한갑수는 젊은 처자의 갑작스런 질문에 정신이 잠시 빼앗겨서 자신의 발이 꼬여 넘어진 줄로만 알고 있었다.

그것은 한갑수의 엉뚱한 거짓부렁에 대한 젊은 처자의 소심한 복수였다. 그리고 젊은 처자는 한갑수 슬하에 여우같은 아내와 토끼 같은 자식이 있든 없든 그따윈 애초에 궁금하지도 않았다.

한갑수와 젊은 처자가 화톳불 가에 와서 나란히 서자 다섯 중년인의 표정은 무슨 신기한 물건을 대하듯 젊은 처자의 얼굴에서 시선을 떼지 못했다.

월국(越國)의 서시(西施)가 저보다 더 아름다울까나?

본디부터 선녀처럼 예쁘장한 처자의 얼굴이 화톳불의 붉은 기운까지 고스란히 담아내니 노을 진 처자의 얼굴에 요사스런 귀기까지 배어나며 미색이 형형할 수 없을 만큼 황홀하도록 아름다워졌다.

자고로 여자의 미색이란 달빛과 불빛 아래에서 판단하면 안 될 일이다. 오로지 태양의 진실 아래에서만 확인해야 한다.

어쨌든,

그렇게 화톳불 가의 사람들은 일각의 시간을 넘기면서까지 입이 처음부터 없었던 사람들처럼 젊은 처자의 미색에 흠뻑 빠져 침묵했다.

그러한 상황을 아는지 모르는지 젊은 처자가 뒤늦게 인사치레 삼아 입을 뗐다.

"겨울 새벽바람이 꽤 야멸치네요."

그제야 백수건달 추씨가 신 것이라도 입에 넣은 듯 입안에 한가득 고인 침을 꿀꺽 삼키곤 말문을 텄다.

"젊은 아가씨 홀로 이른 새벽부터 장터엔 웬일이오?"

"아! 사람을 좀 찾는 중이에요. 이곳에서 기다리면 찾을 수도 있을 것 같아서요."

백수건달 추씨의 입은 젊은 처자가 말을 끝내기를 기다리고 있었던 사람처럼 곧바로 다음 질문을 던졌다.

"누굴?"

젊은 처자는 배시시 고운 눈웃음을 내비쳤다. 그러나 입에서 나온 말은 간략하고 차가웠다.

"그냥, 있어요."

젊은 처자의 반응이 그러하니 무언가 엉겨 붙을 속셈이었던 추씨는 바짝 애가 탔다.

"사람 찾는 일이라면 내가 이 바닥에선 선수 축에 드는데, 말해보시오. 내가 후딱 찾아드리리다."

하지만 젊은 처자의 냉랭한 반응은 변하지 않았다.

"아뇨. 됐어요."

보기 좋게 퇴짜를 맞은 추씨를 조롱조로 쳐다보던 주방장 장씨가 젊은 처자에게 넌지시 말을 붙였다.

"아가씨, 실례지만 어디에서 묵고 있습니까?"

젊은 처자는 고갤 잘래잘래 가로저었다.

"없어요."

"없어요?"

"밤을 꼬박 새우며 오느라 아직……."

옳거니 싶어진 주방장 장씨의 입이 옆으로 길게 째졌다.

"아가씨, 저랑 갑시다. 따뜻한 방과 뜨거운 요리로 대접하겠습니다."

젊은 처자의 눈길이 주방장 장씨에게로 향했다.

"너무 이른 시간이라 문을 연 주루나 객잔이 아직 없던데……?"

장씨가 목을 젖혀가며 웃었다.

"하하하! 그런 염려는 안 하셔도 됩니다. 내가 저쪽 삼미주루의……."

장씨는 삼미주루의 주방장임을 은근슬쩍 숨기곤 자신이 마치 삼미주루의 주인장인 척 굴어댔다.

"시답잖은 불길에 몸을 녹여봐야 잠시뿐, 자고로 뜨거운 것이 몸속에 들어가야……. 아가씨, 우리 주루로 당장 갑시다. 이 장 모가 특별히 아가씰 모시겠습니다!"

그렇지 않아도 이른 새벽녘이라 묵을 곳이 적당치 않았던 젊은 처자는 대번에 반색했다.

"어머머! 그래도 되겠어요? 이곳 분들은 인심도 참 좋으시네요."

그렇게 입에 발린 칭찬과 함께 젊은 처자는 장씨를 따라나섰다. 장씨는 젊은 처자를 삼미주루 쪽으로 데리고 가며 백수건달 추씨를 향해 혀를 한번 날름거려 약을 올려놓곤 등을 보였다.

닭 쫓던 개 지붕만 쳐다보게 된 추씨가 괜히 심술이 나서 애먼 한갑수에게 역정이다.

"야, 인마! 너 야행성이라며! 훤하게 날이 밝아오는데 자러 안 갈 거야!"

한갑수는 괜한 불똥이 자신에게로 튀어오자 이씨를 향해 꾸벅 인사를 하고 화톳불에서 사라졌다.

화톳불 가의 분위기는 사뭇 험악해졌다.

그것이 번거롭고 껄끄러워진 옹기장수 오씨도, 수레꾼 이씨도, 푸줏간 공씨도, 독이 잔뜩 올라 씩씩대는 백수건달 추씨의 눈치를 슬금슬금 살피며 화톳불에서 하나둘 등을 졌다.

꽈당!

백수건달 추씨는 젊은 처자가 내지른 발길질에 가슴팍이 걷어차여 저만치 나가떨어졌다.

"으, 윽!"

아랫도리에 치민 욕심을 기어이 참지 못하고 젊은 처자의 객실에 칼을 들고 뛰어든 추씨는 침상에 곤하게 잠이 든 젊은 처자를 완력으로 덮쳐 빳빳하게 치민 욕심을 풀어내려다가 되레 낭패를 당했다.

백수건달 추씨는 저잣거리에서 뼈가 굵은 왈패답게 벌떡 일어나 손에 들린 식칼을 젊은 처자를 향해 겨누었다.

"이런, 썅!"

하지만 짤따란 욕지거리는 곧바로 비명이 되고 말았다.

젊은 처자의 두 발이 날카로운 바람을 일으키며 섬전같이 빠르게 궤적을 그려놓았다.

빠, 빡!

손에 들린 식칼은 저만치 날아가 떨어지고, 추씨의 턱주가리는 처자의 발에 격하게 돌아가 버렸다.

"컥!"

너덜너덜하게 터진 입술에서 피가 철철 흐르자 추씨는 그제야 엉덩이를 뭉그적거리며 물러나더니 당혹한 목소리로 물었다.

"아, 아가씬 도, 도대체 누구요? 저, 정체가 뭐, 뭐요?"

젊은 처자의 연붉은 입술이 미묘하게 일그러지며 청아한 목소리를 자아냈다.

"그게 궁금해? 난, 누굴 좀 찾으러 온 사람이지!"

"누… 굴?"

젊은 처자의 입술에서 하얀 숨결과 함께 야릇한 속삭임이 새어 나왔다.

"귀면살수."

* * *

삼거리 주막의 골방은 하루 걸러 한 번씩 투전판이 벌어지는 장소다. 그리고 투전판이 벌어지는 골방은 저잣거리 백수건달 추씨의 거처이기도 했다.

벽을 보고 모로 돌아누운 추씨가 입안에 무언가를 물고 있는 사람처럼 어둔한 목소리를 흘려냈다.

"아침나절인데 왜 왔어?"

모로 돌아누운 추씨의 등짝을 보고 앉은 사내는 한갑수다.

"형님, 어쩌다가 그 지경까지……?"

추씨의 목소리는 죽도 못 얻어먹은 사람처럼 기운이 없었다.

"쪽팔리니깐 묻지 마라."

한갑수는 작은 소쿠리를 슬그머니 앞으로 내밀었다.

"많이 편찮으시다기에 챙겨 왔습니다. 일어나서 좀 드시고 얼른 기운 차리세요, 형님."

추씨는 여전히 벽을 보고 돌아누워 귀찮다는 투로 물었다.

"뭔데?"

"예, 일 마치고 오는 길에 푸줏간 공씨한테 들렀다가 형님 소식에 돼지고기 반 근을 잘랐습니다."

"그래서?"

"예, 돼지고길 들고 주방장 장씨에게 맛나게 요리 좀 해달라고 부탁해서 가지고 왔습죠. 드시고 기운부터 차리세요."

추씨는 옴짝달싹도 하지 않은 채 신음이다.

"으, 으음! 너 지금 나 놀리러 왔냐?"

한갑수는 두 눈을 동그랗게 치켜뜨고 놀라는 시늉이다.

"놀리다니요? 그게 무슨……?"

백수건달 추씨가 벽을 보고 모로 누워 있던 몸을 마지못해 돌려 눕혔다.

"야, 이 새끼야! 내 꼴이 지금 이 모양인데 고기 씹을 형편이냐? 어제저녁부터 미음 한 모금 삼키질 못하고 있어! 너 지금 나 약 올리려 왔냐?"

추씨의 얼굴은 묵사발이 되어 있었다.

한갑수는 놀라 소리쳤다.

"형님, 어떤 놈에게서 어떻게 봉변을 당하셨기에 이 모양이……."

추씨는 한숨과 함께 살짝 흐느끼기까지 했다.

"후우! 놈이 아니라 년이다. 우라질 년!"

"예에? 계집년에게 형님의 주둥아리가 죽사발이 났다는 말씀이십니까? 에이, 설마요?"

추씨는 심정이 참혹해졌던지 두 눈을 지그시 감곤 어금니를 맞물어 신음이다.

"으, 음, 음!"

"계집이라면 혹시… 예쁘장하던 그……?"

한갑수의 물음에 추씨는 지그시 눈을 감은 채 끙끙 앓았다.

"으으으! 왜 아니겠냐! 바로 그 계집년이 날 이 꼴로……."

"그 멀끔하게 생긴 년이 베풀어준 은혜도 모르고 왜 형님에게 이런 몹쓸 짓을 했답니까? 그리고 그년이 팬다고 그냥 맞고 있었습니까? 어이구! 형님도 참 속도 좋으십니다그려! 나 같았으면 그년의 아가리와 가랑이를 그냥 쫙!"

한갑수가 거들고 나서자 추씨는 감았던 눈을 번쩍 뜨곤 이를 빠드득 갈아댔다.

"으으, 흐! 재수가 없으려니 원! 망신도 이런 개망신이 없어. 내 말 좀 들어봐, 아우!"

"예, 형님!"

"내가 그 계집이 객지에서 잘 지내고 있는지, 혹시 불편한 점은 없는지 한번 슬쩍 들여다봤거든. 가보니 피곤했던지 곤하게 자고 있더라 이 말씀이야. 그래서 고뿔이라도 걸릴까 봐 아랫배까지 내려온 이불을 잘 챙겨 덮어주려고 하는데……."

한갑수는 음담패설을 기대하고 있는 사람처럼 괜히 마른침을 꼴깍 삼키며 보챘다.

"덮어주려고 하는데… 그런데요?"

"그 망할 년이 무슨 꿍꿍이속셈으로 그랬는지는 몰라도 자는 척을 하다가 갑자기 벌떡 일어나 대뜸 머리로 내 얼굴을 쾅……!"

"저런! 저런!"

"그래서 내가 물었지. 아가씨, 내게 왜 이러시나? 난 아가씨에게 이불을 챙겨주려고 했을 뿐이다. 무슨 오해가 있나 본데

진정하고 내 말부터 좀 들어보시라."

"그랬더니 뭐라고 하던가요?"

"다짜고짜 자기를 겁간하려고 했다는 둥 말도 되지 않는 소릴 지껄이면서 또 돌대가리 같은 대갈빡으로 내 얼굴을 다시 꽝!"

한갑수는 마치 자신의 얼굴이 참변을 당한 듯 오만상을 쓰며 낮은 비명을 토해냈다.

"어이쿠!"

추씨는 다시 두 눈을 지그시 감으며 밑도 끝도 없는 신세타령이다.

"자고로 검은 머리의 짐승은 거두는 게 아니랬다. 젊은 여자가 객고나 겪지 않을까 하는 노파심에 괜히 오지랖 넓은 척하다가 이 모양 이 꼴이라네."

"그나저나 그 성질머리 고약한 계집은 도대체 뭐 하는 년이랍디까?"

그런 궁금증을 가질 줄 알았고, 그 궁금증을 드러내기를 이제나저제나 하며 기다리고 있었던 사람처럼 한갑수의 물음이 떨어지기가 무섭게 추씨는 두 눈을 번쩍 떴다.

"기가 막혀서!"

"왜요?"

"그년이 나더러 뭐라는 줄 아냐?"

"뭐라던데요?"

"내가 하도 황당하고 기가 막혀서 물어봤지! 도대체 아가씨의 정체는 뭐냐고 물었더니……."

한갑수의 눈에 이채가 스치고 지나갔다.

"물었더니요?"

"귀면살수를 잡으러 왔다는 거야! 어이구, 나 원 참!"

한갑수의 두 눈이 놀라 휘둥그레졌다.

"귀, 귀면살수요? 귀면살수는 왜요?"

"빤하지, 뭐! 귀면살수의 목에 은자가 자그마치 삼백 냥이 걸려 있으니 철딱서니없는 년이 하룻강아지 범 무서운 줄도 모르고 천둥벌거숭이처럼 나대는 거지, 뭐!"

"그만한 실력은 있던가요?"

"실력은 무슨 개뿔!"

"그래도 형님을 이 지경으로까지 만들어놓은 걸로 봐선 여간내기는 아닌 걸로 보이는데요?"

한갑수의 말에 백수건달 추씨는 쪽이 팔려서인지 슬며시 다시 눈을 감아버렸다.

"내가 그 계집년을 막둥이처럼 여기지만 않았다면 호락호락 맞았겠어? 내가 보기보단 마음이 좀 여려……."

"……!"

"내 자랑 같다마는… 사실 웬만한 무인 한둘 정도는 맨주먹만으로도 거뜬히 때려눕히지! 암! 장돌뱅이로 잔뼈가 굵은 추모가 아닌가! 이 바닥도 만만치가 않아! 저잣거리에 나가서 이 추 모가 어떤 놈인지 한번 알아봐! 그런데 난 다른 건 몰라도 여자는 못 패! 계집이 이악스런 앙탈에다가 억척스럽게 앙살까지 피워대면 차라니 그냥 한 대 맞아주는 편이지! 그게 속이 편해! 사내새끼가 좀 못났으면 여자나 들고패겠어? 남들은 속사정도 모르고 나더러 백수건달이라고들 하지만 이래 봬도 명색이 사내대장부야! 안 그래?"

"……."

"……?"

"쩝쩝, 냠냠!"

불편한 입으로 장구하게 자기변명을 늘어놓았으나 이러쿵저러쿵 반응은 없고 맛나게 씹어대는 소리만 귀에 들리자 은근히 불쾌해진 추씨는 슬며시 실눈을 뜨고 한갑수의 동태를 살폈다.

소쿠리에 챙겨온 돼지고기절임을 맛나게 씹어대고 있는 한갑수다.

추씨의 눈매가 사납게 일그러졌다.

"야, 이 새끼야! 너 지금 뭐 처먹어?"

한갑수는 입으론 우걱우걱 씹어대고 손으론 소쿠리 속에 담긴 고깃점을 바쁘게 뜯어내며 어둔한 대꾸다.

"고기요."

"분위기 파악 못하고 고기를 왜 여기서 처먹어?"

"형님이 못 드신다니 저라도 먹어치우려고……."

어이가 없어진 추씨가 실눈을 뜨고 으르렁거렸다.

"너, 야행성이라며? 자러 안 가냐?"

"가서 자야죠. 이것만 먹고요."

"좋은 말로 할 때 빨리 가서 자라!"

"예, 예! 마저 먹고요."

"어서 꺼지라니까!"

"…예."

한갑수는 넉살도 좋게 꼬박꼬박 대답만 하곤 먹는 것에만 계속 열중이다. 추씨의 배에선 꼬르륵 소리가 나고 입에선 참다못한 욕지거리가 폭발했다.

"꺼져! 새끼야!"

고함 소리와 함께 추씨의 손이 돼지고기절임이 들어 있는 소쿠리를 낚아채 들어 올렸다.

한갑수의 반응은 대단히 빨랐다.

소쿠리가 추씨의 손에 들려지자마자 한갑수는 몸을 벌떡 일으켜 세우고 문밖으로 쏜살처럼 뛰어나가 쾅 하고 문을 닫아 버렸다.

주막 골방의 미닫이 문짝에 소쿠리가 날아가 부서졌다.

빠그작!

애먼 소쿠리를 집어 던져 박살을 내고도 분이 풀리지 않은 추씨가 어금니를 악물고 씩씩거렸다.

"시벌새끼가……!"

그때, 문밖에서 들리는 한갑수의 목소리.

"형님! 몸 보중하십시오!"

형님이라 챙기며 깍듯이 인사를 하는 한갑수의 태도가 그래도 밉지는 않았던지 추씨는 구긴 낯을 슬며시 펴며 피식 헛웃음을 지었다.

"허, 허! 그놈 참!"

그러다가 추씨는 무슨 생각에서인지 닫힌 미닫이 문짝 쪽으로 다시 시선을 날려 매섭게 꽂았다.

어리바리한 한갑수가 갑자기 수상쩍어진 것이다.

"근데 저 새끼 저거, 도대체 뭐 하는 새끼야?"

第二章

솜씨가 귀신이야

黑風上客

"원한을 살 만한 일이라도 있었습니까?"

무림맹에서 조사 차 찾아온 추의당(推義堂) 당주의 물음에 제갈화평은 슬며시 입매를 일그러뜨렸다.

"이보시오, 당주! 무림의 생태를 모르시고 묻는 말씀이시오? 칼밥 먹고사는 무림인치고 한두 가지 정도 은원없는 사람이 어디 있답디까?"

추의당은 무림맹 산하에 있는 수사기관이다. 그곳의 당주인 천리추운(千里追雲) 민철(閔哲)은 겸연쩍은 표정을 지어 보였다.

"너무 고깝게 여기지 마십시오. 상중(喪中)임을 알면서도 이렇듯 부라부라 달려와 무례를 저지르는 것은 워낙 화급을 다투는 사건이라 그렇습니다. 놈이 남긴 엽전으로 보건대, 자객의 정체는 분명 귀면살수입니다. 아시다시피 귀면살수는 청부살인을 하는 전문 살수이고요. 그렇다면 누군가에게서 청부를 받았다는 말이 됩니다. 그러니 사건의 성격상 원한관계를 캘 수밖에 없는 입장입니다."

민철의 설명을 들은 북관성 성주의 장남 제갈화평은 얼굴에 드리운 불쾌함을 지우지 않은 채 뚱한 소리다.

"그래서요?"

"관아로 사건이 넘어가는 것보단 우리 쪽이 훨씬 편하지 않습니까?"

민철의 뼈있는 반문에 제갈화평은 언짢음을 슬며시 누그러뜨리고 고개를 주억거렸다.

"그렇긴 하지요."

제갈화평의 수긍에 민철은 준비해 둔 질문을 던졌다.

"심중에 가장 먼저 떠오르는 사람이 누굽니까?"

제갈화평은 곤혹스런 표정으로 식탁 위에 놓인 찻잔에다가 손을 댔다. 미지근하게 식어 있는 찻잔이다.

"내 입으로 직접 말하기가 좀 그런데……."

민철이 뭉그적거리는 제갈화평의 말뜻을 알아차렸다.

"심려치 마십시오. 이곳에서 나온 이야긴 철저하게 비밀에 부쳐질 것입니다."

그제야 안심이 되었던지 낯을 살짝 편 제갈화평은 찻잔을 입술로 가져갔다. 미지근하던 찻잔에 비해 입안으로 스미듯 고인 차는 제법 따끈했다.

제갈화평은 조용히 차를 삼키곤 입을 열었다.

"진평무관(陳平武館)의 관장인 송재우, 그리고 하서세가(河西世家)의 방소창, 관동전장(關東錢莊)의 전장 주인인 마보웅과 홍롱기루(紅弄妓樓)의 행수기녀(行首妓女), 또……."

제갈화평의 입에서 거론된 용의선상의 인물이 열을 넘어가기 시작하자, 추의당 당주 민철의 안색은 차츰 어두워졌다.

제갈화평의 입에서 열댓 번째 용의자가 거론될 즈음 민철은 참다못해 손사래를 치며 제갈화평의 입을 가로막았다.

"그만, 그만! 됐습니다."

제갈화평은 검지손톱으로 이마를 긁적거리며 민망한 웃음을 지었다.

"허허허! 굳이 변명을 하지 않아도 잘 아시지 않습니까? 이만한 권력을 누리고 살려면 어쩔 수 없이 누구를 짓밟아야 하고, 또 때론 해쳐야 합니다. 일이 이렇게 되어 면목이 없긴 하지만, 수사를 위해 선친의 과거를 캐다 보면 구린 구석이 의외로 좀 많을 겁니다. 그 점을 미리 참작하시고……."

무림의 생리적 특성을 감안해서 한두 가지 원한쯤은 있을 것이라고 짐작하고 왔지만, 이건 많아도 너무나 많다.

아연실색한 민철은 난감한 시선을 차마 마주할 수가 없어서 눈길을 집무실 한구석에 처박아 넣었다. 그렇게 외면한 채 준비된 말을 끄집어냈다.

"선대인의 시신에서 확인된 외상으로 봐선 귀면살수로 추정되는 자객은 예리한 단검이나 단도와 유사한 종류의 무기를 사용했습니다."

"그렇더군요."

성주의 집무실 한구석에 머물던 민철의 시선이 다시 식탁 위로 돌아왔다.

"제일 먼저 베인 곳은 울대였습니다. 그래서 단말마의 비명도 주위에선 들을 수가 없었고요."

제갈화평은 등받이의자에 기대어 눈을 지그시 감고 침음을 흘렸다.

"으, 음!"

"두 번째 상흔은 양 손목입니다. 선대인께선 본능적으로 검을 챙기려고 했을 것이고, 그때 오른 손목이 베였습니다. 검을 잡는 것마저 여의치 않아진 선대인의 왼손이 자객에게로 향했습니다. 그래서 왼쪽 손목마저 베였습니다."

민철의 추론이 제갈화평의 머릿속에 그림처럼 그려졌고, 민철은 현장의 목격자처럼 다음 장면을 제갈화평의 머릿속에다가 고대로 옮겨놓았다.

"선대인께선 몸을 빼며 선축(旋蹴)을 시도했습니다. 하지만 오른 발목 뒤쪽에도 자상이, 그리고 마지막으로 심장입니다. 아! 심장은 숨이 끊어진 직후에 찔렸습니다. 심장에서 분수된 핏물이 천장까지 솟았으니까요. 음! 일종의 확인 사살 차원이라고 봅니다. 모든 것이 찰나지간에 이루어졌죠."

"으으, 음!"

"선대인께서 연로하셔서 기력이 많이 쇠한 분이라지만, 그래도 한땐, 아! 물론 아주 젊었을 적의 일이지만, 하여튼! 승룡십걸(乘龍十傑)에 들었던 적도 있을 만큼 자타가 공인한 고수였음은 분명한 사실입니다. 무림십대고수의 반열이나 선사무인첩(先師武人牒)에 기명이 된 고수는 못 됐지만, 그래도 북관성의 성주로 지내시던 원로무인이십니다. 그렇지 않습니까?"

민철의 물음에 제갈화평은 감았던 눈을 떴다.

"저도 너무나 어이가 없습니다."

"선대인께선 이렇다 할 항거의 흔적도 없이 놈에게 너무 쉽게 당했습니다."

"귀신에게 홀린 기분이올시다."

"목격자는 물론이고 쓸 만한 참고인마저 하나 없습니다. 남겨진 것이라곤 선대인의 주검과 입에 물린 엽전 한 푼이 고작입니다."

"저희도 몹시 황망합니다."

속이 답답해진 민철은 긴 날숨과 함께 고개를 가로저었다.

"후우! 지푸라기 같은 것이라도 무언가 남아 있어야지 뒤를 캐고 추적을 하여 놈의 행방이라도 알아낼 수가 있을 텐데, 이거야 원!"

"불철주야로 애쓰시는데 큰 도움을 못 드려서……."

추의당 당주 민철이 두 손으로 식탁을 짚고 자리에서 일어섰다.

"여하튼 최선을 다해 꼭 놈을 잡아내겠습니다."

제갈화평이 마주 일어서며 인사치레다.

"꼭 그래 주십시오. 그리고……."

말끝을 흐려놓은 제갈화평이 품속에서 묵직해 보이는 전낭 하나와 한 통의 서찰을 식탁 위에 꺼내놓았다.

민철은 그것들을 물끄러미 내려다봤다.

"뭡니까?"

"작은 성의이니 부담스러워 마시고 받아주십시오."

민철이 씁쓸한 미소를 지으며 전낭 속을 확인했다.

대충 눈대중으로 헤아려 보니 은자가 열댓 냥은 될 듯했다. 적지 않은 금액이다. 만만찮은 금액을 성의로 알고 받으려니 원칙에 어긋나고, 안 받으려니 앞으로 볼 낯이 민망할 것 같아서 열댓 냥의 은자 중 하나를 빼내어 허리춤에 끼우곤 전낭을 도로 물려놓았다.

"이거면 아랫것들 술값으로 충분합니다. 그런데 이 서찰은 무엇입니까?"

"성주라는 막중한 자리를 오래도록 공석으로 비워둘 수가 없어서… 무림맹주께 드리는 북관성 성주의 인준허가서입니다. 능력은 미천하나 아버님의 유지를 따라 북관성을 제가 다스리겠다는 뜻으로다가… 뭐, 그런 거지요."

민철은 속으론 코웃음을 쳤으나 겉으론 내색치 않고 제갈화평이 내민 인준허가서를 받아 가슴 앞섶에 챙겨 넣었다.

"전하겠습니다. 그럼!"

집무실 방문을 열고 밖으로 나서려던 민철이 무언가 잊은 것이라도 있는 듯 다시 뒤돌아섰다.

"아 참! 혹시 무무곡(霧武谷)의 혈사라고 기억나십니까?"

제갈화평은 흠칫하는 듯하더니 이내 의아한 표정으로 반문했다.

"무무곡 혈사라면 이십여 년 전의 사건으로 알고 있는데, 갑자기 그 사건은 왜?"

"선대인에게서 그 사건과 연관이 있었다는 말을 혹시 듣지 못했습니까?"

제갈화평은 굳은 표정으로 천천히 고개를 가로저었다.

"전혀."

"아, 그렇군요. 실례했습니다."

그러곤 민철은 다시 등을 보였다. 이번엔 제갈화평이 민철의 발걸음을 잡아챘다.

"이보시오, 당주."

"……?"

민철이 말없이 돌아서자 제갈화평은 얼굴에 의아한 기색을 지우지 못하고 물었다.

"갑자기 무무곡 혈사 사건에 대해서 묻는 이유가 뭐요?"

"아닙니다. 그냥 불현듯 생각이 나서……."

민철은 그렇게만 말하고는 바쁜 걸음으로 사라졌다.

식탁 의자로 돌아와 앉은 제갈화평의 눈빛은 스르르 일그러졌다.

'불현듯 생각이 나서? 그냥? 저 여우같은 자가?

제갈화평은 머릿속에 섬전처럼 스치는 무언가에 흠칫하더니 빠르게 고개를 돌려 소리쳤다.

"좌룡위사(左龍衛士)! 거기에 있는가?"

집무실 쪽문이 열리더니 풍채가 호리호리한 중년 무인이 나타났다.

"예!"

눈초리가 위로 쪽 째진 것이 아주 매섭게 생긴 사내다.

좌룡위사 임혁중.

제갈화평의 나이가 올해로 마흔일곱이고, 좌룡위사 임혁중의 나이가 서른아홉이다.

좌룡위사 임혁중은 북관성의 좌호법으로도 통했다. 그러니 성주의 왼팔이란 말도 된다. 그리고 이젠 제갈화평의 심복이다.

제갈화평의 옆에 시립한 임혁중이 왼쪽 허리 뒤에 걸린 장검의 검파(劍把)를 바로잡아 놓으며 물었다.

"무슨 일이신지요?"

제갈화평은 갸름하게 실눈을 떴다.

"너, 하서세가에 좀 갔다 와라."

하서세가라면 북관성 밖에 있는 무림세도가다. 그리고 제갈가문과는 사이가 썩 좋지 않은 집안이기도 했다.

그러니 좌룡위사 임혁중은 의아한 생각이 들었다.

"하서세가엔 왜……?"

"가서 하서세가의 가주 방소창의 안위를 좀 살펴라."

원수의 집안이나 진배없는 방소창의 안위를 살피라니, 임혁중은 너무나 의아해서 다시 물었다.

"방소창의 안위를 다른 사람도 아니고 제가 왜요?"

"그놈의 안위가 정말 걱정이 되어서 내가 널 보내겠냐?"

제갈화평의 삐딱한 반문에 임혁중은 움찔했다.

"주군, 그래서 우매한 제가 여쭙는 것입니다."

"넌 재바르고 총명한 끄나풀을 하나 선발해서 데리고 방소창의 거처를 감시해라. 만약 방소창이 외출을 할 시에도 절대 놓치지 말고 따라붙어야 한다."

"하온데, 왜……?"

제갈화평은 갑자기 목소리를 낮춰 속살거렸다.

"어쩌면 방소창의 목을 노리는 자객이 나타날 수도 있다."

"방소창에게 자객이? 자객이라면……?"

"귀면살수."

제갈화평의 속삼임을 듣는 순간, 임혁중은 온몸이 얼어버렸다.

"귀, 귀면살수가요?"

"확실치는 않다. 그래서 확인 차 널 보내는 것이야. 만약 방소창의 주변에 귀면살수로 짐작되는 괴인이 접근하거든 데리고 간 끄나풀을 이용해 나에게 급보를 전해라. 그리고 넌 곧장 귀면살수로 추정되는 괴인을 미행해라. 꼭 명심해야 할 일은 호승심이 발동해서 놈을 덮칠 생각은 꿈에라도 해선 안 된다. 넌 그냥 놈을 미행만 해야 한다, 죽기 싫으면."

으름장이 섞인 제갈화평의 명령에 임혁중은 허리를 접었다.

"해질녘까지 준비를 해서 출발하겠습니다."

돌아서려는 임혁중의 어깨를 제갈화평의 목소리가 낚아채 돌려세웠다.

"아니, 지금 당장 출발해라."

다시 돌아선 임혁중은 의아한 얼굴을 들어 올렸다.

"아직 정오도 되지 않았습니다. 설마 귀면살수가 백주에 활보하리라고 보십니까?"

"너, 사람 죽이는데 밤낮 가리냐?"

"그래도 이왕이면 낮보단 밤이……."

제갈화평은 두 눈에서 불티를 튕겨내며 소리쳤다.

"귀면살수는 그런 거 안 가려! 당장 준비해서 출발해!"

* * *

산비탈 아래 외진 곳, 고즈넉한 초가집.

하얀 인영이 나비처럼 훨훨 신형을 날려 초가집 싸리 담장을 가뿐하게 넘더니 지면에 사뿐히 내려섰다.

깃털처럼 착지의 소리마저 없었다.

초가집을 침입한 월담인은 소복처럼 하얀 장의(長衣)를 입은 여인이다.

여인은 발끝으로 초가집의 작은 곁방으로 달려가 누런 토담에 등을 짝 붙였다. 행동거지가 일견에 봐도 무림인이다.

아름다운 용모.

이른 새벽녘, 저잣거리 화톳불에서 만난 그 처자다. 백수건달 추씨의 주둥이를 묵사발로 만들어놓았던 바로 그 젊은 처자다.

젊은 처자는 잠시 눈알만 이리저리 굴리며 석상처럼 서 있었다. 잠시 후, 주위가 안전하다고 느낀 젊은 처자는 곁방의 여닫이문 쪽으로 슬금슬금 접근해선 문틈에 귀를 대고 방 안의 인기척을 살폈다.

인기척이 있다.

젊은 처자는 문틈에서 귀를 떼는 대신 조심스레 한쪽 눈을 가져가 은밀하게 방 안을 살폈다.

이불을 덮고 반듯하게 누운 사내와 그 사내의 얼굴.

와촌의 촌놈 한갑수다.

한갑수는 늦은 아침까지 잠을 이루지 못하며 뒤척거리고 있었다. 그러더니 이불이 갑자기 상하로 들썩들썩 움직이기 시작했다. 젊은 처자는 갑자기 왜 저러나 싶어서 한갑수의 방 안을 유심히 훔쳐봤다.

한갑수는 심한 고뿔에 걸린 사람처럼 끙끙 앓는 소리도 냈다. 그러니 젊은 처자의 의아심은 더 깊어졌다.

'밤새워 일하다가 몸살이라도 났나?'

의구심 반, 걱정 반으로 방 안을 훔쳐보던 젊은 처자는 갑자기 머릿속을 스치는 흉한 생각에 화들짝 놀라서 문틈에서 급히 눈을 떼고 손으로 자신의 입을 가렸다.

'어머! 어머머! 저, 저런 변태 자식!'

젊은 처자의 생각을 재확인시켜 주기라도 하듯 방 안에선 점점 더 거친 숨소리가 새어 나왔다.

젊은 처자는 화끈거리는 얼굴을 두 손으로 감싸고 아랫입술을 윗니로 깨물었다.

혈기왕성하여 뻗치는 양기를 도저히 주체할 수 없는 스무 살 사내 애도 아니고, 처자식까지 딸려 있다는 사내놈이 부끄러운 줄도 모르고 아침나절부터 용두질이다.

정말 기가 막히고 코가 막힐 일이다.

'어머머! 돼먹지 않은 인간!'

젊은 처자는 방 안에서 새어 나오는 숨 가쁜 호흡 소리가 몹시 거슬리고 부담되었던지 양쪽 검지로 귓구멍까지 틀어막고 두 눈을 꼭 감아버렸다.

그렇게 잠시 잠깐 난처한 시간이 흘러갔다.

젊은 처자가 귓구멍을 틀어막았던 양쪽 검지를 슬며시 빼내고 감았던 눈을 조심스럽게 다시 뜰 때, 기다리고 있었다는 듯이 방 안에서 들리는 한갑수의 나지막한 신음 소리.

"으, 윽!"

격정을 견디지 못하고 봇물이 터지듯 터져 버린 신음 소리다.

한갑수의 입에서 터져 나온 야릇한 신음 소리가 젊은 처자의 귀엔 소름 끼치는 불쾌함으로 들렸다. 젊은 처자는 똥 밟은 표정으로 다시 두 눈을 질끈 감았다.

'저 미친 인간! 도대체 뭐야?'

잠시 후, 젊은 처자가 다시 방 안 쪽으로 관심을 보였을 때, 더 이상 이불이 들썩거리는 소리도, 가쁜 호흡 소리도 들리지 않고 쥐 죽은 듯 잠잠했다.

젊은 처자는 아랫입술을 잘근잘근 씹어대며 잠시 고민하더니 다시 문틈 사이로 조심스럽게 한쪽 눈을 갖다 댔다.

한갑수는 아랫도리 욕심을 다 풀어내고 피곤이 몰려왔던지 머리 위까지 이불을 뒤집어쓰고 누워 있었다.

곧이어,

"드르렁! 드르렁!"

한갑수의 코골이에 젊은 처자는 문틈에서 눈을 떼고 다시 토담에 등을 붙였다.

'나이 서른에 객지에서 용두질이나 하고 있는 한심한 인간! 저러고 있는 걸 자기 마누라도 알까? 아휴, 더럽고 불결해! 발정 난 수캐 같은 인간! 저 나이에 이불 속에서 해괴망측한 짓이나 하고 말이야! 에그그! 평생 그딴 짓이나 하다가 뼈나 폭삭삭아 뒈져 버려라! 에라! 썩어문드러져 망할 인간아!'

온갖 욕과 저주를 퍼붓다가 젊은 처자는 고개를 잘래잘래 흔들며 초가집 곁방의 토담에서 등을 조심스레 뗐다.

젊은 처자는 살갗에 송충이라도 달라붙어 꾸물꾸물 기어가는 듯 진저리를 한차례 쳐놓은 후, 수레꾼 이씨의 초가집 싸리 담장을 조용히 넘었다.

혹시나 하는 의심에 몰래 와서 확인해 봤으나 역시나 한갑수는 젊은 처자의 기대를 절대 저버리지 않았다.

젊은 처자는 한갑수가 묵고 있는 수레꾼 이씨의 초가집을 등지고 털레털레 걸어가다가 무엇이 그리 억울하고 분이 풀리지 않았던지 뒤를 돌아보며 이악스럽게 소리를 쳤다.

"으이그! 이 밥버러지 같은 종자야! 네가 귀면살수였으면 난 관음보살이었겠다! 치잇!"

근데 누가 뭐랬나?

아무도 뭐라고 한 사람은 없었다. 그런데도 젊은 처자는 제 혼자 북 치고 장구 치고 생난리다.

*　　*　　*

하서세가는 북관성 인근에서 제일 규모가 큰 장원을 가진 무림세가이다.

하서세가의 가주 철대도(鐵大刀) 방소창은 쌀쌀한 겨울바람을 맞으며 본채 앞마당을 서성거렸다.

따뜻한 방 안에만 들어앉아 있기엔 기분이 좋고 몸이 날아갈듯 달떠 있었다.

앓던 이가 쏙 빠지면 느낌이 이러할까.

눈엣가시와도 같았던 북관성의 성주 제갈서림이 자객의 손에 죽었다는 소식을 접했을 때, 방소창은 체면 불고하고 박장대소를 터뜨렸었다.

그래, 죽을 놈은 죽어야지! 아니, 진즉에 죽어 없어졌어야 할 놈이었어 하며 방소창은 좋아했었다.

둘째 아들 놈은 혹시 모르니 조용해질 때까지 바깥출입은 삼가야 한다며 걱정했지만, 귀면살수가 바보가 아닌 이상 아직 북관성 인근에서 얼쩡거리고 있을 턱이 있나 하고 방소창은 둘째 아들의 허약한 배짱을 비웃어 버렸다.

흘러가는 시간을 즐기듯 앞마당을 거니는 방소창은 겨울의 찬바람이 소슬바람처럼 시원하게 느껴졌다.

방소창이 앞마당을 왔다 갔다 서성거리고 있을 때, 요란한 굴렁쇠소리와 함께 큰손자 환(煥)이가 본채 모퉁이를 돌아 나오더니 방소창을 향해 신나게 달려왔다.

촤르르랑!

큰손자 환은 굴렁쇠를 굴리며 달려오다가 그만 굴렁쇠를 굴렁대에서 놓쳐 버렸다.

손자 환이가 멈춰 서선 소리쳤다.

"할아버지! 굴렁쇠 이쪽으로 주세요!"

은빛의 굴렁쇠가 금방이라도 옆으로 쓰러질 모양새로 비칠거리며 방소창에게로 굴러왔다.

알토란 같은 손자가 겨울 찬바람에 두 볼이 발개져선 소리를 지르자, 방소창은 큰손자가 그저 귀엽고 마냥 좋아서 너털웃음을 터뜨렸다.

"허허허! 오냐, 오냐!"

방소창은 데굴데굴 굴러온 굴렁쇠를 손자 환이를 향해 툭 걷어찼다. 그런데 굴렁쇠를 너무 세게 차서인지 환이는 되돌아온 굴렁쇠를 잡아채지 못했고, 환이의 손을 아슬아슬하게 스치고 지나간 굴렁쇠는 환이가 방금 돌아 나온 본채 모퉁이를 휙 돌아 사라져 버렸다.

큰손자 환이가 울상을 지었다.

"아이참, 할아버지! 너무 세게 찼잖아요!"

손자의 볼멘 투정마저 귀엽고 사랑스러운 방소창은 연방 너털웃음을 지어냈다.

"허허허! 이 할아비가 그만 잘못 차버렸구나. 어서 가서 다시 가지고 오렴! 이번엔 할아비가 정말 제대로 굴려주마. 허허허허!"

손자 환이는 잔득 부은 얼굴로 몸을 돌려세워 본채 모퉁이로 달려갔다.

그런데 아무리 기다려도 굴렁쇠를 찾으러 모퉁이를 돌아 나간 손자 환이가 돌아올 생각은 않고 누군가와 도란도란 이야기를 나누는 것 같다.

이상하다.

본채 주위를 경계하는 가솔 무인과 노닥거리고 있나?

의아해진 방소창이 기다리다 못해 소리를 쳤다.

"환아! 어서 오지 않고 거기에서 뭣 하누?"

소리를 쳤지만 손자 환이의 대꾸는 없다. 그래서 방소창은 본채 모퉁이 너머를 향해 더 큰 목소리로 다시 소리쳤다.

"얘, 환아! 거기서 누구랑 이야기하고 있느냐? 어서 오너라! 이 할아비, 너 기다리다가 목이 다 빠지겠다!"

방소창이 부르는 소리에 본채 모퉁이를 돌아 나온 사람은 손자 환이가 아니었다.

잿빛 무복의 사내.

풀어헤쳐 놓은 머리에 이마에서 코밑까지 얼굴의 반 이상을 가려놓은 귀형(鬼形)의 묵색 가면.

방소창의 머리카락은 벼락을 맞은 듯 쭈뼛거렸고, 얼굴은 꽁꽁 얼어 파리해졌으며, 온몸은 돌덩이처럼 굳어버렸다.

방소창의 머릿속을 강하게 치고 지나가는 살인귀의 이름.

'귀면살수!'

늙으면 죽음의 냄새에 아주 무감각해지거나 오히려 친숙해진다. 꼭 그러한 이유만은 아닐 것이다.

방소창은 자신의 안위보다 큰손자 환이의 안위가 더 걱정이었다. 그것은 피붙이를 향한 할아비로서의 본능이었다.

"화, 환이는? 내 손자 환이는?"

"……."

귀면살수는 말없이 걸어왔고, 방소창은 부들부들 떨리는 목소리로 재차 물었다. 애가 타서 묻는 방소창의 목소리는 고함이라도 질러야 할 형편임에도 급박한 상황과 절박한 의지를 무시하고 신음처럼 작게 새어 나왔다.

"내, 내 손자, 내 큰손자 화, 환이는?"

귀면살수의 어깨 위에 늘어져 있던 머리카락 속으로 겨울 찬바람이 스미며 휘날렸다.

살짝 벌어진 입술은 움직이지 않았다. 그곳에서 새어 나온 귀면살수의 목소리는 얼음덩이가 녹아내리는 듯 싸늘했다.

"어미 찾아갔겠지."

방소창은 큰손자 환이가 무사하다는 대답에 벌렁거리던 가슴을 가만히 쓸어내렸다. 차분하게 마음을 진정시킨 방소창은 어금니를 맞물며 빤한 궁금증을 끄집어냈다.

"네놈이 여길 왜?"

방소창의 물음에 대해 귀면살수는 굴곡없는 차가운 음색으로 반문했다.

"안부 인사 차 오진 않았겠지?"

그럴 것이다.

생면부지의 귀면살수가 자신과 통성명이나 트자고 왔을 리는 없다. 그제야 위기감을 느낀 방소창은 한 발 두 발 뒷걸음질을 쳤다.

방소창은 물러서는 자신의 뒷걸음질만큼 다가오는 귀면살수를 힐끗힐끗 노려보며 대청마루 위에 세워놓은 자신의 기형대도(奇形大刀) 쪽으로 신경을 주었다.

기형대도와의 거리는 두어 장, 귀면살수와의 거리는 한 장 반.

당장 몸을 움직이기엔 거리와 시간이 아슬아슬하다.

하나뿐인 목숨을 걸고 도박을 할 순 없다. 그리고 상대가 귀면살수임을 알면서 도박을 한다는 것은 자살 행위다.

약간이라도 시간을 벌면서 자신의 독문 무기인 기형대도와의 거리를 좀 더 좁혀놓는 것이 급선무였다. 요행히 자신에게 적잖은 시간이 허락된다면 가솔들이 나타나 이 황망한 상황에서 벗어나게 해줄지도 모른다.

소리를 치고 싶었지만 그것이 오히려 명을 단축시켜 놓을 수도 있다.

방소창은 들숨을 숨기듯 깊게 들이켰다가 날숨을 몰래 흘려냈다. 그러나 눈치라곤 눈곱만치도 없는 겨울의 냉기가 방소창의 입술에서 새어 나오는 날숨을 뽀얀 입김으로 고스란히 드러내 놓았다.

'침착하자, 침착…….'

방소창은 슬금슬금 물러나는 뒷걸음질의 방향을 대청마루 쪽으로 슬며시 틀어놓았다. 그러곤 그다지 궁금하지도, 이 시점에 그다지 중요하지도 않은 질문과 제안을 불쑥 끄집어냈다.

"누구냐? 누가 청부해서 왔느냐? 어떤 빌어먹을 놈이 무슨 억하심정으로 나의 목에 청부금을 걸어놓았는지는 몰라도, 난 그 수십 배, 아니, 그 수백 배의 돈을 지불할 용의가 있다. 이봐, 귀면살수! 손해 보는 장사는 아니지 않은가? 어때?"

귀면살수의 입에서도 옅은 입김이 짧고 빠르게 뿜어졌다가 찬바람에 휩쓸려 이내 사라졌다.

"돈?"

귀면살수의 짤따란 반응에 방소창은 지푸라기라도 잡아보겠다는 심정으로 얼굴에 희색을 내보이며 나직이 소리쳤다.

"그, 그래, 돈!"

"수십 배? 수백 배?"

"그래, 수백 배의 돈! 돈이야말로 지상 최대의 권력이지!"

귀면살수의 묵색 가면 아래로 드러난 입매가 한쪽으로만 삐뚜름하게 째졌다.

그것은 냉혈한의 조소였다.

얼음 조각 같은 냉기를 뿜으며 입가에 번지는 귀면살수의 비릿한 비웃음을 확인한 방소창은 자신이 헛다리를 짚고 있다는 걸 알아차렸다.

돈이 아니라면 원한이다.

그것이 사실로 드러났다.

귀면살수의 입술에서 을씨년스럽게 뿜어지는 하얀 입김.

"백쉰일곱 명의 고혼(孤魂)에겐 한 푼의 엽전도 필요치가 않다. 구천의 원혼들이 원하는 것은 오직… 죽음!"

방소창은 귀면살수가 말하는 백쉰일곱 명의 고혼이 무엇을 뜻하는지 알지 못했으며 기억해 내지도 못했다.

귀면살수의 입에서 죽음이란 섬뜩한 단어가 튀어나온 그 순간, 방소창의 신형은 대청마루를 향해 화살처럼 쏘아졌다.

방소창은 대청마루에 올라서자마자 한쪽에 세워놓은 기형대도의 도파를 향해 오른팔을 뻗었다.

한 갈기 바람이 방소창의 오른쪽 어깻죽지 아래를 스치고 지나갔다.

슷!

어깻죽지 아래를 스치고 지나간 한 갈기 바람은 유성의 꼬리처럼 붉은 핏줄기를 궤적으로 그려놓으며 치솟아올랐다.

"욱!"

방소창은 나직한 신음을 토해내며 비틀 돌아섰다.

돌아서는 방소창의 왼쪽 어깻죽지 위에 한 뼘 조금 넘는 단검의 칼날이 뼈를 으깨며 틀어박혔다.

빠각!

곧바로, 검붉은 핏줄기를 쫙 뽑아 올리며 빠져나오는 귀면살수의 단검.

방소창의 입술을 비집고 고통에 찬 신음이 게워졌다.

"으윽!"

방소창은 기형대도를 뽑아 들고 귀면살수를 향해 뒤돌아섰으나, 이미 칼날에 박히고 베인 두 어깨는 힘없이 축 늘어져 아무것도 할 수가 없었다. 그런 방소창의 가슴에 섬전의 은빛 빛살이 빠르게 훑고 지나갔다.

쉭, 쉬싯!

예리한 칼바람은 방소창의 가슴을 난도해 놓았다.

단검의 칼날이 가슴에 스칠 때마다 움찔움찔 흔들리는 방소창의 상체.

귀면살수는 경악으로 텅 빈 방소창의 두 눈 속에 자신의 눈빛을 박아 넣은 채 입술을 슬며시 벌리곤 괴이한 휘파람 소리를 자아냈다.

"쓰… 으스… 으!"

늦가을, 잔뜩 독 올라 있는 까치독사의 울음처럼 기괴한 바

람 소리를 뽑아내던 귀면살수는 갑자기 한쪽으로 입꼬리를 쓱 찢었다. 그 순간,

푹!

방소창의 단전에 칼자루만 남기고 깊이 틀어박힌 비수(匕首).

방소창은 외마디 비명마저 터지지 않는 극심한 고통으로 인해 얼굴에 피가 시뻘겋게 몰린 채 바닥으로 천천히 침몰했다.

"아아, 으……!"

오른쪽 어깻죽지 관절의 인대와 근육이 잘린 방소창의 오른팔은 기형대도를 틀어잡은 채 대청마루 바닥에 쓸모없이 축 늘어져 버렸다.

방소창은 와들와들 떨리는 턱과 눈동자로 고개를 천천히 들어 올렸다. 사선(死線)을 밟고 있는 방소창의 얼굴 위엔 귀면의 가면이 있었다.

묵색의 가면과 파랗게 인화된 귀면살수의 눈동자. 괴기스런 인광을 발하며 방소창을 내려다보고 있는 귀면살수.

귀면살수의 풀어헤쳐 놓은 머리카락이 찬바람을 타고 너울너울 휘날렸고, 양손에 들린 한 쌍의 비수에선 무명실처럼 가느다란 핏물이 끈끈하게 흘러내리고 있었다.

방소창은 진저리쳐지는 공포에 입을 딱 벌리고 목구멍으로 탁한 쇳소리를 뽑아냈다.

"왜… 에?"

자신이 왜 이렇게 죽어야 하는지를 묻는 방소창을 향해 귀

면살수는 입으로 혼백을 뿜어내듯 희뿌연 입김을 연기처럼 흘려내며 속삭였다.

"죽음의 이유를 나에게 묻지 마라. 답은 지옥에 있다."

방소창은 입을 딱 벌린 채 가슴속 깊은 곳에서 치밀어 올라온 숨결을 입 밖으로 토해냈다.

"하아… 아!"

구릿빛 엽전 한 푼이 딱 벌어진 입속으로 떨어질 때, 방소창이 뿜어놓은 뽀얀 입김을 베는 은빛의 빛살 궤적.

스각!

방소창의 목덜미에 예리한 칼자국이 가느다란 혈선으로 그어지더니 목덜미의 살갗이 쩍 벌어지는 순간, 잿빛으로 변한 방소창의 시야엔 짙은 혈무(血霧)가 새벽 물안개처럼 번졌다.

그렇게 핏빛으로 마감하는 삶이었다.

쿵!

중문(中門)이 삐거걱 열렸다.

방소창의 맏며느리는 시아버지 방소창의 무병장수를 위해 탕약 그릇을 두 손으로 정성스럽게 받쳐 들고 본채로 들어서다가 무엇을 보았는지 몸이 석상처럼 굳어버렸다.

어깨까지 풀어헤친 머리에 이마에서 인중까지 가려놓은 묵색의 가면. 그것은 꿈속에서나 볼 직한 악귀의 면상이었다.

귀면(鬼面) 아래로 드러나 보이는 입과 턱엔 시뻘건 핏물이 뚝뚝 흘러내리고 있었다.

너무 놀라서일까. 하서세가의 맏며느리는 순간적으로 자신이 악몽 속에 서 있다는 착각에 빠져 버렸다.

맏며느리의 놀란 두 눈은 몽롱한 꿈결 같았다.

한 발, 두 발……

자신을 향해 다가오는 악몽 속의 악귀.

악귀가 다가오는 거리만큼 맏며느리의 콧속에 스미는 피비린내는 더욱 진해졌다.

질식이라도 시킬 듯이 목구멍을 역하게 짓누르는 피비린내.

악몽이니 악몽에서 깨어나려면 비명이라도 질러야 한다.

스르르 벌어지는 맏며느리의 입에서 날카로운 비명이 막 터지려 할 때, 맏며느리의 귓속으로 악귀의 뜨거운 입김이 스멀스멀 스며들었다.

"쓰… 스… 으으!"

맏며느리의 양손에서 맥이 사르르 빠져나가고, 주인을 잃어 무병장수의 의미마저 사라져 버린 약사발은 땅바닥에 초라하게 떨어지며 요란한 소리로 산산이 깨어졌다.

쨍그랑!

第三章

나쁜 놈아!

黑風上客

"뭣이? 이미 방소창이 피살되었더라고?"

제갈화평의 놀란 고함 소리에 좌룡위사 임혁중은 자라처럼 목을 움츠렸다.

"제가 하서세가의 담벼락을 막 넘으려고 할 때, 아낙네의 날카로운 비명 소리가 들리더니 곧바로 하서세가는 울음바다가 되었습니다. 하여……."

"하여?"

"하서세가에서 급히 몸을 물리고 상황을 지켜본 바, 밖으로 흘러나온 비보가 하서세가의 가주 방소창이 엽전 한 푼을 입에 문 채 죽임을 당했다는 것입니다."

"입에 엽전 한 푼! 그렇다면 귀면살수!"

"하여 하서세가 근처에서 얼쩡거리다간 자칫 누명을 뒤집어쓸 수도 있다는 생각에 데리고 간 끄나풀만 그곳에 남겨두고 저는 곧바로 멀찌감치 저잣거리로 철수하였습니다."

제갈화평은 어그러진 얼굴로 고개를 천천히 주억거렸다.

"그래, 잘했다. 자칫 잘못하다간 불필요한 오해를 살 수도 있었어. 그나저나 귀면살수… 솜씨가 귀신같은 놈이야."

"하서세가에서 몸을 빼던 중에 저잣거리 어름에서 무림맹 추의당의 당주인 민철을 봤습니다."

"천리추운 민철? 그 자식, 꽁무니에 불이라도 붙은 듯 하서세가로 달려갔겠군."

"…예!"

임혁중의 짤따란 대답에 제갈화평은 한쪽 눈을 삐뚜름하게 치켜떴다.

"혹시 서로 마주치진 않았어?"

"주위를 살필 겨를도 없이 워낙 바삐 달려가는 바람에 아마도 저를 보진 못했을 것입니다."

제갈화평은 다행이라며 고갤 끄덕거렸다.

"그럼 됐어. 그런데… 귀면살수를 목격한 사람은 없었다더냐? 백주였으니 본 사람이 한둘은 있었을 법도 한데?"

"마주친 사람이 있었답니다."

임혁중의 대답에 제갈화평의 두 눈길이 급하게 들려졌다.

"누가? 누가 귀면살수와 대면을 했어?"

"하서세가의 맏며느리와 그년의 네 살배기 아들놈이 귀면살수를 현장에서 봤답니다."

제갈화평은 의외라고 생각했던지 눈빛이 묘하게 변했다.

"오호! 방소창의 직계 가족이 살인귀를 대면하고도 살아남았다 이 말이지? 그럼, 귀면살수에 대해서 좀 알아낸 것도 있겠군?"

제갈화평의 기대에 찬 질문 앞에 좌룡위사 임혁중은 천천히 고개를 가로저었다.

"없습니다. 하서세가 주변에 남겨놓고 온 끄나풀의 중간 보고로는 건질 만한 게 아무것도 없었다고 합니다."

기대가 어긋나 버리자 제갈화평의 표정은 언짢아졌다.

"어째서?"

"방소창의 코흘리개 손자 환이라는 녀석의 말은 횡설수설하여 앞뒤가 전혀 맞지 않고……."

"코흘리개의 증언은 그렇다 쳐도 그 집의 맏며느리는? 맏며느리도 귀면살수와 마주쳤다며?"

"방소창의 변사체를 제일 처음 발견한 사람은 하서세가의 찬모였다고 합니다. 맏며느리는 졸도한 상태에서 하서세가 앞마당에서 발견되었습니다. 기절해 있던 맏며느리를 깨우니……."

제갈화평은 답답하다며 임혁중의 입을 다그쳤다.

"깨우니? 깨우니 뭐라고 했다더냐?"

"악귀를 보았고, 악귀의 소리를 들었다는 말만 되풀이했답니다. 그 외의 것은 아무것도 없습니다. 수많은 가솔 무인들은 물론이고 하서세가의 식솔 하나 귀면살수의 옷깃조차 보질 못했답니다."

싸늘한 정적이 짧게 흐른 후, 제갈화평의 입에서 돌연하게 터지는 앙천대소.

"으, 하하하하!"

갑작스런 제갈화평의 웃음소리에 임혁중은 당혹스러워 그 이유를 물었다.

"주군, 갑자기 웬 웃음이십니까?"

임혁중의 의아해하는 물음에 제갈화평은 갑자기 웃음을 얼굴에서 싹 지우곤 냉담한 표정으로 으르렁거렸다.

"우습잖으냐! 본 사람도 모르고, 못 본 사람도 모르고……. 귀면살수는 진정 사람이더냐, 아니면 귀신이더냐?"

임혁중은 자신이 무슨 잘못을 저지른 사람처럼 잠시 고개를 숙였다가 무언가 생각이 났는지 다시 의아한 표정으로 고개를 들어 올렸다.

"한 가지 궁금한 점이 있습니다."

"궁금한 점이 뭔가?"

"어찌 아셨습니까?"

"하서세가의 방소창이 귀면살수에게 당하리라는 것을 어찌 미리 알았느냐, 그것이 너의 궁금증이로구나?"

"예!"

제갈화평은 궁금증에 대한 답을 선뜻 주지 않고 한참을 고심했다.

의자 팔걸이에 한쪽 팔꿈치를 괴어 손으로 이마를 짚고 있던 제갈화평이 무언가 작심한 듯 고개를 슬며시 들어 올릴 때, 집무실 밖에서 인기척이 들려왔다.

"추의당 민철이외다! 잠시 뵙기를 청하오!"

제갈화평과 임혁중은 흠칫 놀랐다.

한 번쯤 다시 찾아올 것이라고 예상했음에도 너무 빨리 들이닥쳐서 놀란 것이다.

임혁중이 제갈화평의 눈치를 살피며 어찌할까 의향을 묻자 제갈화평이 고개를 천천히 끄덕거려 보였다.

임혁중이 집무실의 미닫이문을 열어주자 검은 수염을 한 뼘이나 길게 기른 천리추운 민철이 싱긋이 웃는 낯으로 들어섰다.

"원치 않게 자주 뵙습니다그려!"

제갈화평이 자리에서 일어서며 짐짓 반가운 척했다.

"하하하! 자주 봐서 나쁠 거야 없잖습니까? 어서 오세요, 당주!"

민철은 집무실 식탁 쪽으로 걸어가며 눈인사를 건네는 임혁중을 향해 슬쩍 지나가는 말처럼 한마디 툭 던졌다.

"자네, 저잣거리에서 보고 또 보는군."

임혁중은 당혹한 표정을 감추기 위해 급히 얼굴을 외면해 버렸다. 제갈화평은 그러한 임혁중의 난처한 얼굴을 힐끗 흘겨보곤 아무 일 없다는 듯이 등받이의자를 뒤로 당겨주었다.

"당주, 앉으시지요."

제갈화평이 앉기를 권하자 민철은 면구한 표정으로 의자에 앉으며 너스레다.

"불청객 노릇 하기도 이젠 신물이 납니다. 이렇게 불쑥 쳐들어와서 면목이 없습니다. 그러려니 하며 좀 이해해 주십시오."

제갈화평이 민철 반대쪽 의자를 당겨 앉으며 너털웃음을 지었다.

"허허허! 당주의 업(業)이 그런 걸 어찌하겠습니까? 한데, 무슨 일로 또 저를……?"

제갈화평은 민철을 향해 그렇게 물어놓곤 정작 그의 대답이 나오기도 전에 저만치 서 있는 임혁중을 향해 시선을 돌려놓았다.

"좌룡위사, 자넨 그만 나가보게."

제갈화평의 명에 임혁중은 식탁에 마주 앉은 두 사람을 향해 깍듯하게 허리를 접어 보이곤 등을 보였다.

추의당 당주 민철은 문밖으로 나가는 임혁중의 뒷모습을 힐끗 돌아봤다. 그러곤 임혁중이 미닫이문을 닫고 사라지는 기척을 확인한 후에야 제갈화평에게로 시선을 바로잡아 놓으며 조심스럽게 입을 열었다.

"서로가 바쁜 사람들이니 실례를 무릅쓰고 단도직입적으로 묻겠습니다."

제갈화평이 어색한 미소를 자아내며 고갤 끄덕였다.

"그러시지요. 부랴부랴 다시 찾아오신 이유가……?"

"하서세가의 가주 방소창이 좀 전에 피살되었습니다. 알고 계시지요?"

"저희 좌룡위사에게서 듣긴 했습니다만, 어쩌다가 그런 불행한 일이 하서세가에… 쯧쯧!"

"방소창을 살해한 자객이 누구인 줄도 알고 있지요?"

"그 망할 놈의 엽전이 하서세가 가주의 입에 물려 있었다면서요? 어째서 연일 북관성 인근에 이런 끔찍한 일들이……."

"한 가지 확실해진 것이 있었습니다."

능글맞게 신소리를 하던 제갈화평이 두 눈에 빛을 발하며 관심을 보였다.

"확실해진 것이 있다니요? 그게 무엇입니까?"

민철은 갑자기 달려드는 제갈화평의 태도에 일부러 잠시 뜸을 들이다가 어렵게 입을 떼듯 말문을 다시 텄다.

"방소창이 귀면살수에게 죽임을 당한 것은, 청부로 인한 살인이 아니라 직접적인 원한으로 짐작됩니다."

"원한이라? 직접적인 원한이라는 근거로는 어떤 점이 있습니까?"

"선대인의 죽음과는 달리 놈이 방소창을 죽일 때, 충분한 시간을 가지고 즐기듯 잔인하게 죽였다는 점이 첫 번째 근거입니다."

"귀면살수가 그렇게 많은 시간을 소비하며 하서세가에 머물렀습니까?"

"꼭 그렇진 않아요. 하지만 선대인의 죽음과 비교하자면 꽤

긴 시간 동안 머물렀다고 봐도 무방할 것입니다."

"단지 귀면살수가 현장에서 약간의 시간을 더 허비했다는 것만으로 원한이라 추정하는 것은 아니시겠지요?"

"물론입니다. 방소창의 주검에서 드러난 상흔이 제법 난잡했습니다. 즉, 필요 이상으로 칼질을 해놓았다는 뜻이죠. 전문 살수들은 대개 그러질 않거든요."

"도대체 얼마나 난자를 해놓았기에?"

"그 역시 잔인하리만치 심했다고 말할 정도는 아니었지만, 전례가 없었으니 원한이 작용했다고 추정하는 근거가 되겠지요. 귀면살수의 비수에 방소창의 양쪽 팔은 무용지물이 되었고, 그다음에 가슴이 난자를 당했습니다. 이어, 단전이 찔리고 목이 베였습니다. 사실 가슴을 난자하고 단전을 찌른 것은 불필요한 손속이었습니다. 그래서 저는 단순한 청부 살인이 아니었을 거라는 의심까지 하게 되었고요."

"그러한 근거만으로 원한이라고 단정 짓기는 무언가 모르게 설득력이 미미하지 않습니까? 살수도 감정을 가진 인간이고, 그날그날의 감정 기복이 작용했을 수도 있었을 것이고……."

추의당 당주 민철이 의구심을 드러내는 제갈화평의 말을 자르고 끼어들었다.

"또 다른 점이 있었습니다."

"또 다른 점이라시면?"

"현장에 남겨진 발자국으로 봐선, 귀면살수와 방소창 사이에 이런저런 대화가 오고 갔던 것으로 짐작이 되었습니다. 물론 살수가 입이 없어서 말을 못하는 것은 아니지만, 귀면살수가 백주에 살행을 감행하면서 목표물과 사적인 대화를 나누었다는 점은 다소 의외입니다."

"으, 음!"

"그리고 원한으로 추정되는 결정적인 진술 하나!"

민철의 말에 제갈화평의 두 눈이 와락 커졌다.

"진술? 방금 진술이라고 말씀하셨습니까?"

화들짝 놀라 묻는 제갈화평을 향해 천리추운 민철은 새파랗게 벼려놓은 목소리로 답을 주었다.

"방소창의 둘째 아들 방요표가 말하기를, 북관성 성주의 맏이에게 물어보면 원한인지 청부인지 그에 대한 정답을 들을 수 있을 것이라고 했습니다."

순간, 제갈화평의 눈꺼풀이 바르르 경련을 일으켰다.

"방요표 그놈이 나더러?"

민철은 제갈화평의 얼굴에 순간적으로 드러난 표정 변화를 놓치지 않았다.

"그래서 제가 부랴부랴 이곳으로 다시 달려왔습니다. 자, 그럼 어찌 된 사연인지 좀 들어볼까요?"

제갈화평은 시선을 애먼 곳으로 돌려놓곤 뚱한 표정과 목소리로 반문이다.

"무엇을요?"

"솔직하게 말씀해 보세요! 짐작되는 원한이 있잖습니까? 분명 북관성의 성주와 하서세가의 가주에겐 공통점이 있었을 것입니다. 공통점이 없이 연일 이런 일이 벌어질 수가 없는 노릇이죠!"

"난 모르는 일이오! 그것을 알아내는 일이 바로 추의당 당주의 몫이 아니오?"

제갈화평의 외면한 얼굴을 매서운 눈길로 노려보던 민철의 입가에 미묘한 미소가 배어났다.

"그럼 제가 한번 이야기해 볼까요?"

"……."

"무무곡!"

"……!"

"이십여 년 전, 갑자기 풍비박산이 나서 세상에서 완전히 사라진 무무곡! 무무상인(舞武上人)이 남긴 열두 개의 무림성물(武林聖物)! 무무곡이 혈사로 공중분해되고, 그 바람에 열두 개의 무림성물이 온데간데없이 사라졌소이다! 그중에 하나가……!"

심문에 가까우리만치 강한 어조로 소리치는 민철을 향해 제갈화평은 그만 이성을 잃어버리고 주먹으로 애먼 식탁을 모질게 내려쳤다.

쾅!

"우리 가문엔 무림성물이 없소이다! 모함이외다! 방요표 그놈이 나와 내 가문을 박살 내자고 꾸며낸 음모외다! 무림맹과 북관성 사이를 갈라놓을 속셈으로 꾸며낸 이간질이외다! 가지고 있다면 우리 가문이 아니라 오히려 방가 놈의 가문일 것이오! 놈의 수작에 놀아나지 마시오, 당주!"

"……!"

제갈화평이 노발대발하자 민철은 만족한 듯 미소를 지었고, 그 미소를 확인한 제갈화평은 자신의 실책을 자각하고 곤혹스런 표정이다.

어색한 침묵이 잠시 잠깐 흘러간 후, 제갈화평은 민철의 술수에 자신이 말려들었다는 사실에 손으로 이마를 감싸며 긴 한숨을 내쉬었다.

"휴우! 이렇게 된 바에야 솔직히 말하는 것이……. 무무곡에서 혈사가 있었던 당시, 저의 선친께선 혈사의 주축이었던 비밀결사조직의 일원이었습니다."

"비밀결사조직의 이름이 아마도 성좌회(聖座會)였다죠?"

"맞습니다. 하서세가의 가주 방소창 역시 성좌회의 일원이었고요. 그 당시만 해도 저의 선친과 방소창은 호형호제하는 사이였습니다."

"무림성물과 엮이면서 원수지간으로 변했겠군요?"

제갈화평이 쓴웃음을 보이며 고개를 끄덕였다.

"그런 셈이지요."

"음! 서로가 가지고 있지 않다고 주장하는 그 무림성물은 어떤 종류였습니까?"

"은창(銀槍)."

"은창이라면?"

"예, 한 자루의 은창이었습니다. 그 은창은 사라진 열두 개의 무림성물 중에 하나였습니다."

"그럼 그 은창의 이름이 바로 보경사사수라창(保競巳蛇修羅槍)이겠군요?"

"흔히 사사은창(巳蛇銀槍)이고 부릅니다."

"무무상인이 남긴 열두 개의 무림성물 중에 하나인 사사은창은 누가 가지고 있습니까?"

민철의 물음에 제갈화평은 고개부터 가로저어 놓았다.

"우리 가문은 아닙니다. 그리고 하서세가에서도 극구 부인을 하지요. 만약에 하서세가에서 사사은창을 숨기고 있지 않다면… 아마도……."

"아마도?"

"탈혼도수(奪魂刀手) 이홍(李弘)이 가지고 있을 겁니다."

민철의 얼굴은 똥 밟은 사람처럼 구겨졌다.

"이홍? 탈혼도수 이홍이라고 했습니까? 방금 만파산맥(萬派山脈) 산적 무리의 총채주인 탈혼도수 이홍이라 했습니까?"

제갈화평은 난처함에 얼굴이 일그러진 민철을 향해 천천히 고개를 주억거렸다.

"…예."

* * *

수레꾼 이씨의 초가집.

새하얀 장의를 입은 젊은 처자가 초가집 곁방 방문 앞까지 헐레벌떡 달려와 서선 목구멍에 치민 숨을 헐떡거렸다.

젊은 처자는 저잣거리에 파다하게 퍼진 귀면살수의 소식을 듣자마자 곧장 이곳으로 다시 달려왔다.

여자는 남자보다 직감이 우선한다. 그리고 그 직감이라는 것은 때론 예리하면서도 때때론 뜬금없기도 하다.

젊은 처자가 한갑수라는 사내에게 느낀 직감이란 것이 남들에게는 허무맹랑한 육감으로 여겨질 수도 있지만, 젊은 처자에겐 그만한 이유가 있었다.

어쨌든,

젊은 처자는 곁방 방문에 귀를 가만히 대고 방 안의 인기척을 살폈다.

조용하던 방 안에서 갑자기 들으라는 듯이 큰 소리로 골아대는 코골이 소리.

"드르렁!"

젊은 처자의 미간이 궁색하게 좁혀졌다.

'아닌가?'

잘난 직감이 또 어긋났나 하며 슬며시 어깨를 돌려세우려던 젊은 처자는 무슨 생각에서인지 아랫입술을 윗니로 살포시 깨물곤 다시 돌아서선 곁방 방문을 벌컥 열어젖혔다.

그늘진 방 안으로 버르장머리없는 햇살이 먼저 뛰어들어 갔고, 그다음에야 젊은 처자의 시선이 방 안으로 향했다.

추운 겨울이라 그런지 이불을 머리 위까지 뒤집어쓰고 드르렁드르렁 코를 골고 있는 한갑수다.

젊은 처자는 조심스럽게 방 안으로 들어갔다.

이불을 뒤집어쓰고 있는 한갑수를 향해 도둑고양이처럼 살금살금 다가간 젊은 처자는 갑자기 한갑수가 덮고 있던 이불을 확 걷어냈다.

얼마나 깊이 잠이 들었는지 거칠게 이불을 벗겨냈음에도 한갑수는 세상모르고 잠들어 있었다.

열린 방문을 통해 겨울 찬바람이 밀려들어 왔고, 갑자기 심한 한기를 느낀 한갑수는 새우처럼 허리를 접으며 모로 돌아누웠다.

잠시 그 모습을 내려다보던 젊은 처자는 한쪽 무릎을 방바닥에 꿇어 허리를 숙였다. 그러곤 한갑수의 체취를 킁킁 맡았다.

젊은 처자가 한갑수의 몸에서 옅은 피비린내를 감지해 내는 순간, 한갑수는 잠결에서인지 몸을 뒤척거렸다.

젊은 처자가 흠칫하며 상체를 뒤로 물릴 때, 한갑수의 한쪽 팔이 허리를 휘감더니 젊은 처자의 몸을 방바닥에 눕혀 버렸다.

잠결에 휘감은 팔에 힘이 실렸으면 얼마나 실려 있겠느냐만, 젊은 처자는 한갑수를 깨우지 않기 위해 휘감은 팔에 이끌려 방바닥에 상체를 눕혔다.

중얼중얼 한갑수의 잠꼬대.

"으, 음! 임자……!"

젊은 처자는 또다시 윗니로 아랫입술을 질근 깨물었다.

'이 망할 놈의 인간이?'

젊은 처자는 입 밖으로 새어 나오려는 욕지거리를 억지로 참아내며 슬며시 한갑수의 팔에서 몸을 빼내려고 했다.

그런데 한갑수의 팔에 힘이 스르륵 들어가며 손이 젊은 처자의 허리 아래로 더듬더듬 내려갔다.

놀라고 당황한 젊은 처자는 두 눈이 동그래졌다.

'어? 어! 어머머, 이 인간이 미쳤나? 어?'

한갑수의 손이 기어이 젊은 처자의 살 오른 둔부를 주물러 댔고, 입으론 뜬구름 잡듯 몽롱한 잠꼬대다.

"이, 임자, 임자!"

처녀의 본능이 이성을 한순간에 뒤엎어 버렸다.

한갑수의 손길을 거칠게 떨쳐 낸 젊은 처자는 자리에서 발딱 일어나 한갑수의 옆구리를 발로 차버렸다.

퍽!

"이 미친 작자가! 어딜 만져!"

한갑수의 입에서 구토에 가까운 비명이 터져 나왔다.

"커! 윽!"

한갑수는 두 눈을 번쩍 뜨곤 자신을 내려다보고 있는 젊은 처자를 확인했다.

비명까지 토해내고도 한갑수의 눈은 잠이 덜 깼나 보다.

"이, 임자! 왜……?"

젊은 처자가 비몽사몽인 한갑수를 매서운 눈길로 내려다보며 이기죽거렸다.

"내가 네 마누라로 보이니?"

그제야 한갑수는 상황을 파악했나 보다.

"아가씬 누구요? 왜 남의 방에 들어와서… 행패……."

화들짝 놀란 한갑수는 볼멘소리를 꺼내놓다가 뒤늦게 젊은 처자의 얼굴을 알아봤다.

"어? 그러고 보니 아가씨는……."

한갑수가 아는 척을 하자 젊은 처자는 사납던 안색을 생글생글 웃는 낯으로 돌변시켜 놓았다.

"어머! 이제야 기억나셨어요?"

한갑수는 백수건달 추씨가 당했다는 봉변이 불현듯 생각나서인지 급하게 몸을 일으켜 세우곤 대뜸 경계심부터 드러냈다.

"왜, 왜 이래? 여자가 조신치 못하게 사내 방에 침입하여 도대체 뭐 하자는 거야?"

젊은 처자는 겁먹은 한갑수의 눈길에서 얼굴을 슬며시 외면하며 혼잣말을 구시렁거렸다.

"어이구! 조신 같은 소리 하고 자빠졌네. 그러는 네놈은 그렇게 조신해서 아침나절부터 용두질이었냐?"

한갑수는 젊은 처자의 중얼거림을 알아듣지 못하고 여전히 볼멘소리다.

"비 맞은 중처럼 혼자서 뭐라고 중얼거리는 거야? 어서 나가! 어서 내 방에서 나가라고!"

젊은 처자는 무슨 꿍꿍이속인지 시큰둥하던 표정을 갑자기 아주 해맑은 미소까지 지어낸 얼굴 표정으로 변화시켜 놓았다.

"이봐요, 아저씨?"

한갑수는 젊은 처자의 애교 서린 목소리가 부담스럽고 두려워 더 까칠하게 반문했다.

"왜? 뭐?"

젊은 처자는 한갑수의 까칠한 반응마저 개의치 않아하며 연이어 코맹맹이 소리다.

"아이, 아저씨! 우리 좀 솔직해지자고요. 오늘이 정직해야 과거도 정직해지고 미래도 정직하게 살 수 있는 거래요. 그러니 우리 좀 서로 솔직해져요. 네?"

"뭐? 솔직해지자? 정직해지자? 그래, 정직과 성실 빼면 아랫도리 속곳 하나 달랑 남는 내게 도대체 뭘 원해? 뭐가 필요하냐고! 속곳이라도 벗어줄까?"

버럭버럭 화를 내는 한갑수의 말에 젊은 처자는 갑자기 용두질까지 해놓은 사내의 아랫도리 속곳이 생각이 나서 자신도 모르게 미간이 구겨졌다. 하지만 그도 잠시.

젊은 처자는 다시 얼굴에 억지 미소를 지어냈다.

"아까 어디 갔다 왔죠? 어디 나갔다 왔잖아요? 그죠?"

한갑수는 엄지를 세워 자신의 가슴팍을 가리켜 보이며 어이없다는 표정이다.

"어디 나갔다 와? 내가? 내가 나가긴 어딜 나갔다 와?"

터무니없다는 표정으로 한갑수가 반문하자 젊은 처자는 새치름한 얼굴로 쏘아붙였다.

"그럼! 몸에서 풍기는 피비린내는 뭐죠?"

"피, 피비린내?"

"네, 피비린내."

한갑수는 자신의 옷을 잡고 코로 냄새를 킁킁 맞다가 고갤 번쩍 들어 올려 황당하다는 표정이다.

"이 아가씨가 지금 누굴 놀리나? 매달 사글세를 내듯 꼬박꼬박 잊지 않고 달거리하는 계집도 아니고, 피비린내는 무슨 피비린내가 난다는 거야? 앙!"

그것참!

표현을 해도 좀 부드럽고 점잖게 하면 좋을 텐데, 꼭 비교하여 표현한다는 짓이 여자 낯부끄럽게 만드는 소리다.

단순무식한 인간.

젊은 처자는 욕을 당한 듯 얼굴이 발그스름해져선 한갑수를 잡아먹을 듯 노려봤다. 노려보는 눈매가 얼마나 표독하고 매섭던지 한갑수는 찔끔 겁을 집어먹고 슬며시 목소리를 낮추었다.

"뭐? 뭘 그렇게… 꼬나봐?"

"이실직고하시지! 안 그러면 콱 죽여 버릴 테니까!"

한갑수는 젊은 처자의 입에서 죽이겠다는 말까지 스스럼없이 나오자, 묵사발이 되어버린 백수건달 추씨의 면상이 제일 먼저 머릿속에 떠올랐다.

그래서일까. 한갑수의 목소리는 목구멍 안으로 다시 기어들어 가는 듯 주눅이 들어 있었다.

"도대체 뭘 이실직고하라는 건지 도무지……?"

"자는 척하고 있다가 몰래 나가서 사람 죽이고 왔잖아! 그래서 몸에 피비린내가 남아 있는 거고! 맞잖아! 내 말이 맞지?"

젊은 처자의 당돌한 고함에 한갑수는 두 눈이 휘둥그레졌다.

"이 아가씨가 정말 생사람 잡네!"

식겁했다는 표정으로 펄쩍 뛰는 한갑수의 반응에 젊은 처자는 뾰로통한 얼굴로 고개를 갸웃거렸다.

"아니에요?"

"아니지, 그럼!"

"어머! 이상하네요. 그럼 몸에서 나는 피비린내는 뭐예요?"

한갑수는 뾰족한 목소리로 따지는 젊은 처자에게 무어라 선뜻 해명의 말을 꺼내놓지 못하고 우물쭈물하다가, 불현듯 기억이 났다는 듯이 한쪽 무르팍을 들어 올려 손바닥으로 탁 내려쳤다.

"옳거니! 그 냄새가 몸에 배었구나!"

한갑수가 무언가를 기억해 낸 듯 소리를 치자, 젊은 처자는 제풀에 찔끔 놀랐다.

"무, 무슨 냄새가요?"

“동틀 무렵, 일 마치고 오다가 푸줏간 공씨가 방금 도살한 돈육(豚肉)을 나르기에 좀 거들어주었지! 핏물이 뚝뚝 떨어지던 그 돈육의 피비린내가 몸에 조금 배었나 봐! 그래, 그 피비린내야!”

“갓 잡은 돼지를 푸줏간으로 날라주었다고요?”

젊은 처자가 난처한 표정으로 묻자, 한갑수는 사나워진 눈길로 버럭 소리쳤다.

“그래, 이 아가씨야! 개뿔도 모르면서!”

좀 전의 당찬 모습은 어디로 갔는지 젊은 처자는 앞니로 손톱을 잘근잘근 씹어대며 난감한 척, 연약한 척이다.

“어머! 그게 정말이세요?”

“어허! 어디서 이런 맹랑한 아가씨가 다 굴러들어 왔을꼬! 정말이 아니면 그럼 내가 정말로 누굴 죽였다는 거야?”

한갑수의 짐짓 호통에 젊은 처자는 슬며시 뒷걸음질이다.

“아니면, 다시 주무세요.”

“뭐? 사람 깨워놓고 다시 자라니? 눕기만 하면 그냥 솔솔 잠이 온대?”

억울하다며 버럭버럭 따지는 한갑수를 향해 젊은 처자는 억지 울상을 지어 보였다.

“그렇다고 다 큰 어른에게 자장가를 불러 드릴 수도 없잖아요? 홍두깨로 뒤통수를 때려 기절시켜 드릴 수는 있지만……. 그러면 너무 아프겠죠? 그러니 아무 말 마시고 그냥 주무세요.”

어르고 달래는 젊은 처자의 말에 한갑수는 두 눈에 쌍심지를 켰다.

"왜 없어! 하면 되지! 다시 잠들 때까지 내 옆에 붙어 앉아서 자장가 불러! 안 부르기만 해봐!"

젊은 처자는 한갑수의 엉뚱한 요구가 기가 막혀서 두 손을 허리 위에 걸쳐 놓고 앙살을 부렸다.

"못하겠다면 어쩔 건데요?"

한갑수도 마주 허리에 양손을 짚고 사납게 겨루었다.

"남정네 혼자 자는 방에 무뢰한처럼 난입하고! 자는 사람 발길질로 들고차 깨워놓고! 그것도 모자라 생사람 살인범으로 몰아붙여 놓고……. 이봐, 아가씨! 양심이 있으면 그냥은 못 가지. 안 그래?"

젊은 처자는 무슨 생각에서인지 갑자기 유순한 표정으로 고개를 까닥거렸다.

"알았어요. 자리에 누우세요. 제가 자장가 불러 드리죠."

정말 자장가를 불러줄 거라고는 생각지도 못하고 있었던 한갑수는 흠칫 놀랐다. 그러다가, 오냐, 그래, 어디 한번 곤욕을 치러봐라 하는 심보로 자리에 벌러덩 드러누워 이불을 목까지 끌어당겨 덮었다.

"불러! 노래!"

젊은 처자는 꿍꿍이속이 있었던 터라 고분하게 자리에 앉았다. 젊은 처자가 옆에 앉으니 한갑수가 눈을 감고 묻는다.

"근데, 아가씨?"

젊은 처자는 뚱한 소리로 반문했다.

"왜요?"

"왜 날 살인범으로 생각했어?"

"직감으로……."

한갑수는 자리에 반듯하게 누운 채 두 눈을 감고 고개를 끄덕거렸다.

"아! 그 빌어먹을 직감? 여자들이 걸핏하면 앞잡이 세우는 그 직감이란 놈이 참 난감하긴 하지. 그런데 아가씨?"

"왜요?"

"시집가면 그 직감으로 남자 여럿 때려잡겠구먼."

젊은 처자는 눈을 감고 누워 있는 한갑수를 꼬나보며 입을 삐죽거렸다.

"한 남자면 족하지 왜 여럿 남자예요?"

한갑수는 자질구레하게 설명하기가 귀찮았던지 툭 쥐어박듯 말을 내뱉었다.

"그냥, 자장가나 불러!"

젊은 처자는 표독스런 눈빛으로 배짱 좋은 한갑수의 얼굴을 노려보다가, 입가에 묘한 미소를 지으며 청아한 목소리로 자장가를 부르기 시작했다.

"자장자장, 우리 아기! 잘도 잔다, 우리 아기! 꼬꼬닭아 우지 마라! 멍멍개야 짖지 마라! 자장자장 잘도 잔다. 새근새근 잘도 잔다. 나라에는 충신동이, 부모에겐 효자동이……."

근데, 어라! 희한하다.

젊은 처자가 자장가를 부르기 시작한 지 얼마 되지도 않아 한갑수는 가슴을 들썩거려가며 코골이를 시작했다.

"드르렁! 드르렁!"

젊은 처자는 조금씩 목소리를 속삭이듯 낮췄다.

"잘도 잔다, 우리 아기. 꼬꼬닭아 우지 마라……."

한갑수가 완전히 잠이 들었다고 확신이 선 젊은 처자의 자장가 노랫말은 조금씩 이상해졌다.

"자장자장 잘도 잔다. 변태 놈이 잘도 잔다. 깊은 산골 매구 만나 아랫도리 꽉 물려라. 아이고! 잘도 잔다. 변태 놈이 잘도 잔다. 자장자장… 자다가 뒈져 버려……."

젊은 처자는 요란한 한갑수의 코골이를 들으며 자리에서 조심스레 일어섰다.

"너, 꼼짝 말고 기다려."

젊은 처자는 가쁜 숨이 목구멍까지 치받은 후에야 겨우 달음박질을 멈춰 세웠다.

공씨의 푸줏간 앞이었다.

푸줏간 공씨는 젊은 처자를 한눈에 알아보고 지레 겁먹은 표정이다.

"아가씨가 여긴 웬일이오?"

젊은 처자는 다짜고짜 질문이다.

"한갑수라고 아시죠?"

"알죠!"

"마지막으로 언제 만나셨나요?"

"오늘 새벽녘에 돼지고기 반 근을 잘라달라고 해서 반 근 끊어갔소. 한데 왜 그러시오?"

공씨의 물음에 대답은 않고 젊은 처자는 제 궁금증만 계속 늘어놓았다.

"그냥 돼지고기 반 근만 잘라갔나요?"

"그럼 뭐가 또 있어야 하오?"

"이를테면, 돈육을 실어 나르는데 도와주고 갔다든지……."

푸줏간 공씨는 가당찮다며 웃었다.

"허허허! 밤새 일하고 피곤에 전 사람에게 내가 무슨 염치로 그런 부탁을 했겠소? 쯧쯧! 일없소!"

"그냥 돼지고기 반 근만 잘라갔다는 말씀이시죠? 분명하죠?"

"저잣거리 건달 추씨의 병문안을 간다면서 돼지고기 반 근만 가져갔소이다. 그것뿐! 근데 무슨……?"

푸줏간 공씨의 의아한 물음을 끝까지 듣지도 않고 젊은 처자는 몸을 돌려세워 저잣거리를 내달렸다.

"망할 놈! 내가 그럴 줄 알았어!"

"야, 한갑수!"

젊은 처자는 독이 잔뜩 오른 목소리로 소리치며 수레꾼 이씨의 초가집 곁방 방문을 부서져라 와락 열어젖혔다.

새빨간 거짓말을 늘어놓은 인간이 아직 그곳에 있을 턱이 없다.

아무렇게나 헝클어져 있는 이불, 방 안엔 뻔뻔한 침묵만 있을 뿐 사람이 없었다.

젊은 처자는 텅 빈 방 안을 향해 소리쳤다.

"한갑수! 이 나쁜 놈아!"

"갑자기 왜 간다는 게야?"

수레꾼 이씨의 섭섭한 물음에 한갑수는 가슴이 쓰리고 저린 사람처럼 심란한 얼굴로 대답했다.

"딸애가 보고 싶어서요."

이씨는 혀끝을 툭툭 찼다.

"쯧쯧! 며칠만 더 참고 일해주면 서로가 좋았을 것을! 그걸 못 참고 굳이 가겠다는 게야?"

"형님, 고향으로 가서 집안 사정 좀 살펴보고 형편이 여의치 않으면 후딱 딸애 얼굴이나 한번 보고 다시 오겠습니다."

이씨는 한갑수의 손을 덥석 잡았다.

"정말 그래 주겠는가?"

"목구멍이 포도청인데 어쩌겠습니까? 먹고살 일거리는 찾아야죠."

"아무렴! 아무렴!"

이씨는 흡족한 표정으로 허리춤에서 전낭을 찾아내어 그 속에서 엽전 한 쾌를 꺼내 한갑수의 손에 쥐어주었다.

"약소하지만 이걸로 딸아이 군것질거리라도 좀 사주게."

한갑수는 품삯이 아닌 웃돈은 받지 않으려 몸을 뺐으나, 수레꾼 이씨는 기어코 한갑수의 손에 엽전 한 쾌를 쥐어줬다.

한갑수가 쓴웃음으로 돌아서자 성문을 지키는 수문장이 한갑수의 등을 툭 쳤다.

"잘 가게. 요즘 귀면살수 때문에 분위기가 흉흉해서 가는 곳마다 검문검색이 아주 심할 게야. 다른 관문 통과 때 번잡하면 내 이름이라도 좀 팔아먹고."

한갑수가 수문장을 향해 허리를 접어 보였다.

"예, 형님! 그간 고마웠습니다."

"고맙긴 무슨! 갔다가 사는 게 신통찮거들랑 처자식 데리고 아예 이쪽으로 이주해 버려. 번듯한 집은 몰라도 허름한 초가삼간 정도는 내가 알아봐 줄 수도 있어. 일자리야 이씨가 해결해 줄 거고! 뭐가 걱정인가? 갔다가 깨끗하게 정리하고 와라! 이곳에서 우리랑 호형호제하며 함께 살자!"

한갑수는 뒤통수에 손을 얹었다.

"처랑 의논 좀 해보고요. 형님, 그럼 가보겠습니다."

한갑수는 그렇게 북관성에서 맺었던 인연들에게 손을 흔들어 보이곤 고향으로 향했다.

그런데 한갑수가 북관성에서 맺었던 인연이라고 해봐야 고작 이박 삼일밖에 되지 않았다.

한갑수는 그렇게 북관성을 떠났다.

잠시 후,

북관성 성문을 향해 부리나케 달려오는 여인이 있었다.
여인은 헐레벌떡 달려오며 소리쳤다.
"빌어먹을 한갑수! 이 나쁜 놈아!"

第四章

울지 마라

날씨가 얼마나 오지게 추운지…….

비바람을 견디지 못한 토담은 군데군데 무너졌으며, 덧대놓은 나무판자마저 떨어져 나갔고, 문짝 또한 한 짝이 어디로 도망을 갔는지 간단없이 밀려들어 오는 삭풍을 가릴 길이 없었다.

몰골이 낡고 비루한 관제묘 안에 두 무릎 세워 쪼그려 앉은 여인은 스물서너 살쯤 되어 보이는 젊은 여인이었다.

한갑수를 뒤쫓아 북관성을 부랴부랴 빠져나온 젊은 처자.

간발의 차이로 한갑수를 놓친 젊은 처자는 눈에 불을 켜고 이곳저곳을 찾아 헤맸으나 결국 한갑수의 뒷덜미를 낚아채지 못했다.

그렇게 사흘째의 밤을 맞이했다.

아기 오줌 줄기에도 꺼져 버릴 자그마한 모닥불에, 들리는 것이라곤 을씨년스럽고 성가신 부엉이 울음소리뿐이다.

젊은 처자는 세운 무릎 사이에 얼굴을 가만히 파묻었다.

입에서 나오는 건 한숨 소리요, 귀에 들리는 건 외로움이다.

가슴은 불길에 따사롭고 기댈 곳 없는 등은 찬바람에 시리고 차갑다.

뱃속에서 민망한 소리가 났다.

꼬르륵!

그러고 보니 아침을 먹고 여직 아무것도 입에 넣어보질 못했다. 뱃속이라도 든든하면 허한 마음이 덜할 텐데, 뱃속마저 텅 비어 있으니 몸도 마음도 자꾸만 움츠려진다.

부엉이가 구슬프게 울며 멀리 날아가더니 더 먼 곳에서 늑대들이 우우거리며 우짖는다.

어마나! 신세도 처량하여라.

정체도 불분명한 그 망할 놈의 인간 때문에, 그 하찮은 사내의 알쏭달쏭한 눈빛 때문에, 꼬리 아홉 달린 매구에게 홀린 듯이 요 모양 요 꼴의 신세가 되었구나.

젊은 처자는 서글픈 생각에 빠져 있다가 세운 무릎 사이에 숨겨놓았던 얼굴을 모닥불을 향해 들어 올렸다.

따스한 모닥불의 열기가 눈빛에 젖어들자 오히려 눈빛은 촉촉한 물기를 머금었다.

갑자기 새어 나오는 헛웃음.

"후후후……."

자신도 모르게 툭 터져 버린 헛웃음에 젊은 처자는 고개를 잘래잘래 가로저었다.

"아닐 거야. 아마 아닐 거야. 그 사내가 내가 생각하는 그 사람이라면, 절대 내게 이럴 수는 없어. 그러니 아닐 거야. 내 마음이 너무 외롭고 피폐하여 잠시 잠깐 착각에 빠져 버린 걸 거야. 그래, 아닐 거야."

젊은 처자가 혼잣말을 중얼거리며 상심에 빠져 있을 때, 관제묘 바깥 어둠 속에서 희미한 기척이 느껴졌다.

젊은 처자는 숨소리마저 죽여놓고 어둠 너머에서 감지된 기척의 정체를 살폈다.

밤에 돌아다니는 산짐승의 기척은 아니었다.

인기척이다.

사람의 발걸음 소리. 일반인이 아닌 무림인의 잘 다듬어진 발걸음 소리다.

야심한 시각, 외진 산중에 무림인의 등장은 혼자 있는 여자의 몸으로선 그다지 반길 만한 일이 아니다. 젊은 처자는 모닥불을 발로 밟아 꺼뜨리려다가 부질없는 짓이라며 그냥 두었다.

인기척이 느껴졌다면, 그 인기척의 주인들은 이미 모닥불의 불빛을 확인했으리라고 판단했기 때문이다.

젊은 처자는 태연한 척 모닥불을 쬐고 있었지만 마음만은 경계심을 똬리처럼 틀고 있었다.

점점 가까워지며 이어지던 발걸음 소리가 관제묘 문 앞에서 갑자기 뚝 끊어졌다.

젊은 처자는 고개를 들지 않았다. 그렇게 담담한 목소리로 문밖의 인물들을 향해 당돌하게 말을 붙였다.

“불 쬐러 왔으면 조용히 와서 앉으시고, 다른 목적이 있다면 그냥 꺼지세요.”

“…….”

이러쿵저러쿵 일언반구의 반응이 없다.

그래서 젊은 처자는 슬그머니 고개를 들어 문 앞에 우두커니 서 있는 검은 형체를 힐끔 살폈다.

건장한 사내의 모습이다.

우람한 몸집을 가진 사내가 제풀에 욕지거리를 하듯 거친 소리를 툭 뱉어냈다.

“시벌… 쯧!”

불청객은 불쾌한 욕지거리와 함께 혀끝까지 툭 찼다.

젊은 처자는 온몸으로 경고음을 느끼며 자리에서 슬며시 일어섰다.

옅은 모닥불의 불빛에 드러나는 사내의 얼굴은 첫눈에도 몹시 흉포하게 느껴졌다.

훤칠하게 큰 키에, 딱 벌어진 어깨, 사납게 생긴 얼굴에는 그 사나움을 치장한 듯 칼자국이 두세 군데 나 있었다.

사내 어깨너머에서 나타나는 또 다른 무인들.

하나, 둘…….

어깨너머에서 나타난 사내의 수가 넷이니 합이 다섯이다.

그중 한 사내가 음침한 목소리로 속삭였다.

"대형, 잘하면 꿩 먹고 알 먹겠는데요?"

대형이라고 불린 칼자국의 중년 사내가 고개를 주억거렸다.

"벌써 어디 한구석이 근질근질해지는구나! 흐흐!"

음흉한 웃음소리에 소름이 팔뚝에 사르르 돋은 젊은 처자는 오른손을 허리 뒤춤으로 슬며시 돌려놓았다. 그러곤 차가운 표정과 목소리로 쏘아붙였다.

"전부 꺼져!"

그런다고 물러날 사람들은 아니었다. 칼자국으로 얼굴이 흉한 대형이란 자가 성큼 관제묘 안으로 들어오더니 대뜸 모닥불 앞에 쪼그리고 앉아 언 손을 내밀며 불을 쬐였다.

그러곤 넉살스런 목소리다.

"앉아, 아가씨."

앉으란다고 앉을 형편인가?

젊은 처자는 도로 한 발 물러나며 앙칼지게 소리쳤다.

"무슨 짓이냐?"

대형이란 자는 젊은 처자의 뾰족한 외침을 깡그리 무시하며 뒤를 힐끗 돌아봤다.

"혹시 모르니 막내와 넷째는 밖을 경계하고."

대형에게서 지명을 받은 막내와 넷째는 추운 날씨에 밖으로 쫓겨 나가는 것이 못내 섭섭했던지 잠시 안색을 구기다가 마지못해 몸을 돌려세웠다.

관제묘에 들어와 있는 사내는 모닥불 앞에 천연덕스럽게 쪼그려 앉아 불을 쬐는 대형이란 사내를 포함해서 세 명이다.

젊은 처자가 안하무인인 대형이란 자를 향해 으르렁거렸다.

"너흰 누구냐?"

대형이란 자가 되레 반문이다.

"너, 며칠 전에 북관성에서 나왔지?"

젊은 처자는 흠칫했다. 자신에 대해 미리 알고 예까지 찾아왔다는 말이 된다. 젊은 처자의 입에서 의아한 소리가 작게 새어 나왔다.

"그런데?"

"너, 추혼오응(追魂五鷹)이라고 들어봤지?"

대형이라는 자의 물음 앞에 젊은 처자는 자신도 모르게 어깨가 움찔 놀라며 또 한 발 뒤로 물러섰다.

추혼오응은 원래 관아에서 하청을 받아 추쇄(推刷) 노릇을 하던 자들로서, 그 바닥에선 아주 유명한 자들이다. 추혼오응은 그 유명세를 등에 업고 제법 무림에서까지 고수 행세를 하곤 했다.

추쇄라 함은, 도망간 노비나 부역과 군역을 기피한 자를 잡아주는 일을 말함이다. 흔히 말하는 추노꾼이다. 그리고 그런 일과 그런 일을 도맡아하는 자들을 관리하는 관아를 추쇄도감(推刷都監)이라 했다.

실제로 도망 다니는 무림인들 상당수가 추혼오응의 손에 붙잡혀 청부인에게 인계되거나 죽임을 당했다.

은신술과 추적술은 물론이고 무공 수위마저 자타가 공인하는 실력자들이다.

그런 추혼오웅이 젊은 처자에 대해 미리 알고 이곳까지 추적하여 나타났다면 분명히 노리는 무언가가 있다. 그리고 추혼오웅 중 한둘 정도는 자신이 있는데 다섯이면 상당히 버겁다.

그렇게 재바른 판단을 한 젊은 처자는 움츠린 마음을 들키지 않기 위해 짐짓 추혼오웅 중 첫째인 함지광을 향해 당찬 독기를 드러냈다.

"당신들이 왜 날?"

추혼오웅의 첫째인 함지광이 힐끗 젊은 처자의 얼굴을 쳐다보곤 다시 모닥불 속에 시선을 툭 던져 넣었다.

"엄동설한에 말 많이 하면 이가 시리다. 그러니 짧게 하자. 너, 귀면살수와는 어떤 사이냐?"

또다시 흠칫 놀란 젊은 처자는 몸을 사리며 앙칼지게 소리쳤다.

"어떤 사이든, 너희와 무슨 상관이냐?"

채, 쨍!

섬뜩한 발검 소리와 함께 추혼오웅의 둘째와 셋째의 입에서 거친 소리가 튀어나왔다.

"쌰!"

"이년이 뒈지고 싶어?"

첫째 함지광이 한 손을 들어 아우들의 발끈한 성깔머리를 단속시켰다.

"됐어, 됐어! 상품에 흠집나면 제값을 못 받아!"

그렇게 이죽거려 놓은 함지광이 다시 젊은 처자의 얼굴을 꼬나봤다.

"너, 북관성 저잣거리에서 백수건달 노릇하는 추가라는 놈을 알고 있지? 그놈이 네가 귀면살수를 찾아다니고 있다더라. 네년이 실력이 돼서 귀면살수를 찾겠냐?"

함지광은 자신이 물어놓곤 고개를 절레절레 가로저으며 답변까지 스스로 꺼내놓았다.

"절대 그렇진 않지. 넌 분명 귀면살수와 인연이 있는 게야. 그것만으로도 네년을 무림맹에 넘기면 쏠쏠하게 은자가 들어오지. 우리 생각엔 적어도 은자 스무 냥 정도는 챙길 수가 있을 것도 같단 말이야. 우리의 생각은 그렇고, 네 생각은 어때?"

젊은 처자는 같잖다며 콧방귀를 날렸다.

"흥! 꿈 깨셔!"

함지광이 젊은 처자의 콧방귀에 고개를 끄덕거렸다.

"오냐! 근데, 자고로 영웅호색이라 했다. 살이 터져 나가는 추위 속에서 난잡하게 윤간을 당하고, 날짐승들에게 알몸을 쪼여봐야 너라는 계집이 세상 무서운 줄 알겠구나."

젊은 처자는 아랫입술을 바르르 떨었다.

"미친 새끼들! 너희 눈깔에는 내가 허깨비로 보여? 어디 한 번 설쳐 보시지? 다 죽여 버릴 테니까!"

젊은 처자의 악다구니에 첫째 함지광이 손을 탁탁 털며 일어섰다.

"얘들아, 안 되겠다. 일단 껍데기부터 벗겨놓고 시작하자!"

이제나저제나 하며 그 명령이 떨어지기만을 기다리고 있었다는 듯이 두 명의 아우가 큰 소리로 대답했다.

"예, 대형!"

힘찬 대답 소리와 함께 두 개의 칼끝이 젊은 처자에게로 향하고, 젊은 처자의 허리 뒤춤에서 어른 손으로 한 뼘 길이 정도가 되는 비수가 뽑혀 나왔다.

젊은 처자의 오른손에 들린 단검을 확인한 추혼오웅은 단검을 아주 하찮아하며 모두가 실소를 자아냈다.

"허어! 어쭈?"

그때, 관제묘 밖에서 희미한 신음 소리 같은 것이 들렸다.

모든 신경이 그 돌연한 잡음으로 인해 잠시 흐트러질 때,

"혀, 형님……!"

관제묘 안으로 비칠거리며 걸어 들어오는 추혼오웅의 막내는 두 손으로 자신의 목덜미를 조르듯 감싸 쥐고 있었다.

해괴한 막내의 짓거리가 불길하고 의아한 첫째 함지광이 소리쳤다.

"무슨 일이냐?"

목을 조르듯 자신의 목덜미를 틀어쥐고 있는 막내의 손가락 사이로 스르르 새어 나오는 붉은 핏물.

결국 손가락 사이에서 터지듯 뿜어지는 핏물과 함께 추혼오웅의 막내는 장작 토막처럼 뻣뻣하게 앞으로 꼬꾸라졌다.

쿵!

누군가에게 목이 베이고 주검이 되어버린 막내를 향해 세 명의 추혼오웅은 기겁을 하며 일제히 소리쳤다.

"막내야!"

주검이 대꾸를 할 리는 없다.

막내의 죽음을 확인한 첫째 함지광은 넷째의 안위가 걱정되었다. 그래서 주위를 두리번거리며 포효에 가까운 고함을 질렀다.

"넷째야! 넷째야!"

있어야 할 넷째의 대답은 없고, 낯선 목소리가 관제묘 안으로 불쑥 끼어들었다.

"걔, 죽었어!"

세 명의 추혼오웅은 어둠 속 미지의 목소리를 향해 급히 칼끝을 돌려놓았다.

"웬 놈이냐?"

함지광의 다급한 물음에 수상쩍은 어둠이 묵중한 대답을 했다.

"와촌의 촌놈… 한갑수!"

자그마한 모닥불이 제 몸을 살라 밝혀놓은 불빛 속으로 한 사내의 모습이 나타났다.

잡부들이나 챙겨 입을 법한 허름한 평상복 차림의 사내다.

한갑수의 초라한 겉모습에 함지광은 당혹해서인지, 아니면 정말 어이없어서인지 피식하고 말았다.

"뭐? 어디의 촌놈이라고? 와촌의 한갑수고 두갑수고 간에 너 도대체 뭐 하는 새끼야?"

한갑수의 눈빛이 묘하게 일그러졌다.

"아우란 자들이 죽어 나자빠졌는데 지금 그게 궁금해?"

추혼오응 첫째 함지광의 낯빛이 그제야 똥 씹은 듯 우그러지더니 곧바로 입에서 악다구니가 터져 나왔다.

"새끼! 죽어!"

함지광의 칼끝이 쏜살처럼 한갑수의 인중을 노렸다.

분노를 이기지 못하고 폭발하듯 발출한 칼끝이니 무척 빠르고 매서웠다. 그러나 칼끝엔 냉철함이 없었다.

냉철한 이성적 결핍이 한갑수의 눈엔 많이 허술했나 보다.

한갑수의 왼손이 함지광의 검신을 밀쳐 내듯 가볍게 툭 쳐내는 순간, 한갑수의 오른손이 장검과 함께 빨려 들어오는 함지광의 오른팔 오금을 아작 내놓았다.

빠각!

비명이 터지고,

"아, 악!"

오른팔 관절뼈가 박살 나는 고통을 참지 못하고 함지광의 입에서 날카로운 비명이 터지는 그 찰나, 한갑수의 왼쪽 팔꿈치가 전광석화처럼 돌아 나오며 함지광의 안면을 으깼다.

빡!

안면이 함몰된 함지광은 두 발이 지면에서 붕 떠선 저만치 날아가 쿵 하고 떨어져 패대기쳐 놓은 개구리처럼 축 널브러져 버렸다.

모든 것은 찰나지간이었고, 그 눈 깜박할 새에 추혼오응의 첫째 함지광은 안면에 피 칠갑을 한 채 주검이 되어 너부러졌다.

인생이란 게 그런 거다.

그렇게 별거없다.

자칫하면 한순간이다.

한갑수를 향해 겨냥한 두 사내의 칼끝이 부들부들 떨리기 시작했다. 칼끝만 떨린 것은 아니었다. 둘째의 입에서 새어 나오는 당혹한 목소리마저 학질에 걸린 듯 발발 떨렸다.

"뭐, 뭐, 뭐냐, 저, 저놈?"

그나마 둘째보단 셋째가 조금 담이 컸나 보다. 셋째가 둘째의 얼굴을 힐끗 살피며 눈짓을 줬다.

"혀, 형님!"

셋째의 눈짓은 동시 협공을 하자는 암시였다. 둘째는 셋째의 생각을 눈빛에서 읽어냈다. 둘째와 셋째의 눈길이 서로에게서 떨어지는 순간, 두 사내가 동시에 움직였다. 하지만 눈빛 약속과는 달리 서로의 방향은 엇갈렸다.

셋째는 약속대로 한갑수를 향해 신형을 쏘았는 데 반하여, 둘째는 엉뚱하게도 젊은 처자 쪽으로 칼끝을 돌려놓았다.

딴엔 연약해 보이는 여자를 인질로 잡고 활로를 도모할 잔꾀였나 보다. 살다 보면 꼭 이런 인간이 흔치 않게 있다.

그러나 불행히도 세상사는 불공평하다. 아니, 불공평하다기보단 그다지 정의롭지 못한 것이 세상살이다.

단말마와도 같은 고통스런 비명이 먼저 터진 쪽은 역시나 셋째의 목청에서였다.

"으, 악!"

한갑수의 금나수(擒拿手)에 칼자루를 잡은 셋째의 손목이 낚아채졌다. 곧바로 한갑수의 발길질에 셋째의 무르팍이 무참히 차이며 역으로 우두둑 꺾였다. 이어, 셋째의 어깨가 한갑수의 손길에 강제로 반 바퀴 뒤틀리며 어깨뼈마저 아스러져 버렸다.

추혼오웅의 셋째는 무르팍이 아스러지고, 어깻죽지가 뒤틀려 부서진 고통과 함께 몸이 홱 뒤집혀서 땅바닥에 등짝이 내리찍힌 것이다.

쿵!

화르륵 피어오르는 흙먼지를 가르며 한갑수의 오른발이 곧바로 셋째의 가슴팍을 짓이겼다.

빠가각!

셋째의 허리가 휘청 휘며 불룩 솟아올랐다. 민망한 모양새로 번쩍 들려진 엉덩이가 아래로 다시 푹 꺼지며, 딱 벌어진 셋째의 입에서 샘솟듯 핏물이 울컥 게워졌다.

그러곤 셋째는 두 눈을 하얗게 뒤집고 소금에 절여놓은 배춧잎처럼 축 늘어져 버렸다.

한편, 셋째를 나 몰라라 하고 얍삽한 수를 쓴 둘째는, 젊은 처자를 만만히 보고 칼끝을 디밀었다가 젊은 처자의 날렵한 단검에 되레 오른쪽 팔뚝과 왼쪽 옆구리를 베이고 화들짝 놀라 후다닥 물러섰다.

잔뜩 벼르고 있던 젊은 처자의 칼솜씨는 추혼오웅의 둘째가 기겁하며 놀라 물러서야 했을 만큼 예사롭지 않았다.

추혼오웅의 둘째는 한갑수와 젊은 처자의 얼굴을 번갈아 살피다가 손에 든 장검을 철커덩 떨어뜨리곤 대뜸 두 무르팍을 바닥에다가 털썩 꿇어놓았다.

"사, 사, 살려주시오!"

칼밥 먹고사는 무인이 칼을 손에서 놓고 무릎 꿇어 살려달라 애원하면 이미 볼 장 다 본 거다.

젊은 처자의 눈길이 빠르게 한갑수 쪽으로 돌아갔다.

한갑수는 더 이상 관심이 없다는 듯 젊은 처자의 눈길을 의도적으로 외면하며 널따란 등짝을 보였다.

젊은 처자가 다급하게 한갑수를 불렀다.

"이봐요!"

젊은 처자의 신경이 온통 한갑수에게로 향해 있을 때, 추혼오웅 둘째의 눈알이 쥐새끼 눈알처럼 반들반들 바쁘게 움직이더니 땅바닥에 떨어뜨려 놓았던 장검의 검파 쪽으로 손이 슬며시 움직였다.

젊은 처자는 다급하게 한갑수를 다시 불렀다.

"이봐요! 잠깐만요!"

젊은 처자의 입에서 애타는 목소리가 다시금 터질 때를 맞추어 추혼오웅의 둘째가 장검을 빠르게 낚아채 들어 올리며 신형을 튕겨 올렸다.

그 시각, 그 찰나,

한갑수의 신형이 회오리치는 바람처럼 횡으로 선회하며 휘돌았다. 급작스런 한갑수의 신형에 상황을 몰라 화들짝 놀란 젊은 처자의 입에서 뾰족한 비명이 먼저 터졌다.

"아, 악!"

그리고 이어지는 격한 타격 소리.

빠각!

무방비 상태인 젊은 처자를 노리고 공중으로 신형을 띄워놓았던 추혼오웅 둘째의 가슴팍에 한갑수의 발길은 뽀얀 먼지를 폭발시켜 놓았다.

뽀얀 먼지를 잔영으로 남기고 관제묘의 덧댄 나무판자로 날아간 둘째의 몸뚱이는, 나무판자를 굉음으로 부수고 관제묘 밖으로 튕겨져 나갔다.

꽈지직!

그러곤 쥐 죽은 듯이 조용하다.

아마도 추혼오웅 둘째는 나무판자가 박살이 났듯 흉골(胸骨)이 아작 나서 즉사했으리라.

죽지 않았으면 사람이 아닐 게다.

한갑수의 입술 사이에서 짧고 빠르게 뿜어지는 날숨.

"후!"

이제 관제묘 안엔 꺼질 듯 약해진 모닥불의 불빛과 그 미온의 불길에 아우러진 피비린내만이 있었다. 그리고 반딧불처럼 우수수 흩날리며 떨어지는 불티.

연붉은 불티들이 눈발처럼 날리는 관제묘에 서 있는 한갑수와 젊은 처자는 있어도 서로 없는 존재들처럼 한참을 말없이 서 있었다.

서먹한 재회.

그렇게 잠시의 시간은 무겁게 흘렀다.

그러다가 두 사람은 미리 약속을 해둔 사람들처럼 동시에 입을 열었다.

입맞춤하듯 거의 동시였다.

"저기요?"

"안 갈 거야?"

참으로 어색하고 민망한 우연이다.

동시에 말문을 튼 것이 어쩌면 소소한 우연이었음에도 서로는 희한해하며 당황해했다. 또다시 어색한 침묵이 잠시 잠깐 더 흘렀다. 그러다가 먼저 웃음을 툭 터뜨린 쪽은 젊은 처자였다.

"후훗!"

그 풋풋한 웃음소리에 한갑수가 쑥스러운 미소를 지어 보이며 뒤돌아섰다. 돌아서선 젊은 처자를 향해 너무나 일상적인 목소리를 건넸다.

"가자."

달빛은 휘영청 밝았으나, 숲이 우거지니 밤길은 칠흑처럼 어두웠다.

말없이 한갑수의 뒤를 따라가던 젊은 처자는 어둔 밤길에 발길이 미끄덩하여 넘어질 뻔했다.

잘난 여자든 못난 여자든, 여자라면 이럴 때 대부분 이런 소리를 꼭 낸다.

"어머!"

앞서 가던 한갑수가 걸음을 멈춰 세웠다.

그러나 뒤를 돌아보진 않았다.

젊은 처자는 제풀에 머쓱해져선 종알거렸다.

"괜찮아요. 그냥 가요."

한갑수는 걱정하여 배려하는 말조차 혼잣말처럼 멋없게 이야기했다.

"내 옷이라도 잡아."

젊은 처자는 수줍었다. 수줍은 척하는 것이 아니라 정말 열두어 살 꽃봉오리 소녀처럼 수줍었다.

"괜찮은데……."

그러면서 젊은 처자의 버르장머리없는 손은 한갑수의 허리 뒤춤을 잡고 만다.

한갑수는 대낮에 대로변을 걷듯 산길을 다시 걸어 내려갔고, 젊은 처자는 봉사가 지팡이 내어주고 따라 걷는 것처럼 한갑수의 발자국에 이끌렸다.

인가의 불빛들이 별빛처럼 내려다보이는 산기슭쯤에서 젊은 처자는 무슨 생각에서인지 한갑수의 허리 뒤춤을 툭툭 잡아당기며 걸음을 멈추었다.

한갑수는 왜 멈춰 세우느냐는 궁금증도 가지지 않고 말없이 서 있었다. 젊은 처자는 가슴이 사르르 떨리는 것을 아랫입술을 윗니로 깨무는 것으로 견뎌냈다.

왜 멈춰 세웠느냐고 물어주면 좋으련만, 정없고 말없어 과묵한 한갑수는 나무토막을 깎아 세워놓은 장승처럼 미련하게 가만히 서 있기만 했다.

언제까지 이러고 있을 수는 없다.

젊은 처자가 어렵게, 어렵게 입을 뗐다.

입에서 새어 나오는 말 하나하나가 심중에 맺혀 있던 한처럼 심연의 습기로 흘러나왔다가 차가운 겨울 밤공기에 뽀얀 입김이 되어 사라졌다.

"강(姜)… 영(英)… 후(珝)."

돌연한 이름 석 자에 한갑수는 못 들은 척 말이 없다.

"……."

젊은 처자는 속삭이듯 심중에 맺힌 이름을 다시 불렀다.

"영후 오빠."

귀머거리가 아닌 다음에야 분명히 부르는 이름을 들었을 것인데, 한갑수는 귀가 없어 못 듣는 사람처럼 여전히 묵묵부답이다.

"……."

이미 쏟아진 물이니 젊은 처자는 물러설 생각이 없다.

"영후 오빠… 맞죠?"

"……."

대답없는 한갑수를 향해 젊은 처자는 울며불며 소리쳤다.

"강영후! 맞잖아! 아니래도 이젠 소용없어요!"

밤공기를 쩌렁쩌렁 울리는 젊은 처자의 울음 섞인 고함 소리에 한갑수의 입은 조용하고 아련한 입김을 흘려냈다.

사내의 뽀얀 목소리는 깊은 우물 속에서 피어오른 물안개와도 흡사했다.

"가희야, 울지 마라."

되돌아온 이름과 사연에 젊은 처자의 머릿속은 하얗게 비어 버렸다.

가희야, 울지 마라.

울지 마라…….

젊은 처자의 성(姓)이 송(宋)이고, 이름이 가희(嘉喜)다.

가희는 손아귀의 힘이 갑자기 쭉 빠져 잡고 있던 강영후의 허리 뒤춤 옷자락을 놓치곤, 두 다리마저 탁 풀린 듯 그대로 흙바닥에 털썩 주저앉아 버렸다.

세상에나!

혹시나 했었는데, 설마 설마 했었는데…….

그동안, 그 오랜 세월 동안 제 홀로 좋아라 하며 준비하고 연습해 뒀던 이런저런 자잘한 인사말들이 갑자기 가희의 머릿속에서 깡그리 잊히고 새하얘져 버렸다.

그것으로 끝이었으면 좋으련만, 명치에서 약속없이 시작된 서러움이 스멀스멀 가슴을 타고 기어올라 왔다.

울음이 목구멍에 복받치는데, 정작 그 울음은 목청에서 소리가 되지 않고 헉헉 가쁜 숨소리만 뿜어냈다.

미치도록 반가워하며 웃어야 할 시간임에도 설움의 눈물이 버릇없이 먼저 앞장서선 두 볼을 타고 주르륵 흘러내렸다.

염치없이 흘러내린 눈물이 턱 아래에 맺혀 아롱지고, 머릿속이 텅 빈 채로 목메어 소리없이 울고 있자니, 무심하고 야속한 사내가 뒤늦게 돌아서선 아름드리 큰 모습, 큰 그림자로 모든 것을 다 가려 버린다.

달빛에 드리운 사내의 그림자는 체온보단 서늘했고 겨울보단 따스했다. 하지만 강영후의 목소리는 겨울 찬바람에 바르르 떨리는 옷자락 소리만큼이나 냉랭했고 야멸쳤다.

"울지 마라!"

꾸짖어 울지 마라 한들 한번 터진 눈물이 그리 쉽게 딱 멈출리 만무하다. 오히려 가슴이 복받쳐 목멨던 울음이 결국 후련한 소리가 되어 툭 터져 버렸다.

고개를 들어 애먼 밤하늘을 보며 소리 내어 엉엉 울자니, 무수한 별빛이 은비늘 반짝이는 물결이 되어 가희의 눈초리에 흘러내렸다.

보다 못한 영후가 아무렇게나 퍼더앉은 가희 앞에 무릎을 맞대고 앉았다.

철부지 아기처럼 펑펑 울어대는 가희의 모습에 영후는 쓴웃음을 눈빛과 입매에 지어놓곤 하염없이 흔들리는 가희의 두 어깨를 감싸 안았다.

고즈넉한 곳, 조용한 목소리.

"울지 마라."

영후의 체온을 간직한 하얀 입김이 눈물 젖어 차가워진 가희의 얼굴에 닿았다.

닿아서 피부에 스며들었다.

달래는 사람이 먼저 지치도록 울진 말아야지 하는 가희의 의지와는 상관없이 격정에 휘말린 고개와 어깨는 물론이고, 제법 봉긋한 가슴까지 격하게 들썩거려서 도저히 울음을 멈출 길이 없었다.

울지 말라니 이제 울지 말아야지 하는 모진 다짐은 다 부질없고 소용이 없었다.

그렇게 북받친 울음을 가희는 어금니를 물어가며 참아내려 했다. 그러니 울음소리는 점점 가슴앓이 흐느낌으로 변해 버렸다.

영후는 차분한 목소리로 쓰라린 가희의 신음을 다독거렸다.

"가희야, 울지 마라."

영후의 손길이 가희의 얼굴로 다가와 젖은 눈자위를 정갈하게 닦아냈다.

"울지 마. 이제 그만."

영후는 우는 아기 달래듯 가희를 토닥토닥 달랬고, 가희는 맥없이 말아 쥔 주먹으로 영후의 가슴팍을 툭툭 때렸다.

때리는 사람도, 가슴을 내어주고 맞는 사람도, 때려야 할 이유도, 맞아야 할 이유도 서로가 알지 못했다.

맞는 사람보다 때리는 사람이 먼저 지쳤다.

가희가 울먹이며 소리쳤다.

"오빠!"

영후가 가희의 그렁그렁한 눈동자를 들여다보며 어금니를 모질게 악물었다. 어금니를 깨물곤 심연 속에 가두어두었던 심중의 말을 끄집어냈다.

"울지 마라. 가희야, 울지 마라. 이젠 더 이상 울지 않아도 된다. 그러니 울지 마라!"

* * *

무식하게 생긴 식칼이 쌩 하고 파공음을 울리며 날아가 기루의 주방 나무 벽면에 처박혔다.

팍!

나무 벽면에 틀어박힌 식칼은 진저리를 주체하지 못하고 한참 동안 바르르 떨렸다.

중년인의 우락부락한 고함 소리.

"이놈의 새끼! 어딜 빨빨 쏘다니다가 이제야 기어들어 와!"

벽면에 섬뜩하게 박힌 식칼 바로 아래엔 구부정하게 허리를 숙여 날아온 칼을 피한 젊은 사내가 있었다.

나이는 약관쯤, 멀끔하게 생긴 얼굴엔 울긋불긋 여드름이 잔뜩 돋아나 있었다.

여드름의 젊은 사내가 도끼눈을 해가지곤 식칼이 날아왔던

쪽으로 시선을 홱 돌렸다.

여드름사내의 제법 굵직한 목소리가 여인의 독살스런 목소리보다 더 앙칼지게 터졌다.

"아버지!"

홍화기루(紅花妓樓)의 주방장 왕씨(王氏)는 하나밖에 없는 아들 왕진(王珍)에게 섬뜩한 식칼을 날려놓고도 직성이 풀리지 않았던지 화난 황소처럼 콧바람을 씩씩거렸다.

"이런, 우라질 놈아! 잠깐 다녀오겠다는 것이 벌써 한식경이 넘었다! 배추라도 좀 썰어놓아야지 저녁에 들이닥칠 손님치레라도 할 게 아니냐! 저놈의 자식! 누굴 닮아 저러누?"

왕씨의 외동아들 왕진은 슬그머니 허리를 펴며 볼멘 얼굴로 뚱한 대꾸다.

"자식이 닮긴 누굴 닮겠어요? 기껏 닮아봐야 아버지 닮지!"

맞는 말이다. 분명히 맞는 말임에도 아버지 왕씨는 아들에게 버럭 역정이다.

"저, 저런 후레자식 놈을 봤나!"

채소나 면(麵)을 썰 때 사용하는 칼끝이 뭉툭하고 폭이 넓적한 부엌칼이 주방장 왕씨의 손에 잡히더니 망설임없이 아들 왕진의 면상을 향해 던져졌다.

휘리링!

칼끝이 뭉툭하게 각진 부엌칼이 빠르게 바람개비 돌며 날아오자, 기겁한 아들 진이 고개를 슬쩍 젖혀 칼을 피했다.

각진 칼끝이 주방 나무 벽면에 또다시 콱 처박혔다.

주방장 아들 진의 우그러진 얼굴 표정.

"엄마 없이 자란 아들이니 후레자식 맞네요! 왜요?"

대개는 아비 없이 버릇없게 자란 자식을 후레자식, 또는 호래자식이라 욕을 하지만, 어미 없이 버릇없게 자란 망나니 역시 그런 욕지거리를 얻어먹기도 한다.

왕씨가 바락바락 대드는 아들의 꼬락서니에 울화가 치밀어서 두 눈을 왕방울만 하게 치켜뜨곤 칼끝이 뾰쪽하고 폭이 점점 널찍해지는 우도(牛刀)를 챙겨 손에 꼬나들었다.

"뭐야? 이놈의 새끼가 뭐가 어째?"

아버지가 다시 칼을 손에 드니 아들 진도 나무 벽면에 박힌 두 자루의 부엌칼을 쑥 뽑아내어 양손에 챙겨 들었다. 그러면서 마주 고함이다.

"저도 칼 있거든요! 그러니 아버지부터 칼 놓으세요!"

왕씨가 잡아먹을 듯 눈알을 부라리며 다시 소리쳤다.

"이놈의 자식이! 아비에게 감히 칼을 겨눠?"

"그러는 아버진요? 어느 아비가 금쪽같은 외아들에게 살벌하게 칼을 던진대요? 어이구! 내가 못살아!"

"닥쳐라, 이놈의 새끼야! 오냐, 그래! 한번 해보자 이거냐? 오늘 너 안 죽으면 나 죽는다!"

주방장 왕씨의 노발대발에 아들 진이 양손에 식칼을 꼬나들고 바락바락 소리쳤다.

"찬물도 위아래가 있다는데 죽는 것도 순리대로, 순차적으로 죽자고요!"

"오냐! 이놈의 후레자식!"

왕씨가 아들을 향해 막 달려들려고 할 때, 주방문에 걸어놓은 주렴이 거칠게 걷히더니 앙칼진 여인의 목소리가 끼어들었다.

"부자지간에 잘한다! 잘들 해!"

불쑥 끼어든 여인의 고함에 두 부자의 시선이 주렴 쪽으로 획 돌아갔다.

나이는 오십대 중, 후반, 왼쪽 입가에 낟알만 한 점이 있어서 살짝 퇴폐적인 분위기를 풍기는 이 중년의 기녀는 이곳 홍화기루의 행수기녀인 설매(雪梅)다.

행수기녀란 기루에서 수장 노릇하는 기녀를 말한다.

행수기녀 설매가 왼쪽 입가에 낟알만 하게 도드라진 점을 실룩실룩 말아 올리며 이죽거렸다.

"어머머! 부자지간에 또 칼질이시네? 어쩜 이렇게 다정하고 화목하실까? 너무 화기애애하니까 정말 눈꼴셔서 못 봐주겠어! 곧 손님들이 들이닥칠 텐데 장사는 안 할 거야! 우리 애들 아랫도리 다 굶겨 죽일 작정이냐고?"

행수기녀 설매의 비아냥거리는 타박에 두 부자는 슬그머니 칼을 내려놓고 설매의 독살스런 눈길에 등을 보였다.

잠시 두 부자의 등을 째려보던 설매가 찬바람을 쌩 일으키며 주렴을 걷고 밖으로 나갔다.

행수기녀가 주방에서 나가 버리자 왕씨는 큼지막한 도마에다가 이런저런 잡다한 음식 재료들을 올려놓았다가 내려놓았다가 바쁜 척을 했다.

그러면서 아들 진의 얼굴을 힐끔힐끔 살폈다.

"뭐 하냐?"

진이 얌전하게 걸어와서 칼을 잡고 배추를 도마 위에 올려놓았다. 그러곤 아무 일 없었다는 듯이 다다닥 재바른 칼질이다.

주방장 왕씨가 엉덩이를 한쪽으로 실룩 내밀어 옆에 선 아들의 엉덩이를 툭 건드렸다.

"인석아, 어딜 그리 말도 없이 갔다 왔어?"

아들 진이 아버지 왕씨의 엉덩이를 제 엉덩이로 툭 쳐서 장난스럽게 밀어냈다.

"무룡객잔(舞龍客棧)에요. 오셨나 싶어서요."

"아직 안 왔어?"

아비의 물음에 진은 열심히 도마질을 하며 뚱한 소리로 대답했다.

"기약한 날이 벌써 사나흘이나 지났는데……."

"소문엔 깨끗하게 처리했다고 하던데, 약속 시한을 칼같이 지켜내던 사람이 갑자기 왜 이렇게 늦지?"

"근데요, 아버지?"

"왜?"

왕씨가 아들 진의 얼굴을 힐끔 보니, 입이 댓 발이나 나와 있었다. 진은 그렇게 퉁퉁 부은 얼굴로 불만을 쏟아냈다.

"제발 좀! 슬쩍 암시라도 주시고 칼 던지세요! 정말 식겁하겠어요! 아깐 오줌이 찔끔 나올 뻔했다니까요!"

아들의 엄살에 왕씨는 눈을 부라렸다.

"인석아, 정식으로 무림에 발 디밀어 넣기 전에 감각부터 칼날처럼 벼려놓아야 해! 넌 아직 멀었어! 아비에게 칼 맞아 뒈지고 싶지 않으면 정신 똑바로 차리고 다녀!"

"아무리 그래도 그렇지! 아버지, 이건 하루 이틀도 아니고, 저도 이제 웬만큼은 한다고요! 제발 좀 살살 합시다, 아버지!"

아들의 불만 어린 성토에 왕씨는 어이없다며 혀끝을 툭툭 찼다.

"쯧쯧! 그러게 누가 늦게 오랬냐? 그리고 뭐? 웬만큼 해? 네가? 허어, 인석아! 내가 너만 했을 땐……."

왕씨가 귀에 못이 박히도록 들었던 소싯적 이야길 또 꺼내놓으려고 할 때, 주방 밖에서 행수기녀 설매의 호들갑 떠는 소리가 들려왔다.

"어머머! 이게 누구야? 요즘 왜 이렇게 뜸해?"

사내의 목소리가 설매의 호들갑에 대꾸했다.

"일이 좀 많아서요. 그간 별고없었죠, 누님?"

"그럼, 그럼! 나야 별일이 있나? 별일있으면 병풍 쳐놓고 향내나 맡아야지! 그나저나 이번엔 이 누나 소원 꼭 풀어주고 가야 해! 알았지? 힘 좋을 때 자주자주 써먹어야지! 만날 청춘인 줄 알아?"

행수기녀의 음탕한 농지거리에 사내는 목소리에 웃음기를 머금고 마지못한 대답을 건넸다.

"예, 예!"

주렴이 짜르륵 걷히는 소리와 함께 건장한 체구의 사내가 주방으로 불쑥 들어왔다.

제일 먼저 진의 눈길이 사내에게로 향했다.

"혀, 형님!"

진의 반기는 목소리에 빙그레 웃음 짓는 사내는 한갑수라는 이름으로 행세를 하던 강영후다.

영후가 갑자기 바쁜 척해대는 주방장 왕씨에게 인사를 했다.

"어르신, 저 왔습니다."

주방장 왕씨는 불만 가득한 표정으로 영후의 인사에 데면데면했다.

"응… 왔어?"

그러면서 못내 궁금했던지 왕씨는 슬쩍 고개를 돌려 영후의 얼굴을 힐끔 살폈다.

그때, 영후의 어깨너머로 여인 하나가 들어섰다.

주렴을 걷으며 다소곳하게 걸어 들어와 영후의 옆에 서는 여인. 하얀 장의를 입은 젊은 처자, 가희다.

진이가 먼저 영후에게 눈짓을 슬며시 던지며 가희의 존재에 대해 물었다.

"형님, 이분은 누구……?"

영후가 주방 선반 위에 놓인 마른 안줏거리를 하나 집어 입 속으로 쑥 넣곤 질겅질겅 씹으며 어둔한 목소리로 대답했다.

"응. 오는 길에 하나 주웠어."

진은 영후의 엉뚱한 말을 곧이곧대로 믿었던지 가희의 아래위를 음흉한 눈빛으로 훑으며 비린 목소리를 꺼내놓았다.

"형님은 수단도 참 좋으셔! 형님, 일단 원앙금침으로다가 잠자리부터 깔아드릴까요? 객고가 만만찮았을 텐데……."

나이보다 훨씬 더 닳아먹은 진의 입에서 끈적끈적한 말이 떨어지기가 무섭게 발끈한 가희의 발이 진의 정강이를 툭 걷어찼다.

퍽!

가희의 까칠한 목소리.

"뭐니, 너?"

가희의 기습 공격에 오만상이 되어버린 진은 성질을 부리며 엉겨 붙을까 하다가 영후의 눈치부터 슬금슬금 살폈다. 그러나 영후는 이러쿵저러쿵 반응도 없이 주방 식탁을 향해 걸어가 버렸다.

주방장 왕씨의 아들 진이 가희를 향해 뭐라 따지기도 전에 왕씨가 먼저 발끈했다.

"이봐, 아가씨? 왜 금지옥엽 같은 남의 귀한 자식을 걷어차고 난리야? 앙!"

가희는 자신의 발길질에 걷어차인 진이 주방장 왕씨의 아들이란 사실에 흠칫 놀라 고개부터 얼른 숙였다.

"어머! 죄송해요. 그런 줄도 모르고 그만……."

왕씨는 부라린 눈으로 가희를 노려보며 입으론 영후를 향해 볼멘소리다.

“저 성깔머리 사나운 아가씬 도대체 누구야?”

영후는 도마 위에 놓인 넓적한 부엌칼을 쥐곤 배추를 잘게 썰기 시작했다.

타다다다닥!

칼질하는 손은 신들린 듯했으며 난도질당한 배추는 의외로 자로 재어 잘라놓은 듯이 일정한 크기로 잘려져 나갔다.

모든 시선이 신기에 가까운 영후의 손놀림으로 향했고, 영후의 입에선 뒤늦은 대답이 나왔다.

“가족이죠, 한 가족.”

그 말을 끝으로 영후는 칼질을 딱 멈추었다.

영후가 주방장 왕씨의 어깨를 슬쩍 당겨 안으며 주방 한쪽 구석으로 왕씨를 데리고 갔다.

영후가 무어라 귀엣말을 하자 왕씨는 힐끔힐끔 가희를 살펴댔다.

그러다가 주방장 왕씨의 눈가엔 촉촉한 물기가 묻어났다.

왕씨가 눈가에 맺힌 물기를 소맷자락으로 훔쳐 내며 가희에게로 다가와 돌연 가희의 두 손을 꼭 감싸 쥐었다.

“아기씨…….”

주방장 왕씨는 가희를 아기씨라는 호칭으로 불러놓곤 대뜸 두 무릎을 꿇어 머리까지 조아렸다.

당황한 가희가 급히 왕씨를 부축하여 일으켜 세우려 했다.

“어르신, 일어나세요. 왜 이러세요?”

왕씨는 가희의 손길을 마다하고 이마를 바닥에 쿵쿵 찧어대며 울먹거렸다.

"아기씨, 충랑(忠郞) 왕우령(王祐玲)! 늙어 쓸모없어진 몸이 되어 아기씨를 뵙습니다!"

*　　*　　*

평원(平原)은 수도나 고도(古都)는 아니지만 나름 제법 큰 도회지다.

무룡객잔의 별당.

객잔 별당의 객실 하나가 밤늦도록 불을 밝혀선 도둑놈 숨소리처럼 몰래몰래 내리기 시작한 눈발을 살피고 있었다.

화롯불을 사이에 두고 둘러앉은 사람은 네 명의 사내.

"들병이는?"

영후의 물음에 홍화기루의 주방장 아들인 진이 목소리를 낮추며 대답했다.

"들병이 누난 아직 깜깜무소식입니다."

들병이라는 별명 아닌 별명을 가진 한 여자를 만파산맥으로 정탐 보낸 것이 벌써 두 계절 전의 일이다. 그런데 아직 소식이 없다는 말은 일이 여의치가 않다는 말도 된다.

하기야 만파산맥에 있는 백여 개의 산채를 다 둘러보려면 적어도 일여 년의 세월은 족히 걸릴 것이다. 늦는 것이 어쩌면 당연한 일이지만, 상대가 만파산맥의 총채주 탈혼도수 이홍이니 적잖게 걱정도 되었다.

영후의 구겨진 시선이 진이 옆에 앉은 또래의 젊은 사내에게로 향했다.

진의 불알친구이면서 이곳 객잔 주인의 아들인 류수민(柳秀敏)이다. 호리호리한 체구에 눈빛엔 초롱초롱 총기가 어려 있었다.

"수민아, 무림맹 신기단(新期團)에 있다는 그 아인 어떻게 됐어?"

영후의 물음에 수민의 표정이 갑자기 어두워졌다.

"아직 포섭하지 못했습니다. 형님, 조금만 더 시간을 주십시오."

제일 오른쪽에 앉아 있던 막철호(莫鐵豪)가 당찬 표정으로 나섰다.

"형님, 차라리 제가 신기단에 입단할까요? 전 자신있습니다! 에두를 필요 없이 그냥 제가 신기단에 들어가죠."

철호란 녀석은 허우대가 무척 좋았으며, 인물 또한 어디에 내놓아도 빠지지 않을 미남이었다.

그리고 세 명 중에 가장 무위가 높았다. 한 가지 흠이 있다면 녀석의 핏속엔 지나치게 열이 많다는 점이다.

철호는 인근에 있는 막가전장(莫家錢莊)의 큰아들이다. 그리고 진과 수민과 동갑내기다.

무림맹에서 날고 긴다는 후기지수들을 그러모아 놓은 곳이 신기단이었고, 녀석이 신기단에 입단하고도 남을 실력이지만 영후는 가만히 고개를 가로저었다.

"안 된다."

불허하는 영후에게 철호가 얼굴을 내밀며 의아해했다.

"왜요, 형님?"

"너, 출세하고 싶냐? 입신양명이 하고 싶어?"

"그런 거 없습니다! 저는 그냥……."

억울해하는 철호를 향해 영후는 짐짓 강렬한 눈빛을 건넸다. 그리고 영후의 입에선 조용한 음색이 새어 나왔다.

"그럼 하지 마라."

철호는 더 이상 고집을 피우지 않고 곧바로 고개를 숙였다.

"예, 형님!"

영후의 시선이 수민에게로 향했다.

"녀석을 포섭하려는 것은 놈이 탐이 나서가 아니다. 녀석의 아버지 금성수(金誠守)의 후광을 이용하기 위함이야. 금성수는 무림맹주 진추문의 막역한 친우이기도 하지. 그리고 금성수의 직책이 무림맹 사서관(史書館)의 관장이다."

수민이 고개를 작게 숙였다.

"그 점, 잘 알고 있습니다, 형님."

"수민아, 녀석을 직접적으로 포섭하기가 어렵다면, 한 다리 건너보는 것도 괜찮을 듯하다. 놈이 안 되면, 우선 놈의 주변 인물부터 먼저 포섭해라. 이왕이면 녀석의 친우면 더 좋고. 그 다음… 더 길게 설명하지 않아도 무슨 뜻인지 알겠지?"

수민이 재바른 대답을 했다.

"예, 알겠습니다."

영후가 빙그레 웃으며 입을 다시 뗐다.

"급할 것은 없으나 미룰 일도 아니니 수민이 네가 신경을 좀 더 써야겠다."

수민이 크게 머리를 숙였다.

"예, 형님!"

수민의 힘찬 대답에 영후의 시선이 진에게로 향했다.

"진아?"

진이 바짝 긴장한 안색으로 대답했다.

"예, 형님!"

"자우(茨羽)는 아직 오지 않았지?"

"자우 형님이야 천서회(天鼠會)에 들렀다가 이번 청부 대금 두 건부터 해결하고, 이곳과 정반대 방향에서 주변의 시선을 한번 끌어놓은 후에야 귀환할 것입니다. 한데, 왜요?"

영후의 눈빛이 와락 구겨졌다.

"뭐? 자우가 이번 두 건도 천서회를 끌어들였어? 이번 건은 천서회와 연을 맺지 말라고 했는데, 그 자식 그거!"

"몇 달 전부터 작업해 왔던 일인데, 자우 형님이 그냥 빈손으로 넘어가겠습니까? 북관성도, 하서세가 쪽도 모두 천서회 쪽에다가 청부금조로 은 칠십 냥을 벌써 전달했다던데요. 서로가 서로를 못 죽여 안달이 나 있었으니……. 근데 형님, 자우 형님은 왜요?"

진의 물음에 영후는 언짢던 안색을 바로 고쳐 놓았다.

"자우에게 벙어리 친구가 하나 있었던 것으로 기억하는데… 걔, 솜씨가……."

"아! 자우 형님 따라다니는 왼칼 형님을 말하시는구나! 왼칼 형님의 실력이 자우 형님보다 월등하죠. 자우 형님은 칼솜씨보단……."

영후가 길어지려는 진의 말을 잘랐다.

"됐다."

왼칼에 대해 몰라서 물은 것이 아니었다.

영후가 왼칼을 죽음 직전에서 구해주었고, 왼칼은 영후의 기상에 반해 주군으로 모시려 했으나 어찌 된 일인지 영후는 그 자리에서 왼칼을 내쳐 버렸다.

왼칼의 눈빛에서 야수의 살기가 내보인다는 이유에서였다.

그것은 의도적인 버림이었다.

영후에게서 버림받은 왼칼을 자우가 친구 삼아, 수족 삼아 데리고 다녔다.

영후는 왼칼의 존재에 대해 잊은 듯 행동을 해왔으나, 사실 그동안 관심있게 쭉 지켜봤었다. 자우에게서 지시를 받은 왼칼이 귀면살수의 분신이 되어 주변 이목을 혼란스럽게 만들어 주었음도 누구보다 더 잘 알고 있었다. 왼칼이 가진 성정까지 이미 파악하고 있다.

그리고 지금, 왼칼이 절실하게 필요했다.

"왼칼이란 벙어리 녀석, 내가 좀 봐야겠다. 진이 네가 자우에게 그렇게 연락 좀 넣어라, 왼칼을 내가 찾는다고."

"언제요?"

"날 새면 당장 움직여라."

영후의 말에 진의 얼굴이 우거지상이 되었다. 그러나 입에서 나온 대답은 단정하고 깔끔했다.

"예, 형님!"

영후의 눈길이 다시 철호에게로 향했다.

"와촌의 한갑수란 자의 일은?"

철호가 대답했다.

"저의 아버지께서 벌써 손을 써놓았습니다. 혹여 누가 와촌에서 한갑수를 찾는다고 해도, 한갑수는 쥐도 새도 모르게 와촌을 떴을 겁니다. 은자 오십 냥을 요구하는 걸 겨우 어르고 달래서 은자 사십 냥으로 합의를 봤답니다."

"다음 차례는?"

철호가 품속에서 한 장의 종이를 꺼내 영후 앞에 내밀었다.

"여기에 있습니다. 칠성촌(七星村)이라 불리는 두메산골에 사는 자로서, 이름이 작두이고 성이 오 씨(吳氏)입니다. 나이가 서른셋, 언행이 아주 개차반이라고 합니다. 자기 어미 속곳까지 내다 팔아서 투전을 하는 자입니다. 아주 꼴통입니다."

영후는 철호가 내민 종이를 받아 가슴에 갈무리하며 피식 웃음을 지었다.

"한갑수는 그럭저럭 붙임성이 좋았고, 이번엔 성격이 개차반인 투전꾼 오작두라……. 재밌겠군."

*　　*　　*

무룡객잔 별당의 후미진 구석에 가희의 임시 거처가 마련되었다.

가희는 좁다란 거처 앞마당을 이리저리 서성거렸다.

어두워지고부터 진눈개비처럼 내리기 시작한 눈발이 점점 알이 굵어지더니 이젠 제법 소담스러워 보이기까지 했다.

가희는 주위를 두리번거리다가 보는 사람이 아무도 없자 밤하늘을 향해 입을 함지박만 하게 벌려놓곤 씨알 굵은 눈을 받아먹었다.

밋밋한 맛이다.

보기완 다르게 그다지 차갑지도 않았다.

두 눈 살포시 감고 내리는 밤눈을 받아먹고 있자니 누군가가 불쑥 끼어들어 참견이다.

"맛있어?"

화들짝 놀란 가희가 불한당처럼 끼어든 목소리 쪽으로 시선을 급히 돌려놓았다.

하얀 눈을 맞아가며 이제나저제나 기다리던 사내다.

영후가 추운 날씨를 걱정했다.

"쌀쌀한데 들어가 있지 않고 왜 나와 있어?"

가희는 시선을 떨어뜨린 채 발끝으로 눈 쌓인 애먼 땅을 툭툭 걷어찼다.

"혼자 가만히 방 안에 들어앉아 있으려니 꼭 감옥살이 같아서요."

영후가 다가와 가희의 어깨를 가볍게 툭 쳤다.

"들어가자. 내가 자장가라도 불러주마."

다 큰 처자에게 자장가라니, 가희의 두 눈이 의아함에 동그래졌다.

"자장가를요?"

"네가 불러주던 그 이상야릇한 자장가 있잖아. 변태 놈이 잘도 잔다, 뭐, 그런 자장가."

가희의 입에서 부끄럽고 민망한 웃음이 소녀의 숨결처럼 새어 나왔다.

"헤헤."

정작 마주 앉으니 산처럼 쌓아두었던 이야깃거리가 하나도 입 밖으로 나오지 않았다.

따뜻한 차를 몇 잔이나 마셨는지 배가 부를 지경이다.

영후는 가희와 식탁을 사이에 두고 마주 앉아 재미도 없어 보이는 서책을 뒤적거리고 있었다. 그렇게 맨송맨송 앉아 있은 것이 벌써 반 시진은 되었겠다.

참다못한 가희가 툭 던지듯 말을 내뱉었다.

"오빠, 옛날이야기 좀 해줘요. 제가 그렇게 오빠를 못살게 굴었다면서요?"

영후는 책에 눈을 박아놓고 고개도 들지 않았다.

"누가 그래?"

"황씨 아범이요."

영후는 그제야 옛 생각이 났는지 피식 웃음을 입가에 지어 보였다. 그러나 여전히 시선은 책 속에 묻혀 있었다.

"말도 마라. 오전에 글공부 좀 할라 치면 매달리고, 목말 타고, 등에 기대어 칭얼칭얼 비비적거리고, 글공부하는 책상 위에 벌러덩 드러누워 버리고……. 오후엔 선친께 무공을 배웠는데, 오후 반나절 졸졸 따라다니며 놀아달라 울고불고……. 너 한번 울기 시작하면 얼마나 독하게 울었는지 기억 안 나지? 정말 징글징글했다."

가희의 얼굴에도 웃음기가 번졌다.

"후후후! 그때 제 얼굴도 기억하세요? 난 오빠 모습도 내 모습도 하나도 기억 안 나는데."

"기억나지, 그럼! 너, 네 살 때까지 내게 그러고 다녔다. 내 나이 그때 열 살이었을 거다. 자고 아침에 일어나 보면 네가 내 옆에 와서 쿨쿨 자고 있는 일도 허다했으니까."

가희가 재미있어하며 쿡쿡 웃었다.

"어머머! 정말이에요? 어머, 내가 미쳐!"

"정말이지, 그럼! 몽유병 환자처럼 한밤중에 도망 나간 널 챙기려고 곡주(谷主)께서 꼭두새벽부터 부리나케 내 방으로 찾아오셨다. 나도 나지만 선친께서 얼마나 난감해하셨는지. 그리고……."

가희가 영후의 말을 싹둑 잘라먹고 끼어들었다.

"오빠도 지금의 내 모습을 처음엔 몰라봤다고 했잖아요. 내가 오빠의 이름을 부르고서야 저인 줄 확신할 수가 있었다고 했잖아요."

"북관성을 나오기 전부터 이상하다, 이상하다 하다가 관제묘까지 널 따라가게 되었지만, 너라는 것을 확인한 것은 네가 내 이름을 불러주고서였어. 이상하게 너 어릴 때 얼굴이랑 지금의 너 모습이랑 자꾸 겹치더라니……."

"근데 오빠, 저도 어릴 때 오빠 모습이 딱 한 가지 기억나는 게 있어요."

영후가 처음으로 책에서 시선을 떼고 가희의 얼굴에 관심을 보였다.

"그래? 어떤 기억?"

"그날, 오빠가 날 아비규환에서 구해내서 품에 안고 막 달아나던 그날……."

갑자기 영후가 보던 서책을 소리가 나도록 탁 덮곤 자리에서 벌떡 일어섰다.

"그만해라. 그날 일은……."

가희는 돌연한 영후의 태도에 찔끔 놀라 고개를 슬며시 들어 올렸다.

"오… 빠……?"

영후는 방문 쪽으로 걸어나갔다.

"그만 자거라. 자장가는 다음에 불러주마."

조용한 음색을 남긴 영후가 방문을 열어젖혔다.

활짝 열린 방문을 통해 겨울 찬바람이 쌩쌩 몰려들어 왔다.

그 바람 속엔 매화 꽃잎 같은 하얀 눈발도 간간이 섞여 있었다.

가희는 다급한 마음에 영후를 불러 세웠다.

"오빠?"

가희가 부르는 소리에 영후는 문지방을 넘어서선 우두커니 서 있었다.

가희가 작은 목소리로 속삭였다.

"오빠, 같이 있어줘요. 괜찮다면 저랑 같이 자요. 괜찮아요, 저는 괜찮아요."

정말 어렵게 꺼내놓은 가희의 말에 영후는 큰 소리가 나도록 거칠게 문을 닫아버렸다.

탕!

방문이 잔뜩 화를 내며 닫혔다. 그리고 방문 너머에서 들린 영후의 목소리는 눈바람에 휘날렸다.

"내가 안 괜찮아, 이것아! 철딱서니없는 것! 그만 잠이나 자!"

영후가 역정을 내며 떠나고 침상 끄트머리에 걸터앉은 가희는 소박맞은 새색시 기분으로 고개를 푹 숙이곤 애먼 옷자락을 만지작거렸다.

"핏! 정혼한 사이인데 뭐 어때서? 그냥 잠만 같이 자자고 했지 누가 뭐랬나? 괜히 자기 혼자서… 바보같이!"

이래저래 상심한 가희는 방바닥을 향해 한숨을 길게 뿜어냈다.

"후우!"

그날의 기억, 기억의 저편.

네 살배기 어린 시절의 기억은 대부분은 다 잊어버렸지만, 딱 한 가지는 잊지 않고 기억하고 있다.

얼굴이 피투성이가 되어 있었던 열 살의 강영후.

이미 원혼이 되어버린 엄마 아빠를 찾아달라며 바락바락 울고 있는 자신을 가슴에 부둥켜안고 미친 듯이 도망치며 소리치던 어린 강영후의 목소리.

그 피비린내의 절규…….

"울지 마, 이 바보야! 제발 좀 울지 말라고!"

第五章

이런, 꼴통 새끼!

시장 바닥처럼 왁자지껄한 투전장(投錢場).

퀴퀴한 공기, 낡은 판자 틈으로 스민 햇살 속엔 아롱아롱 부유하는 먼지들이 은분처럼 빛을 발했다.

삼삼오오 모여 앉아 열심히 마패(麻牌)의 패를 뜨고, 사기 종지를 요란하게 돌려대느라 노름꾼 모두가 정신이 없었다.

투전장 한 귀퉁이에서 갑자기 사내의 고함이 터졌다.

"이런 시러베자식 놈을 봤나? 자리에 냉큼 앉아!"

왁자지껄하던 투전장이 일순 찬물을 뒤집어쓴 듯이 조용해졌다. 하지만 그도 잠시뿐, 투전장은 이내 아무 일 없다는 듯이 도박의 짜릿한 최면 속으로 다시 빠져들었다.

거친 사내의 욕지거리에 한 사내가 엉거주춤 들어 올렸던 엉덩이를 슬그머니 내려앉혔다.

두 사내 사이엔 통나무로 짜놓은 투전판이 있었다. 투전판 위엔 손때로 꼬질꼬질해진 사기 종지 하나와 상아(象牙)를 깎아 만든 투자(骰子) 두 개가 놓여 있었다.

투자라 함은 주사위를 말함이다.

두 개의 주사위이니 보나마나 두 사내 사이에 벌어진 노름판은 쌍육(雙六)이다.

말판을 갖다 놓고 노는 일반적인 쌍육이 아니라, 그냥 두 개의 주사위를 사기 종지에 넣고 흔들어 나오는 끗수의 합이 높은 사람이 걸어놓은 판돈을 몽땅 먹는 단순한 노름이다.

마주 앉은 사내에게서 험한 쌍욕을 얻어먹은 사내의 인상은 한눈에 척 봐도 장돌뱅이로 닳고 닳아먹은 면상이다. 싸움판에서 맞아 푹 내려앉은 콧날이 무척 인상적이었다.

콧날이 폭삭 주저앉은 이 사내는 저잣거리에서 장쇠라고 하면 알 만한 사람은 다 알아주는 유명한 주먹 껄렁패다.

나이가 많이 되어봐야 스물대여섯쯤 됐겠다.

장쇠가 마주 앉은 사내를 향해 비리게 웃음을 내보였다.

"이봐! 판돈은 있어? 없으면 이제 판 털어야지! 안 그래?"

장쇠 앞에 마주 앉아 두 눈에 독기를 드러내고 있는 사내의 나이는 대충 봐서 삼십대 초반쯤으로 보였다.

허우대가 좋아 보였다. 지저분한 땟국이 묻어 있긴 하지만 이목구비는 아주 반듯했고, 머리는 봉두난발이며, 옷은 넝마나 진배가 없었다.

속사정이야 모르겠지만 일견엔 오갈 데 없는 부랑자의 모습이다.

허우대 멀쩡한 봉두난발의 사내가 눈을 부라리며 장쇠를 향해 나직이 소리쳤다.

"있으니까 앉으랬잖아! 너랑 정분이나 나누다가 뒷구멍 욕심이라도 챙겨보려고 다시 앉혔겠냐, 이 시벌 놈아?"

봉두난발사내의 걸쭉한 욕지거리에 장쇠가 검지로 한쪽 콧구멍을 후비며 봉두난발의 사내를 힐끔 흘겼다.

"판돈이나 한번 봐!"

봉두난발의 사내가 품속을 뒤적거리더니 판돈은 꺼내놓지 않고 볼품없어 보이는 옥비녀를 하나 꺼내어 투전판 위에다가 소리가 나게 탁 내려놓았다.

"됐지?"

장쇠가 콧구멍을 후비던 손으로 옥비녀를 주워선 눈앞에 가까이 댔다.

"음! 싸구려 옥비녀네! 설마 장물은 아니겠지?"

의심이 많은 장쇠를 향해 봉두난발의 사내가 사달이라도 낼 기세로 앞니를 드러냈다.

"이 새끼가 근데……?"

장물이든 아니든 일단 돈이 되고, 어차피 그 돈은 자신의 주머니에 들어올 게 빤하니 장쇠는 짐짓 개의치 않는다며 히죽거렸다.

"좋아, 좋아! 넉넉잡아 일곱 푼! 됐지?"

봉두난발의 사내가 가당찮다며 펄쩍 뛰었다.

"이런, 썅! 누굴 호구로 아나?"

건달 장쇠는 콧방귀부터 뿜어냈다.

"흥! 싫음 말고!"

"야, 새끼야! 돈 따고 배 째라야? 이런 우라질 새끼가! 진짜 잿밥이 먹고 싶나, 아니면 모가지에서 엄동설한 칼바람 소리를 듣고 싶나? 어느 거야?"

봉두난발의 사내가 독이 올라 소리치자 장쇠는 얼굴에다가 능글맞은 웃음을 지어 보였다.

"이 새끼, 주둥아리가 아주 양반일세! 그럼 여덟 푼! 그 이상은 절대 안 돼! 할 거야, 말 거야?"

봉두난발의 사내가 난감한 표정으로 잠시 고민을 하는 듯하더니 체념한 듯 고개를 주억거렸다.

"좋다, 여덟 푼!"

저잣거리 건달 장쇠는 봉두난발의 사내가 꺼내놓은 옥비녀에다가 여덟 푼의 엽전을 꺼내어 보태놓곤 사기 종지에 주사위 두 개를 달그락 담으며 시큰둥한 소리로 물었다.

"처음 보는 낯짝인데, 어디서 왔냐?"

봉두난발사내의 반응은 뚱했다.

"알아서 뭐 하게?"

"자식! 옷깃만 스쳐도 만리장성이다. 모르고 눈꼴 틀리는 것보단 알고 눈인사나 나누자는데, 달거리하는 계집처럼 주야장천 웬 앙탈법석이냐?"

"지랄한다!"

봉두난발사내의 까칠한 반응에도 장쇠는 집요하게 캐물었다.

"어디서 온 누구야? 난 장쇠. 다들 그렇게 날 부르더군. 넌?"

봉두난발의 사내가 우물쭈물하며 어렵게 입을 뗐다.

"나? 난… 칠성촌 오작두!"

"칠성촌? 처음 들어보는 동네네! 이름도 없는 시골 촌놈이 대처엔 웬일이래? 참새 불알 보고 바람나 도망간 마누라년 잡으러 대처에 나왔냐, 아니면 안방마님 뒷물해 주다가 대감 나리께 들켜서 개구멍으로 도망쳐 나왔냐? 응?"

장쇠의 지저분한 너스레에 오작두가 버럭 짜증을 부렸다.

"야, 이 육시랄 새끼야! 술잔 잡고 첨작이라도 기다려? 잡소리, 개소리 때려치우고 빨랑빨랑 돌리기나 해!"

오작두의 입에서 거친 소리가 터지자 장쇠가 두 개의 주사위가 들어 있는 사기 종지를 눈앞에서 살랑살랑 흔들어 보이다가 갑자기 투전판 위에 탁 뒤집어 내려놓았다. 그러곤 묘한 눈빛을 오작두의 얼굴에 박아놓고 엎어놓은 사기 종지를 투전판 위에서 빠르게 휘돌렸다.

사기 종지 안에 든 주사위 두 개가 자지러지듯 휘돌며 요란한 소리로 울어댔다.

따다다다랑!

장쇠의 손이 급하게 딱 멈춰 섰고, 장쇠의 손을 뚫어져라 노려보던 오작두의 눈빛에 이채가 스치는 순간, 오작두는 외마디 소리를 외쳤다.

"까!"

장쇠가 오작두의 말을 되뇌며 히죽거렸다.

"까?"

"장난치지 말고 어서 까!"

장쇠가 약을 올리듯 헤죽거리며 주문을 외워댔다.

"수리수리 마하수리, 수수리 사바하!"

사기 종지가 장쇠의 손에서 전광석화처럼 움직이더니, 사기 종지는 홱 까뒤집어져 장쇠의 손에 번쩍 들려졌다. 그 찰나의 순간, 오작두의 눈빛에 미묘한 조소가 슬쩍 지나가는 것을 장쇠는 알지 못했다.

투전판 위에 드러난 주사위 두 개.

주사위의 점(点)이 두 개 다 여섯이다. 그러니 끗수의 합은 열둘.

장쇠가 다 들으라는 듯이 크게 소리쳤다.

"지화자! 쌍육 떴다!"

주위의 시선이 장쇠가 까놓은 두 개의 주사위로 잠시 모였다가 별일 아니라는 듯이 뿔뿔이 흩어져 버렸다.

다시 왁자지껄해지는 투전장.

두 개의 주사위가 쌍육이란 것을 확인한 오작두의 얼굴은 똥 씹은 표정으로 일그러져 버렸다.

천우신조의 행운이 있다 해도 비길 수밖에 없는 점수다. 그러니 절대 이길 수 없는 점수라는 말도 된다.

비리게 미소 짓던 오작두가 무슨 생각에서인지 모든 것을 체념한 듯 엽전과 옥비녀를 향해 턱짓을 해 보였다.

"그냥 다 처먹어라!"

투전판 위에 놓인 엽전 여덟 푼과 허름한 옥비녀가 장쇠의 손에 게 눈 감추듯 싹 쓸려가 버렸다.

옥비녀와 엽전을 몽땅 챙겨 품속에 갈무리하고 자리에서 일어선 장쇠가 달뜬 목소리로 소리쳤다.

"이야! 오늘 끗발 죽이는데! 으, 흐흐흐!"

밉살스럽게 웃어대는 장쇠를 향해 오작두가 앞니를 드러내고 으르렁거렸다.

"앉아, 새끼야!"

장쇠는 오작두를 꼬나보며 피식했다.

"왜? 아직 밑천이 남았냐?"

장쇠의 물음에 오작두는 두 팔을 옆으로 크게 벌려 보이며 고개를 절레절레 가로저었다.

"불알 두 쪽밖에 없어!"

장쇠는 어이없다며 턱을 앞으로 쭉 내밀었다.

"근데? 금쪽같은 불알이라도 잡히시게? 어이구, 지린내!"

"신소리 집어치우고 앉아! 이 야바위 새끼야!"

노름꾼들은 진위를 떠나 야바위란 말을 제일 듣기 싫어한다. 그것이 사실이든 아니든 그 말 자체를 아주 싫어한다.

오작두의 엉뚱한 용심이 같잖아진 장쇠는 두 눈을 험악하게 어그러뜨리며 마주 으르렁거렸다.

"야, 이 새끼야! 판돈이 바닥을 쳤으면 개평이라도 좀 뜯어갈 궁리를 해야지! 이게 어디서 함부로 강짜를 부려? 너, 뒈지고 싶냐? 언 땅에 대가리 한번 파묻어주랴?"

오작두는 입꼬리를 묘하게 비틀어놓았다. 그렇게 으그러뜨려 놓은 입매로 을씨년스런 목소리를 꺼냈다.

"앉으라면 조용히 앉아라. 시간은 많은데 기회는 많지 않다. 내가 지금부터 셋을 헤아린다. 하나에 손가락 하나가 부러진다. 둘에 손모가지가 날아간다. 셋엔……."

장쇠가 심상찮은 오작두의 눈빛에 찔끔 질려 갑자기 말을 더듬거렸다.

"세, 셋은 뭔데, 우라질 놈아?"

장쇠의 어벙한 물음에 오작두가 다시 입을 열었다.

"죽는다."

잠시 잠깐, 두 사람 사이엔 싸한 한기가 지나갔다. 그러다가 장쇠가 웃음을 폭발시켰다.

"푸, 하하하하!"

장쇠가 웃든 말든 오작두는 손가락 세 개를 쫙 펼쳐 보였다. 그리고 묵직한 음성으로 수를 헤아리기 시작했다.

쫙 펴 보인 세 개의 손가락 중에 하나가 곧바로 접혔다.

"하나!"

하나라는 오작두의 목소리에 투전장은 조용해지고, 장쇠의 얼굴은 얼어붙으며 눈동자는 좌우로 빠르게 흔들렸다.

오작두가 펼쳐 놓은 두 개의 손가락 중에 또 하나의 손가락이 안으로 접혔다.

"둘!"

장쇠가 허리 뒤춤에서 서슬 퍼런 단도를 재빨리 뽑아내며 다급하게 악다구니를 쳤다.

"이 개자식이! 누굴 핫바지로 아나?"

오작두의 한쪽 입매가 슬쩍 옆으로 째지고, 하나 남은 오작두의 손가락이 망설임없이 마저 접혔다. 그와 동시에 오작두의 입에서 뿜어진 목소리는 차갑고 단호했다.

"셋!"

오작두의 입에서 최후 통첩이 떨어지기가 무섭게 장쇠의 단도가 선공을 가했다.

장쇠는 오작두의 멱을 노리고 단도의 칼끝을 빠르게 앞으로 쭉 뻗어냈다.

등받이도 팔걸이도 없는 민걸상에 앉아 있던 오작두의 상체가 뒤로 벌러덩 넘어졌고, 장쇠는 허공을 친 단도를 급히 회수하며 통나무로 된 투전판 위로 뛰어올라 섰다.

그때, 투전판 밑바닥에 두 발끝을 괴고 허리를 한껏 젖혀 뒤로 눕혔던 오작두의 상체가 다시 퉁 튕겨 올라왔다.

제풀에 화들짝 놀란 장쇠가 투전판 위에서 껑충 뛰어올랐고, 뛰어오른 장쇠의 한쪽 발을 잽싸게 낚아챈 오작두가 허공에서 중심을 잃고 픽 쓰러지는 장쇠를 그대로 바닥에 패대기쳐 버렸다.

쾅!

나무 마루바닥에 우지끈 등짝을 처박은 장쇠의 몸이 뽀얀 먼지를 뭉게뭉게 피워 올렸다.

자욱한 먼지 속에서 장쇠가 숨이 끊어지는 듯 답답한 신음을 토해내며 비칠비칠 일어섰다.

"으, 윽!"

오작두가 장쇠를 향해 한 발 다가설 때, 누군가가 오작두의 뒤로 살금살금 접근하더니 대뜸 민걸상 하나를 집어 들어 뒤통수를 냅다 후려갈겼다.

콰직!

오작두가 뒤통수에 한쪽 손을 가져가며 슬그머니 뒤를 돌아봤다.

삼십대 중반의 사내.

사내의 얼굴은 꾀죄죄했으며 몸은 죽도 못 얻어먹고 다닌 사람처럼 비루해 보였다.

장쇠와 어떤 식으로든 연줄이 있을 것으로 짐작이 되는 말라깽이사내를 향해 오작두가 눈을 부라렸다.

"너, 뭐야?"

오작두의 뚱한 물음에 말라깽이사내가 얼굴에다가 비굴한 웃음을 내보이며 슬금슬금 뒷걸음질이다.

"미, 미안! 미안!"

미안하다고 될 일인가? 절대 될 일이 아니다.

오작두의 손이 빠르게 말라깽이사내의 얼굴을 치고 빠졌다.

팍!

머리가 뒤로 홱 젖혀졌던 말라깽이사내의 얼굴이 오뚝이처럼 바로 설 때, 코밑으로 주르륵 쏟아지는 코피.

말라깽이사내가 손으로 코밑을 쓱 닦아 자신의 눈앞에 가져갔다. 화들짝 놀라 커지는 두 눈.

"피! 코… 피! 어, 어! 코피!"

말라깽이사내가 죽을상으로 뭐라고 구시렁거리든 말든 오작두는 잠시 돌려놓았던 몸을 장쇠를 향해 다시 되돌렸다. 그 틈을 노려 정신을 차린 장쇠가 단도를 꼬나들곤 오작두의 배를 갈라놓을 기세로 칼을 쭉 그었다.

슷!

단도의 칼끝이 제법 매서운 궤적을 그리며 칼바람을 일으켰고, 오작두의 엉덩이가 오리궁둥이처럼 민망한 모양새로 쑥 뒤로 빠졌다.

그와 동시에 오작두의 두 주먹이 장쇠의 얼굴로 빠르게 날아가 번개에 콩 볶아먹듯 연타로 작렬했다.

빠, 빡!

비칠비칠 뒷걸음질로 물러나던 장쇠는 결국 몸의 중심을 잡지 못하고 발라당 뒤로 넘어져 바닥에 엉덩방아를 찧었다.

쿵!

장쇠도 말라깽이사내가 그랬던 것처럼 코밑으로 미지근하게 흐르는 핏물을 손으로 닦아 자신의 눈앞에 그 손을 가지고 갔다.

장쇠의 손에 흥건하게 젖은 것은 코피다.

"이런, 시벌!"

피를 보자 이성을 잃어버린 장쇠는 욕지거리와 함께 발딱 일어서선 이판사판으로 오작두를 향해 덤벼들었다.

오작두의 손에 장쇠의 칼 든 손목이 잡히고 곧바로 손목 관절이 우두둑 꺾였다.

장쇠의 손에서 맥없이 떨어지는 단도.

찰그랑!

청명한 금속성과 함께 장쇠의 딱 벌어진 입에서 고통을 견디지 못하고 새어 나오는 비명.

"아, 아, 악!"

오작두는 장쇠의 손목을 틀어잡고 있던 손에서 엄지를 빼내어 장쇠의 중지를 역으로 젖히기 시작했다.

"하나에 손가락 하나고, 둘에 손모가지라고 했지?"

장쇠가 무어라 애걸복걸하기도 전에 오작두의 엄지가 장쇠의 중지를 힘있게 뒤로 젖혀 잔인하게 부러뜨려 버렸다.

으드득!

장쇠의 입에서 또다시 날카롭게 터지는 비명.

"아, 악!"

한쪽 손목과 손가락 하나가 아작 났으니 하나와 둘의 약속은 지켜낸 셈이다. 이제 남은 것은 세 번째 경고다.

죽이겠다는 세 번째의 경고가 머리에 번뜩 스친 장쇠는 얼굴이 새파랗게 사색이 되어 아래턱을 부들부들 떨었다.

"사, 살려주시오, 혀, 형님!"

오작두가 이기죽거렸다.

"형님? 지랄한다."

다급해진 장쇠의 입이 무척 빨라졌다.

"판돈과 옥비녀를 다 돌려 드리겠습니다."

오작두가 비아냥거렸다.

"야바위로 해 처먹은 돈을 도로 게워내는 것은 당연한 일이잖아, 이 썩을 놈아!"

그렇게 빈정거려 놓은 오작두가 장쇠의 오른쪽 소맷자락을 툭 쳤다. 소맷자락 속에서 바닥으로 떨어지는 두 개의 주사위.

장쇠가 야바위해 먹은 주사위들이다.

그런데 바닥에 떨어진 두 주사위의 점(点)이 모두 육(六)이다. 그러니 합이 열둘. 또 끗수가 쌍육으로 떴다.

그것을 확인한 오작두의 입이 천진난만한 철부지 아이처럼 함지박만 하게 벌어지더니 장쇠의 손목을 꺾고 있던 손마저 놓아버리곤 두 팔을 높이 쳐들어 환호하듯 소리쳤다.

"지화자! 쌍육 떴다!"

오작두가 쌍육에 만세를 부르는 그 순간을 놓치지 않고 장쇠는 투전장 입구 쪽으로 후다닥 달아났다. 뒤늦게 고개가 홱 돌아간 오작두의 입에서 고함이 터져 나왔다.

"저런 빌어먹을 놈! 야, 인마!"

부른다고 돌아갈 상황도, 멈춰 설 형편도 못 되니 장쇠는 뒤도 안 돌아보고 걸음아 나 살려라 도망쳐 버렸다.

닭 쫓던 개 신세가 되어버린 오작두는 씁쓸해진 입맛을 짭

짭 다시며 손을 툴툴 털었다.

"이런 엿 같은 경우를 봤나?"

알토란 같은 돈을 다 야바위당하고, 앙심을 품고 작살을 내주기로 작정하였던 놈까지 손에서 홀라당 놓쳐 버렸다.

정말 일진이 더러워도 너무 더러운 날이다.

오작두가 속을 부글부글 끓이고 있을 때,

투전장 입구에서 시커먼 물체가 날아와 쿵 하고 육중한 소리를 내며 꼬라박혔다.

오작두가 투전장 안으로 패대기쳐진 게 도대체 무언가 하며 유심히 살펴보니, 좀 전에 자신의 손에서 달아났던 장쇠라는 야바위꾼이다.

장쇠가 비틀비틀 일어서더니 한 손으로 가슴을 부여잡고 한 됫박의 피를 울컥 토해냈다.

"으, 우, 엑!"

도망가던 장쇠가 누군가에게 가슴팍이 걷어차여서 투전장 안으로 도로 날려와 꼬꾸라진 것이다.

어찌 된 사연인지는 몰라도 오작두는 신기한 눈빛으로 장쇠를 향해 다가갔다.

오작두의 입에서 반가운 인사치레가 나왔다.

"하! 요것 봐라? 영 못 볼 줄 알았는데 또 보네!"

그때, 투전장 안으로 얼굴에 음영을 드리우고 들어서는 사람이 있었다. 사십대 중반쯤으로 보이는 중년 무인이었다.

왼쪽 허리 뒤로 비스듬하게 눕혀놓은 장검.

회색 무복 오른쪽 가슴에 비사(飛蛇)라는 두 글자가 금박되어 있었다.

갸름한 얼굴에 짤따란 검은 수염.

오작두가 중년 무인을 힐끗 쳐다봤다.

"당신이 얘 잡았소?"

오작두의 물음에 중년 무인이 고개를 끄덕였다.

"그렇소."

오작두의 시선이 사색이 되어 있는 장쇠의 얼굴로 향했다.

"육시랄 놈아! 내 손에 뒈지고 가야지 그냥 가면 어떡해? 요런 경우없는 놈을 봤나!"

오작두는 농지거리 같은 으름장을 질러놓곤 장쇠의 멱살을 틀어쥐었다.

"내놔! 야바위해 먹은 내 돈부터 다 게워!"

장쇠는 부들부들 어깨를 떨어대며 눈짓으로 중년 무인을 힐끗힐끗 쳐다봤다.

오작두가 중년 무인 쪽으로 시선을 슬며시 돌릴 때, 중년 무인이 낡은 전낭 하나를 오작두의 시선 앞에 불쑥 내밀었다.

"이거 맞소?"

낡은 전낭이 오작두의 전낭일 리는 없다. 그러나 오작두는 중년 무인이 내미는 것이 다른 것도 아니고 전낭이니 내 것이 아니더라도 무조건 내 것이라고 했다.

"그렇소!"

오작두는 장쇠의 멱살을 놓아주곤 중년 무인의 손에 들린 전낭을 빼듯 챙겨 급히 속을 확인했다.

자신이 잃은 엽전 스물여섯 푼과 싸구려 옥비녀, 그리고 낯선 은자 한 냥.

오작두의 눈은 모든 걸 다 제쳐 두고 은자 한 냥에 꽂혔다.

"휴우! 겨우 내 돈 다 찾았네!"

중년 무인이 오작두의 얼굴을 빤히 쳐다보며 말을 붙였다.

"내용물이 맞소?"

켕기는 것이 있는 오작두는 괜히 볼멘소리로 되받듯 대답을 했다.

"맞지, 그럼!"

중년 무인이 고개를 끄덕이더니 궁지에 몰린 생쥐처럼 와들와들 떨고 있는 장쇠에게 시선을 주곤 정작 말은 오작두에게 건넸다.

"장쇠에게 아직 볼일이 남았소?"

오작두가 눈빛을 사악하게 빛내며 대답했다.

"남았소!"

"그 볼일이란 게 뭐요?"

"내 손에 죽을 일."

중년 무인의 반응은 담담했다.

"꼭 죽여야 하오?"

오작두는 한 손으로 자신의 가슴팍을 쿵 때리며 으르렁거렸다.

"난 한번 한다면 꼭 해야 직성이 풀리고 단잠을 이루거든."

중년 무인의 무심한 눈길이 독기를 드러내는 오작두의 얼굴 쪽으로 돌아섰다.

"이 아이의 목숨 값을 내가 치르겠소. 얼마면 되겠소?"

오작두는 그제야 중년 무인의 정체가 궁금해졌다.

"근데, 뉘시오? 저 개잡놈의 애비라도 되시오?"

"난 이 투전장의 주인이고, 또 이 아이의 직속상관이오. 이 아이의 목숨 값으로 은자 열 냥이면 되겠소?"

중년 무인의 말에 놀란 듯 오작두의 두 눈이 휘둥그레졌다.

"뭔 놈의 개 값을 그렇게나 많이 쳐주시려고……?"

오작두의 말이 다 끝나기도 전에 미리 준비해 둔 듯 중년 무인의 손에서 묵직한 전낭 하나가 오작두에게로 던져지고, 한 순간에 열 냥짜리 개 값이 된 장쇠의 얼굴은 구겨진 자존심으로 인해 오만상이 되어버렸다.

오작두는 좋아라 하며 중년 무인이 던진 전낭을 잽싸게 낚아챘다.

그 순간, 은광의 빛살이 섬전처럼 궤적을 그었다.

스읏!

칼바람을 느낀 오작두가 흠칫 놀라며 중년 무인의 손을 살폈다.

언제 발검을 시켜놓았는지 중년 무인의 오른손에 서슬 퍼런 장검의 칼날이 뽑혀 있었다.

칼끝에 맺힌 선홍의 핏방울.

오작두는 기겁한 표정으로 혹여 칼에 베이진 않았나 하며 자신의 몸을 이리저리 더듬거리며 살폈다.

그때, 나무토막처럼 뻣뻣하게 쓰러지는 장쇠.

장쇠가 주검이 되어 쓰러졌다.

쿵!

주검에서 스르르 흘러나와 바닥에 시뻘겋게 번지는 핏물.

오작두가 장쇠의 주검을 멀뚱한 눈길로 내려다보며 혼잣말처럼 구시렁거렸다.

"어라? 이 개자식! 개 값 치르자마자 뒈져 버리네!"

"이름?"

"오작두."

"나이?"

"서른셋."

"주거지는?"

"없소."

집무실 책상 위에다가 기명첩(記名牒)을 펼쳐 놓고 먹물을 적신 세필로 신상명세서를 꼼꼼하게 작성하던 비사방(飛蛇幇)의 총관 나풍민(羅豐敏)은 눈살 구긴 얼굴을 힐끗 들어 올려 오작두의 얼굴을 한번 쓱 훑겨보곤 쓴 입맛을 쩝 다시며 다시 고개를 숙였다.

"그럼, 원거주지는? 쉽게 이야기해서, 출생지나 주로 살았던 곳이라도 말해봐! 갑자기 하늘에서 뚝 떨어지진 않았을 거 아냐?"

"송목산(松木山) 아래 칠성촌."

"칠성촌은 못 들어봤고, 송목산이라면 광북지방이겠군."

"……!"

"가족 사항?"

"혈혈단신."

"직업?"

"……."

총관 나풍민이 고개를 다시 힐끗 들어 올려 시큰둥한 표정으로 묵묵부답인 오작두의 얼굴을 꼬나봤다.

"과거에 해먹었던 직업! 특별한 직업이 없었더라도 소매치기, 노상강도, 강간 상해, 사기나 폭력, 좋은 말로 양상군자. 하다못해 무전취식! 왜? 뭐 그런 거 있잖아! 파란만장했던 과거! 그런 거라도 이야기해 봐! 뭐라도 적어 넣어야 해!"

그렇게 쏘아붙인 나풍민은 기명첩을 향해 고개를 숙이며 다시 사무적인 목소리를 흘려냈다.

"…직업?"

"뭐… 그냥저냥."

오작두의 신통찮은 대답에 총관 나풍민의 얼굴이 못마땅해하며 또다시 들려졌고, 입에서 새어 나오는 까칠한 목소리에는 적잖은 짜증이 묻어 있었다.

"그냥저냥… 뭐?"

오작두는 머리가 반백인 나풍민의 언짢은 눈빛을 슬며시 외면하며 뚱한 소리로 대꾸했다.

"아, 글쎄! 그냥저냥!"

나풍민은 고개를 절레절레 가로저으며 시선을 책상 위에 다시 내려놓곤 긴 한숨이다.

"어휴! 꼴통새끼. 너, 백수건달 맞지? 그냥 백수건달로 하자!"

"꼴리는 대로 합시다!"

나풍민은 오작두의 불손한 대꾸에 더 이상 화를 참을 수가 없었던지 손에 들린 세필을 책상 위에 패대기치곤 벌떡 일어서선 고래고함을 질렀다.

"야, 이 우라질 놈아!"

책상 앞에 목다리를 삐딱하게 짚고 서 있던 오작두가 흠칫하며 한 걸음 뒤로 물러섰다.

"아이고! 놀라라!"

나풍민은 고래고함을 지르고도 속이 시원하게 풀리지 않았던지 또다시 귀청이 떨어져 나가라 고함질이다.

"이런, 꼴통새끼를 봤나! 네놈이 지금 뉘 앞이라고 깝죽거려! 반죽음을 만들어 거적으로 덮어주랴!"

오작두는 자신의 잘못을 도통 모르겠다는 듯 어리벙벙한 표정을 지어 보이다가 총관을 향해 눈을 마주 부라렸다.

"갑자기 내게 왜 이래요? 중늙은이가 벌써 망령이라도 나셨소?"

비사방의 총관 나풍민은 어이없어 헛웃음을 히죽 날렸다.

"허어! 어, 허허허! 이런 꼴통새끼가 뭣이 어쩌고 어째? 중늙은이가 망령이 어째?"

"이런, 염병할! 그러게 남의 귀청이 먹먹하도록 왜 갑자기 소리를 빽빽 지르고 지랄이냐고요? 목에 걸린 생선 가시가 목구멍에서 악다구니 치라고 자꾸 쿡쿡 찌릅디까?"

연배도 몰라보고 싸가지없이 굴어대는 오작두의 말투에 황당하고 어이없어진 총관 나풍민이 시뻘게진 얼굴로 무어라 고함을 더 질러놓으려 할 때, 회색 무복을 입은 중년 무인이 총관 집무실의 문을 열고 나타났다.

오작두를 투전장에서 이곳으로 데리고 온 장본인이다.

밖에서부터 높은 언성으로 옥신각신 다투는 소릴 들었는지 중년 무인은 총관의 집무실로 들어서자마자 대뜸 총관에게 허리를 숙여 보였다.

"총관, 무슨 일입니까?"

"당주, 이 개차반 같은 놈이 글쎄……."

총관의 입에서 오작두의 불손한 행실에 대한 고자질이 막 시작되려 할 때, 비사방 회령당(會寧黨)의 당주 석면쾌검(石面快劍) 여춘걸(呂瑃杰)이 총관의 입을 가로막고 먼저 나섰다.

"총관, 무례함이 있었다면 제가 대신 사과를 드리죠."

회령당 당주 여춘걸이 허리를 작게 숙여 보이자, 총관 나풍민이 손사래를 치며 황망해했다.

"당주께서 그러실 필요까진 없습니다. 이자의 언행이 워낙 개차반 같아서……."

짙은 눈 밑 그늘을 가진 여춘걸이 웃음 같지도 않은 웃음을 웃음이랍시고 입가에 쓱 지어 보였다.

여춘걸은 석면쾌검이라는 무림 명호에 걸맞게 도무지 웃음과는 어울리지 않는 얼굴이었다.

"제가 그 맛에 이자를 데리고 왔습니다."

여춘걸의 말에 총관은 두 눈이 동그래져서 물었다.

"그 맛이라뇨?"

여춘걸은 총관의 물음에 대답 않고 총관의 팔을 슬며시 잡아당겨 한쪽으로 데리고 가선 귀에다가 귀엣말을 속닥거렸다.

"저자는 자객입니다."

여춘걸의 말에 놀란 총관이 저만치서 멀뚱멀뚱 서 있는 오작두를 힐끗거리며 마주 속살거렸다.

"자객이라니요? 저 어벙한 자가요?"

여춘걸은 고개를 작게 끄덕여 보이곤 다시 총관의 귀에다가 귓속말을 전했다.

"앵화의 입을 봉할 자객인 셈이죠."

총관 나풍민의 눈동자가 좌우로 빠르게 흔들렸다.

앵화라면 비사방 방주의 네 번째 첩인 양앵화(梁櫻花)를 말함이다. 양앵화는 지금 관아에 투옥된 죄수의 몸이다.

양앵화는 모종의 일로 방주에게서 척살령을 받고 달아나다가 생명의 위협이 지척에서 느껴지자 돌연 행인의 배에 비수를 꽂고 스스로 관아에 몸을 던져 현재 투옥이 된 죄수다.

방주의 네 번째 애첩이던 양앵화가 무엇을 알고, 무엇을 하다가, 무슨 꿍꿍이 속셈으로 스스로 그 꼴이 되었는지 정확히 아는 것은 없지만, 비사방은 꼭 양앵화의 입을 살인멸구해야 했다.

그런데 양앵화가 투옥된 곳이 도지휘사사(都指揮使司)였고, 그곳 제형안찰사사(提刑按察使司)의 안찰사(按察司)인 조무웅은 사파의 성향이 짙은 비사방을 눈엣가시 정도로 여기는 벼슬아치였다.

안찰사 조무웅은 유별나다고 할 만큼 무림의 일에 지대한 관심을 가지고 있는 감찰기관의 고위 관리였다.

양앵화가 상해죄로 잡혀왔으나, 안찰사 조무웅은 양앵화를 대역 죄인들이나 수감하는 철옥(鐵獄)에 처넣고 자신이 친히 양앵화를 어르고 달래며 취조했다.

그런데 안찰사 조무웅이 양앵화를 상대로 취조한 내용은 상해죄에 관한 것이 아니라 모종의 무림의 일을 캐묻고 있다는 정보까지 흘러나왔다.

아직까지 양앵화의 입에서 어떤 것도 발설되지 않고 있지만, 결국 양앵화는 모진 고문을 견뎌내지 못하고 입을 열게 될 것이다. 양앵화가 입을 열면 비사방은 심대한 문제에 직면하게 된다.

그것을 막기 위해 수차례 자객을 보내봤으나, 암살 기도는 번번이 실패로 돌아가고 말았다. 이에 회령당 당주인 석면쾌검 여춘걸이 묘책 하나를 생각해 냈다.

그 묘책이 바로 오작두와 연관성이 있을 거라고 나풍민은 추측했다.

총관 나풍민이 알고 있는 사실은 여기까지다.

나풍민은 여춘걸이 짜놓은 묘책이 정확하게 무엇인지 잘은 모르나 일단 협조해야 할 입장이었다. 그래서 총관 나풍민은 저만치서 멀뚱거리고 있는 오작두를 곁눈질로 살피며 여춘걸을 향해 잔뜩 목소리를 낮추었다.

"그럼 제가 할 일은요?"

"그냥 모른 척 넘어가 주십시오."

"아, 예."

"그리고 참! 녀석의 직책을 저희 쪽 부당주로 기명해 주시고요."

여춘걸의 갑작스런 부탁에 총관은 두 눈이 휘둥그레졌다.

"방금 근본도 없는 저 개망나니 녀석을 회령당의 부당주에 임명해 놓으라고 말씀하셨습니까?"

"예, 놈에게 부당주의 직책을 일단 내리시고, 오늘 하룻밤만이라도 녀석의 거처로 진수성찬에다가 좋은 술과 계집도 함께 넣어주시고, 저 촌놈의 혼이 쏙 빠질 정도로……. 무슨 의중으로다가 드리는 부탁인지 아시겠습니까?"

대충 무슨 의도인지는 알겠다. 하지만 일 처리 꼼꼼하기로 소문이 난 총관은 한 가지 마음에 켕기는 것이 있었다.

"억지로 지극정성 환대하는 일이야, 뭐! 그렇지만 기명첩에 부당주로 기명까지 해놓으시는 것은 좀?"

"정히 업무가 지저분해져서 마음에 내키지 않으시다면 녀석이 보는 데서 그렇게 해주시고, 놈이 돌아서면 바로 지워 버리시든지 찢어서 파기해 버리세요. 그러면 되지 그게 뭔 대수입니까?"

썩 마음엔 들지 않았지만, 당주의 부탁이니 거절할 수도 없는 나풍민은 할 수 없이 고개를 주억거려 놓았다.

"알겠습니다. 근데 앵화 년의 고향에 가셨던 일은?"

"잘 해결되었습니다."

총관 나풍민이 여춘걸에게 조심스럽게 물었다.

"앵화 년에게 놈팡이 오라비가 하나 있다던데?"

회령당 당주 여춘걸이 슬며시 시선을 오작두에게로 돌려놓으며 작은 목소리로 속삭였다.

"저자가 바로 앵화 년의 오라비지요."

총관 나풍민의 의아한 시선도 오작두에게로 향했다.

"저 꼴통이… 앵화 년의 오라비?"

오작두는 배당받은 처소에 들어서자마자 방까지 안내를 해준 시녀의 살 오른 엉덩이를 돌연 손바닥으로 철썩 때렸다.

꽉!

찰진 소리와 함께 시녀의 입에서 놀란 비명이 나직이 터졌다.

"엄마야!"

탱글탱글한 엉덩짝에 착착 달라붙는 손맛이라니…….

"수고했다."

오작두의 능글능글한 인사치레에 많이 되어봐야 방년의 나이쯤으로밖엔 보이지 않는 시녀는 사내의 손에 엉덩이를 도둑 맞고도 생글생글 웃는 낯으로 허리를 접었다.

시녀의 목소리마저 나긋나긋했다.

"부당주님, 편히 쉬세요. 잠시 쉬시다 보면 주안상을 대령해 올리겠습니다. 그전에 목욕이라도 좀……. 지금 당장 뜨거운 물을 준비할까요?"

오작두는 고개를 절레절레 가로저었다.

"아냐. 됐어. 난 씻는 걸 제일 싫어해. 사람이 워낙 솔직담백해서 그런지 몸단장이나 낯짝 치장은 절대 하지 않지. 사내새끼가 기생오라비도 아니고… 씻기는 왜 씻어? 사내라면 야성! 너, 야성미라고 알지? 알아, 몰라?"

눈매론 울고 입매론 억지 미소를 지어놓은 묘한 표정으로 시녀가 어쩔 수 없이 고개를 까닥거렸다.

"예, 예! 알고말고요. 부당주님, 그럼 편히 쉬고 계세요."

시녀는 마주친 개똥을 피해 비켜서는 사람처럼 오작두 앞에서 얼른 몸을 돌려세워 밖으로 나가 버렸다.

화려한 내실에 혼자 남은 오작두는 이런저런 진귀한 방 안 장식품과 부티가 나는 가구들을 휘둘러보다가 침상으로 걸어가선 벌러덩 드러누웠다.

피곤하다.

누우니 느끼지 못했던 피곤이 한꺼번에 몰려왔다.

누구에게 속는 일보다 누구를 속여야 한다는 일이 확실히 더 피곤한 일이다.

눕자마자 눈꺼풀이 무거워 스르르 눈을 감으니 갑자기 한 여인의 수줍은 목소리가 환청처럼 귓가에 맴돈다.

"오빠, 저랑 같이 자요. 저는 괜찮아요."

그 목소리를 듣고 버럭 화를 냈지만, 소담하게 눈이 내리던 그 밤은 참으로 길고 긴 겨울밤이 되고 말았다.

벌써 그립다.

홀로 출행해야겠노라고 곧이곧대로 말을 하면 가희가 따라 나서겠노라 고집을 피울까 하여 슬쩍 거짓말을 해놓곤 훌쩍 길을 떠났다.

어린 시절부터 약속된 내 사람.

코흘리개 꼬맹이 시절부터 오빠의 색시가 될 거라고 입버릇처럼 말하던 가희다. 그래서 양가 부모들이 정혼을 시켜놓았는지도 모를 일이다.

미리 정해놓은 약속이 싫지가 않았었다. 그런 걸 보면 은근히 원했는지도 모를 일이다.

한순간도 자신의 여자라는 걸 잊은 적이 없다.

그러나 가슴에 품기가 너무 벅차다.

여인으로 자란 가희가 가슴에 버거운 것이 아니라, 가희를 품고 살아야 할 현실이 너무나 쓰라리도록 무겁다.

기억의 무거움.

마음이 천근만근의 무게를 느끼니 몸이 물을 먹은 듯 침상

속으로 서서히 침몰한다.

졸리다. 비몽사몽.

돌아갈 때 무얼 좀 사다 주면 좋아할까?

한들한들거리는 떨잠?

아니면 연분홍 비단옷이나 홍목당혜(紅目唐鞋)?

피식 웃도록 알록달록한 꼬까신 한 켤레?

아니야, 아니야.

옥으로 만든 노리개를 사다 주면 좋아라 할까?

한참을 꿈과 현실 사이에서 오락가락하고 있자니 멀리서 회랑을 조심스럽게 밟으며 다가오는 발걸음 소리들이 있었다.

발걸음은 묵직했지만, 결코 사내들의 것은 아니었다.

무거운 무언가를 맞잡아 들고 오고 있는 발걸음의 주인은 넷이고, 모두 갸름한 몸집의 여인들이다.

그리고 여인들의 종종발걸음을 따라붙은 무인의 발자국.

강영후는 그 모든 것을 비몽사몽으로 확인했다.

몇 호흡이 지나가고…….

똑, 똑, 똑!

문밖 인기척에 강영후는 혼잣말로 중얼거렸다.

"빌어먹을……!"

오작두로 돌아온 강영후는 오작두의 목소리로 대답했다.

"들어와!"

미닫이문이 양쪽으로 활짝 열리더니 겨울 찬바람과 함께 여인의 지분 냄새가 오작두의 콧속으로 스며들었다.

오작두는 졸린 눈으로 방탕한 향기를 힐끗 돌아봤다.

산해진미를 차려놓은 큼지막한 교자상이 바닥에 내려져 있었다. 미색 좋은 여인 넷이 화려하게 몸단장을 하고 조신한 몸가짐으로 시립해 있었다.

오작두는 고민했다.

오작두다워야 함에도 진절머리가 나도록 지금의 이 상황이 싫었다. 싫은 건 어쩔 수가 없다.

"너흰 나가봐."

여인들 중 하나가 오작두의 눈치를 힐끔거리며 입술연지로 새빨개진 입을 놀렸다.

"부당주님의 취임을 축하하기 위해서 총관 나리께서 특별히 저희를 보냈습니다. 몸은 추하고 가진 재주는 없사오나, 소녀들이 밤새 부당주님의 시중을 들겠사옵니다."

오작두의 눈살이 와락 구겨졌다.

예전 같으면 적당히 놀아줄 수도 있었지만, 지금은 그러고 싶지가 않았다. 그것을 용서하기가 싫어졌다.

여자와 술이 필요한 것이 아니라, 지금은 누구를 그리워할 수 있는 혼자만의 시간이 필요했다.

소담하게 눈이 내리던 밤, 하얀 눈발에 묻어 있던 향기가 아직도 강영후의 마음속에 배어 있나 보다.

그 향기를 오래도록 잃고 싶지가 않았다.

그랬나 보다.

그래서 거짓보단 진실이 더 절실한 지금이다.

진실이 거짓의 소리를 흉내 내며 소리쳤다.

"야, 이년들아! 귓구멍에 말뚝이라도 처박아놓았냐? 왜 사람 말귀를 못 알아 처먹어? 시벌, 쯧!"

오작두의 거친 욕지거리에 네 명의 시녀는 무슨 날벼락인가 하며 화들짝 놀랐다.

개중 닳아먹은 시녀 하나가 입을 뾰로통하게 내밀며 볼멘소리를 했다.

"저희가 정히 싫으시면 다른 아이라도 불러 드릴까요?"

오작두는 침상에서 신경질적으로 상체를 발딱 일으켜 세우고 난감한 얼굴로 서 있는 시녀들을 향해 으르렁거렸다.

"썅! 여기가 기방이냐? 나가라면 전부 어서 나가! 내 앞에서 모두 꺼져 버리라고!"

포악하게 굴어대는 오작두의 기세에 눌린 시녀들이 서로의 눈치를 힐끔거리며 나가려 했다.

방문이 다시 스르륵 열리고, 회령당 당주 석면쾌검 여춘걸이 나타났다.

여춘걸이 허리를 숙이는 시녀들 중에 두 명의 시녀를 골라 어깨를 툭툭 쳤다.

"너, 그리고 너 남고, 나가봐."

지목당한 두 시녀만 남고 나머지 두 명의 시녀가 종종걸음으로 밖으로 나갔다.

미닫이문이 다시 닫히고 찬바람은 멎었다.

여춘걸이 교자상 위에 차려놓은 산해진미를 내려다보며 굴곡없는 음색을 깔아냈다.

"대접이 소홀했나 보군?"

오작두가 침상에서 뛰어내리듯 벌떡 일어서선 여춘걸의 눈치를 힐끗 살피며 뚱한 목소리다.

"그냥… 귀찮아서요. 입맛에 당겨야 숟가락을 들죠. 생긴 게 전부 다 저잣거리 작부 같아서… 영!"

오작두의 변명에 여춘걸이 교자상 앞에 먼저 앉았다.

"그랬군. 우선 좀 앉지?"

오작두가 여춘걸의 맞은편에 앉자마자 눈치 빠른 시녀들이 여춘걸 옆에 하나, 오작두 옆에 하나 재빨리 나누어 앉았다.

시녀들의 손에서 두 개의 술잔에 술이 채워질 때까지 여춘걸은 아주 낯선 방에 들어온 사람처럼 이리저리 두리번거리며 딴청이었다.

여춘걸이 먼저 잔을 들었다.

"자, 쭉 들자고."

오작두가 술잔을 들어 여춘걸이 내미는 건배도 못 본 척 홀짝 술잔을 입속으로 털어 넣어버렸다.

내민 건배의 술잔이 머쓱해진 여춘걸이 입매를 비릿하게 째며 술을 천천히 삼켰다.

술에 설핏 젖은 여춘걸의 목소리.

"자넨 기회를 잘 잡았어. 운이 무척 좋은 놈이야."

오작두가 면구한 표정으로 뒤통수를 벅벅 긁었다.

"다 당주님 덕분이죠."

고개를 끄덕이던 여춘걸이 젓가락은 그냥 두고 손가락으로 안주를 집어 입속에 넣고 우물우물 씹었다.

“기회는 항상 있는 게 아니지. 안 그래, 부당주?”

오작두는 어정쩡한 표정과 눈빛으로 어둔한 대답을 했다.

“그, 그렇죠.”

“즐기고 살아야지. 언제 죽을지 모르는 사나이 인생. 살아 있을 때 즐겨야 돼. 즐기고 살려면 돈이든, 권력이든, 계집이든, 내가 가지고 있어야 즐길 수가 있어. 빈털터리는 징징거릴 줄이나 알지 인생의 참맛을 몰라. 인생의 참맛은 이런 거야.”

여춘걸은 옆에 앉은 시녀의 앞가슴 속으로 갑자기 손을 쑥 집어넣곤 한쪽 젖가슴을 불끈 움켜쥐었다.

시녀의 얼굴은 구겨지고 입에서 나직한 신음이 새어 나왔다.

“아, 악!”

여춘걸은 고통스러워하는 시녀의 얼굴을 흘깃 노려봤다.

젖가슴이 우악스럽게 잡힌 시녀는 여춘걸의 짙은 눈 밑 그늘과 독살스런 눈빛에 아랫입술을 깨물며 신음을 참아냈다.

여춘걸이 다시 오작두의 눈빛에 제 눈빛을 견주어놓았다.

오작두는 시녀의 젖가슴을 거칠게 주물럭대는 여춘걸의 한쪽 손과 여춘걸의 묘한 눈빛을 번갈아 쳐다봤다.

시녀는 여춘걸의 손아귀에 힘이 들어갈 때마다 움찔움찔 고통스런 몸짓을 했다. 그러나 시녀의 입에서 더 이상의 신음은 새어 나오지 않았다.

잠시 잠깐의 시간이 음탕한 분위기로 흐르다가 여춘걸이 시녀의 젖가슴을 주물럭거리며 다시 입을 뗐다.

"내가 즐거우려면 남이 괴로워야 해. 모두가 부자면 부자가 행복할까? 모두가 황제요, 왕이면 누가 내 발아래에 엎드릴까? 세상살이란 게 다 그런 거야. 그렇지?"

오작두가 빈 술잔 속으로 시선을 슬며시 내려놓았다.

"그… 렇죠."

오작두의 시선이 빈 술잔에 머물자 옆에 앉은 시녀가 술을 채웠고, 술잔 속에 남모르게 잠겨 있던 오작두의 눈빛 살기가 술과 함께 찰랑찰랑 차올랐다.

여춘걸은 시녀의 젖가슴에서 손을 빼냈고, 여춘걸 옆에 앉았던 시녀가 아린 젖가슴을 손으로 한번 다독거려 놓은 뒤 여춘걸의 빈 잔에 술을 조심스럽게 채웠다.

여춘걸이 술잔을 잡았다.

"기회는 아무에게나 주어지지 않아. 가진 자가 선택을 하지. 넌 나에게 선택을 받았다. 내가 널 투전장에서 봤을 때, 너의 깡다구와 눈썰미와 결단력에 난 잠시 눈을 빼앗겼어. 감탄이 절로 나오도록 참 대단했어!"

오작두가 내리깐 눈길로 나직한 소리를 꺼냈다.

"감사합니다."

여춘걸이 술잔을 들어 올리며 피식 했다.

"감사는 무슨! 그럴 자격이 있으니까 내가 너에게 그만한 기회도 준다는 거지. 근데, 세상엔 공짜란 없어. 누군가에게서 무언가를 얻어내려면 뭔가를 꼭 해야 하지. 기회가 주어지면 적당한 값을 치러야 해."

오작두가 급히 술잔을 들어 입속으로 들이붓곤 술잔을 소리가 나도록 상 위에 탁 내려놓았다.

"시켜만 주십시오! 이 오작두, 무엇이든 하겠습니다!"

달뜬 오작두의 말에 여춘걸은 담담한 눈빛으로 술잔을 만지작거렸다.

그러면서 뜬금없는 이야기를 꺼내놓았다.

"어르신에게 예쁘장한 계집이 하나 있었다. 그 계집을 늘 곁에 두고 무척 예뻐하셨지. 그런데 귀엽다 예쁘다 애지중지해 주니까 그 계집이 그만 버릇이 없어진 거야. 쯧쯧! 끝내는 그 계집이 제 주제도 모르고 어르신의 수염을 잡고 흔드는 짓을 해버렸어. 아뿔싸! 그년이 어르신에게 그럼 안 되지. 절대 그러면 안 되는 거였어. 안 그런가?"

오작두가 눈빛을 빛내며 입가에 슬며시 미소를 지었다.

"아주 못돼먹은 년이군요."

"그래, 바로 그런 년이야."

여춘걸이 고개를 끄덕거리곤 만지작거리던 술잔을 들어 올려 잔을 말끔히 비웠다.

여춘걸의 울대에서 보기 좋게 술이 넘어갔다.

꿀꺽!

비운 술잔을 조용히 내려놓은 여춘걸이 다시 오작두의 눈빛을 응시하며 입을 뗐다.

"그년을 죽여야 해. 그래야 어르신의 체면이 오롯이 서거든. 조직을 꾸려 나가다 보면 생각 외로 체면이 중요할 때가 있어. 그런데 그년이 그 체면을 구겨놓은 거야. 그러면 안 돼. 그러니 그년은 조직을 위해서라도 꼭 죽어야 해. 세상에 있어도 그만, 없어도 그만인 그런 계집이니 있어서 거치적거리는 것보다야 없는 쪽이 서로가 편하지."

오작두가 침을 꿀꺽 삼키며 빤한 질문을 던졌다.

"죽인다? 지나가는 잡놈이야 개 잡듯 잡으면 되겠지만, 상대가 갑남을녀도 아니고, 만만찮게 이름값 하던 계집 같은데 그게 그리 쉬울지……?"

"뭐, 어려운 일은 아니야. 미리 준비도 해두었고, 자넨 그냥 가서 그년의 목을 쓱 베고 오면 돼. 혹시 일이 잘못되더라도 뒷일은 우리가 알아서 해줄 테고. 우리 비사방이 어디 뒷골목 하오배들이나 그러모아 만든 무림 방파던가? 절대 그렇지 않지! 또 그만한 일쯤은 척척 처리해 줘야 부당주로서 체면치레도 할 수 있고. 그래서 말인데… 한번 해볼 텐가?"

오작두는 일부러 내키지 않는 듯 머뭇거렸다.

"계집 하나쯤 죽이는 일이야 대수롭진 않지만 그게……."

여춘걸이 턱을 앞으로 내밀고 눈 밑 그늘이 짙은 얼굴을 들어 올려 미적거리는 오작두의 얼굴을 지그시 노려봤다.

"뭐, 정히 마음에 내키지 않다면 어쩔 수 없지! 다른 아이에게 좋은 기회가 넘어가겠군. 그럴듯한 얼굴 생김새나 번듯한 체격이나, 그리고 결정적으로 칼 같은 성격과 실력! 모든 게 자네가 딱 제격이지만 싫다면 나도 어쩔 수 없는 일이지. 이제나 저제나 하며 명령이 자신에게 떨어지기만을 기다리는 놈들이 몇몇 돼! 기회는 선택이야. 기회가 와도 선택하지 않으면 만사가 도루묵인 게지. 잘 생각해 봐."

오작두는 갑자기 입술이 타들어가는지 손수 빈 술잔에 술이 철철 넘치도록 채워놓곤 목을 급히 뒤로 젖혀 입속에 술을 들이부었다.

꿀꺽!

오작두는 단단히 결심한 듯 두 눈을 험상궂게 어그러뜨려 놓으며 당찬 목소리로 대답했다.

"부나비 같은 인생, 뭐 있습니까? 까짓것, 하죠!"

第六章

즐기면서 살자며?

黑風客

개차반 오작두의 행색을 한 강영후는 대도시 낙성(洛城)의 어느 골목길 모퉁이를 돌았다.

모퉁이를 막 돌 때,

서로 엇갈리며 거칠게 부딪치는 두 어깨.

툭!

강영후와 어깨가 부딪친 사람은 젊은 사내였고, 그 바람에 젊은 사내의 겨드랑이에 끼워져 있던 서책들이 땅바닥에 우르르 떨어졌다.

젊은 사내가 영후를 불러 세웠다.

"이봐요, 아저씨!"

영후가 돌아봤다.

젊은 사내의 나이는 약관쯤으로 보였고, 행색은 수학하는 서생 차림이다. 몸집이 좋고 얼굴은 기생오라비 빰칠 만큼 잘 생겼다.

영후는 젊은 사내를 향해 의아한 표정을 지었다.

"…나?"

젊은 사내가 잔뜩 찌푸린 얼굴로 대답했다.

"예, 아저씨!"

영후는 자신의 주위에 혹시 다른 사람이 있나 하며 주변을 두리번거렸다. 자신밖에 없다. 그래서 자신을 불러 세운 이유를 젊은 사내에게 물었다.

"왜?"

"책을 떨어뜨려 놓았으면, 적어도 사과 정도는 해주고 가셔야죠! 알 만한 분이 왜 그러십니까?"

젊은 사내의 볼멘소리에 영후의 시선이 그제야 땅바닥에 떨어진 네댓 권의 서책 쪽으로 향했다.

"이런, 이런!"

영후는 땅바닥에 떨어진 서책으로 다가가 쪼그려 앉으며 책을 주웠다.

젊은 사내도 영후와 무릎을 맞대고 앉아 책을 줍고, 책에 묻은 흙을 손으로 툴툴 털어내며 아주 작은 목소리로 속살거렸다.

"왜 갑자기 계획을 변경했습니까?"

영후도 책에 묻은 흙먼지를 손으로 닦아내고 탁탁 털어내며 작은 목소리로 대답했다.

"기회가 있어서 잠입 계획만 변경시켰다. 나머지 계획은 그대로다. 진행엔 차질없겠지?"

영후의 시선과 마주한 젊은 사내는 서생으로 변복한 막철호다.

막가전장의 큰아들 철호가 대답했다.

"어제서야 겨우 간수를 매수해 두었습니다. 이젠 별다른 차질이 없을 것으로 생각됩니다. 그런데……."

영후가 난처해하며 말끝을 흐려놓는 철호에게 그 연유를 물었다.

"왜?"

"삼거리에 있는 청산주루에 좀 가보셔야겠습니다."

처음 들어보는 주루의 이름이다.

"무슨 문제라도 있어?"

"아기씨가……."

철호의 입에서 아기씨라고 불릴 사람은 가희뿐이다.

영후의 표정은 구겨졌고, 입은 빨라졌다.

"어쩌다가?"

"수민이 녀석을 닦달해서… 수민이가 좀 마음이 여리잖습니까? 그래서 그만……. 죄송합니다!"

"음!"

침음을 흘려내던 영후가 슬며시 주변을 살폈다.

"양생화의 오라비라는 작자에 대해 좀 알아봤어?"

"며칠 전에 변사체로 발견되었다고 합니다."

"사인(死因)은?"

"칼에 베였습니다."

그럴 줄 알았다며 고개를 작게 주억거리던 영후는 손에 들린 책을 철호에게 넘기며 일어섰다.

철호가 서책을 다 챙겨 일어서선 다시 겨드랑이 사이에 끼우자, 영후는 먼지도 없는 철호의 어깨를 괜히 툭툭 털어주었다.

"알았다. 그리고 꼬리가 따라붙었다. 처리해라."

철호가 입가에 어색한 미소를 지어 보이며 물었다.

"따돌릴까요, 아니면……?"

"죽여."

짤막한 명령을 남기고 영후는 철호 앞에서 돌아섰다.

으쓱한 골목길.

"길 좀 물읍시다."

돌연히 앞을 가로막고 서는 젊은 서생을 향해 비사방의 회령당 제삼조 조장은 대번 얼굴을 험악하게 일그러뜨렸다.

"비켜, 새끼야! 지금 바빠!"

삼조장 탁복한은 길을 가로막는 젊은 서생의 어깨를 거칠게 밀치고 앞으로 나가려 했다.

젊은 서생이 탁복한의 어깨를 낚아채 잡았다.

"거, 인심 한번 야박하네!"

나름 칼밥 인생으로 닳아먹은 탁복한이 외진 골목에서 시비를 거는 젊은 서생에게서 무언가를 못 느꼈다면 거짓말일 것이다. 탁복한은 온몸으로 적의를 느끼며 젊은 서생을 향해 천천히 시선을 돌렸다.

"뭐냐?"

젊은 서생이 빙그레 웃으며 처음 했던 말을 되뇌었다.

"길 좀 물읍시다."

탁복한은 온몸의 근육을 팽팽하게 긴장시켜 놓곤 젊은 서생을 향해 돌아서며 서슬 퍼런 목소리로 반문했다.

"무슨 길?"

젊은 서생이 쌍그런 표정으로 답을 했다.

"황천길!"

젊은 서생 막철호의 입에서 살기 서린 대꾸가 떨어지자마자 탁복한의 왼발이 흙먼지를 폭발시키며 지면을 박찼고, 동시에 오른발이 흙먼지를 빨아올리며 철호의 면상을 향해 날아갔다.

그러나…….

빠, 박!

애당초 탁복한은 철호의 적수가 되지 못했다.

명치와 가슴팍을 강타당한 탁복한은 쓰러질 듯 비칠비칠 뒷걸음질을 하며 핏물이 배인 입으로 신음 섞인 궁금증을 드러냈다.

"너, 넌! 누구냐?"

청산주루(青山酒樓).

주루 안은 한산했고…….

"어서 옵쇼!"

나이 어린 사환의 목소리는 또랑또랑했다. 그러나 곧바로 사환의 얼굴은 무엇을 봤는지 슬머시 일그러졌다.

주루 안으로 들어선 사내의 몰골이 형편없었기 때문이다.

귀한 손님만 골라 받는 고급 요정도 아니니 행색으로만 손님을 받을 수는 없는 노릇이다.

어린 사환이 강영후에게로 다가와 빈자리를 권했다.

"손님, 이쪽으로 앉으시지요?"

영후는 어린 사환이 권하는 자리는 마다하고 주루 안으로 깊이 들어가 빈자리를 하나 골라 앉았다.

가뭄에 콩 나듯 듬성듬성 앉아 엽차를 마시고 담소를 나누며 음식을 먹는 주루 손님들.

어린 사환이 시커멓게 그을음이 묻은 주전자를 들고 재바른 걸음으로 영후의 뒤를 따라와선 행주로 식탁 위를 한번 설렁설렁 훔치곤 영후의 시선 속으로 얼굴을 쑥 내밀었다.

"손님, 뭐 좀 준비해 드릴까요?"

영후가 점잖은 목소리를 깔아냈다.

"엽차."

어린 사환은 엎어놓았던 찻잔을 바로 세워놓곤 김이 모락모락 나는 엽차를 찻잔에 따랐다.

쪼르륵!

그러곤 어린 사환은 구관조처럼 같은 말을 반복했다.

"손님, 뭐 좀 준비해 드릴까요?"

"나중에……."

그러나 어린 사환은 얼굴에 웃음기를 잃지 않고 다시 물었다.

"손님, 다른 일행을 기다리시나 보죠?"

"아니."

무뚝뚝한 영후의 대꾸에 어린 사환은 영후의 땟국이 지저분하게 묻은 얼굴을 힐끔 흘겼다.

영후의 두 눈은 맞은편 자리에 홀로 앉아 있는 여인의 얼굴을 뚫어져라 쳐다보고 있었다. 어린 사환도 영후의 시선을 따라 여인의 얼굴을 살폈다.

몇 번을 봐도 참 미인이다.

그냥 미인이 아니라, 묘하게 사람의 눈을 사로잡고 오래도록 잔상으로 남는 그런 미인이다.

어린 사환이 여인의 얼굴에서 시선을 거두고 영후에게 시큰둥한 소리를 꺼내놓았다.

"손님, 필요한 거 있으시면 불러주세요."

영후가 대답했다.

"오냐."

자리를 뜨려던 어린 사환이 무슨 생각에서인지 영후에게 귀엣말을 했다.

"손님, 다른 손님의 얼굴을 그렇게 뚫어져라 쳐다보시면 실례입니다."

어린 사환의 살가운 충고에도 영후는 짧은 대꾸만을 또 꺼내놓았다.

"상관 마라."

어린 사환은 몰래 입을 한번 삐쭉거리곤 영후에게서 돌아섰다. 주루 입구 쪽으로 털레털레 걸어가던 어린 사환이 혼잣말을 중얼거렸다.

"거지꼴에 눈은 있어가지고 밝히기는… 쯧!"

어린 사환이 곁에서 떨어져 나가자, 영후는 맞은편에 앉은 젊은 여인을 향해 묘한 눈빛을 건네며 고개를 보일 듯 말 듯 가로저었다.

—쯧쯧! 왜 따라왔어?

영후와 눈이 마주친 젊은 여인이 슬며시 딴청을 피우며 입을 삐죽거렸다.

—왜요? 저는 오면 안 되나요?

젊은 여인 가희는 잠시 딴청을 피우다가 영후의 표정이 못내 궁금했던지 시선을 슬며시 영후에게로 다시 돌렸다.

잔뜩 화난 영후의 표정에 가희는 아랫입술을 내밀고 뽀로통한 얼굴이다.

—왜 그렇게 화를 내고 그래요?

—애기처럼 굴지 마라. 이젠 아기가 아니다.

—싫어요. 그냥 아기 할래요.

영후는 가희의 눈길을 향해 눈살을 구겼다.

—쯧쯧! 그러지 말라는데도!

가희도 영후를 향해 새치름한 눈빛을 흘겨놓았다.

—맨송맨송 노느니 백지장이라도 맞들고 싶어요. 알고 보면 저도 곧잘 한다고요. 잘 알지도 못하면서 괜히 그래!

영후는 가희의 쌀쌀맞은 눈빛에 가만히 한숨을 내쉬었다.

"휴우!"

한숨 소리가 가희의 귀에까지 날아갔나 보다.

가희의 입도 가느다란 바람 소리를 뽑아냈다.

"피이!"

영후는 뜨거운 엽차를 한 모금 입에 물곤 두 손으로 식탁을 짚었다.

—난, 그만 간다.

영후의 눈인사에 가희의 두 볼은 퉁퉁 부어버렸다.

—칫! 가든지 말든지!

영후가 일어섰다. 일어선 영후는 주위를 힐끗 살피다가 가희에게 눈길을 주었다. 가희는 삐쳤는지 영후와 눈길을 맞추지 않았다.

영후가 말없이 돌아섰다. 영후가 등을 보이며 돌아서고서야 가희의 눈길이 영후에게로 돌아왔고, 영후의 매정한 등짝을 보고 있는 가희의 눈매는 스르륵 찌푸려졌다.

—어머! 정말 그냥 가네?

주루 입구에 서 있던 어린 사환이 불만 가득한 표정으로 영후의 발걸음을 가로막고 섰다.

"손님, 그냥 가시게요?"

영후의 대꾸는 짧았다.

"그래."

영후는 어린 사환의 어깨를 슬며시 밀치고 주루를 나가 버렸고, 황당해진 어린 사환은 저만치 걸어가는 영후의 뒤통수를 노려보며 소리쳤다.

"이봐요, 손님! 이봐요!"

부른다고 돌아볼 영후가 아니다.

제풀에 지친 어린 사환이 뚱한 표정으로 돌아설 때, 어린 사환의 귀에 여인의 앙칼진 목소리가 들렸다.

"얘!"

어린 사환은 가희 쪽으로 빠르게 시선을 돌려놓고 환한 표정으로 대답했다.

"예, 손님! 뭐 좀 더 시키실 일이라도……?"

가희가 어린 사환을 향해 매섭게 소리쳤다.

"앞으로! 거지발싸개 같은 저런 손님은 받지 마!"

어린 사환은 아닌 밤중에 홍두깨 같은 여인의 역정에 찔끔 놀라 기어들어 가는 목소리로 대답했다.

"…예."

그러곤 가희의 시선을 슬며시 피하며 혼잣말로 구시렁거렸다.

"얼굴 예쁜 것들이 성질은 개떡이라더니. 그 여자, 성깔머리 한번 사납네. 도대체 지가 뭔데 나더러 이래라저래라 오지랖 넓게 강짜야?"

그렇게 구시렁거리고도 속이 풀리지 않았던지 어린 사환은 가희의 예쁘장한 얼굴을 슬며시 훔쳐보며 입을 삐죽 말아 올렸다.

"쳬! 예쁘면 다야? 쯧."

*　　　*　　　*

도지휘사사(都指揮使司)는 약칭으로 도사(都司)라고 한다.

대도시 낙성의 도사 주변은 불야성을 좇아 모여든 날벌레들처럼 상권 좋은 자리를 찾아 몰려든 장사치와 기웃거리기 좋아하는 행인들로 인산인해를 방불케 했다.

벼슬아치들의 거들먹거리는 팔자걸음과 성곽처럼 둘러싸인 도사의 높다란 담장 아래에 좌판을 벌려놓은 노점상들과 번화가를 명승지쯤으로 알고 찾아든 구경꾼들의 발걸음이 끊이지 않고 이어졌다.

서로의 어깨가 부닥치는 것은 예사였고, 아이를 데리고 나온 아낙네들은 코흘리개 아이를 잃어버리지 않기 위해 아이의 손이 파리해지도록 조막손을 볼끈 틀어쥐어야 했다.

밤낮 모르는 까치 한 마리가 푸드덕 날아올라 깡충깡충 날갯짓을 하더니, 도사의 높다란 기와지붕 잡상에 내려앉아 꺼이꺼이 울어댔다.

제형안찰사사의 안찰사인 조무웅의 집무실.

팔자수염과 턱수염을 멋들어지게 기른 조무웅이 서류들을 분류해 놓으며 지나가는 말처럼 다시 물었다.

"방금 누가 날 찾아왔다고?"

봉목(鳳目)에 호안(好顔)을 가진 조무웅의 나이는 오십대 중반쯤으로 보였다.

바닥에 납작 엎드려 복명하던 포쾌가 고개를 슬며시 들어올렸다. 포쾌는 도사의 수문을 맡아보던 자다.

"자칭 양앵화의 오라비랍니다."

조무웅의 눈이 와락 커졌다.

"뭣이! 양앵화의 오라비?"

"예!"

포쾌의 힘찬 대답에 조무웅은 집무실 책상 위에 한쪽 팔꿈치를 괸 손으로 이마를 짚고 엄지로 관자놀이를 지그시 누르며 두 눈을 갸름하게 떴다.

"갑자기 행불자가 되었던 양앵화의 오라비 양호섭이 제 발로 날 찾아왔어?"

혼잣말을 중얼거리던 안찰사 조무웅은 고개도 들지 않고 힐끗 눈길을 던졌다.

"놈의 행색은?"

"봉두난발에 몰골이 거지꼴이나 진배가 없었사옵니다."

"생김새는?"

"땟국으로 얼굴이 지저분했지만, 본디 이목구비는 아주 반듯하게 잘생겨 보였습니다. 그리고 무엇에 쫓기고 있는 사람처럼 안절부절못하며 소란을 피우고 있습니다."

"비사방의 추적을 피해 다니느라 몰골이 그리되었을 것이고, 양앵화와 닮아 아주 잘생기긴 했다지. 앞뒤 정황으로 보아 양호섭이 맞는 것 같은데……. 음, 일단 데리고 와!"

포쾌가 일어서선 허리를 접어 보이고 나가려다가 잊은 것이 있는 듯 다시 돌아서선 또 허리를 깊숙하게 접었다.

"나리, 포박을 하여 데리고 올까요, 아니면……?"

조무웅은 삐딱하던 상체를 바로 세우곤 등받이의자에 등을 기댔다.

"그놈이 건달로 잔뼈가 굵어서 주먹질도 곧잘 한다지?"

"그럼 오라로 단단히 포박해서 데리고 올까요?"

조무웅은 피식하며 손사래를 쳤다.

"아냐, 아냐! 그냥 데리고 와. 제깟 놈이……!"

사내의 목소리는 몹시 흥분되어 있었다.

"나리, 앵화를 만나본 뒤 모든 것을 털어놓겠소! 우선 내 여동생의 안위부터 먼저 확인하게 해주시오! 우리 남매, 서로 만나게 해주시오!"

부복한 양호섭 앞에서 서성거리던 조무웅은 구겨진 눈매로 턱도 없이 깡을 부려대는 양호섭의 얼굴을 지그시 노려봤다.

양앵화의 오라비 행세를 하고 있는 자는 강영후다.

조무웅은 어슬렁거리며 고개를 절레절레 가로저었다.

"대면이야 시켜줄 수 있지만, 절대 단둘이는 안 돼!"

강영후는 조무웅을 향해 눈빛을 묘하게 발하곤 앞니를 슬며시 드러내며 나직한 목소리로 으르렁거렸다.

"좋소! 그럼 안찰사 나리께서 고위 관리의 몸으로 무림의 일에 끼어들어 무림성물을 탐내더라 하며 동네방네 떠벌리고 다니겠소!"

협박이 섞인 으름장에 조무웅은 흠칫 놀라 서성거리던 발걸음을 멈칫하더니 눈초리를 슬쩍 위로 째놓았다.

"뭐라? 네놈이 지금 나에게 감히 공갈을 쳐?"

"사는 것이 죽는 것보다 못하게 된 이놈의 신세! 이젠 무서울 것도 없소이다! 쥐가 막다른 궁지에 몰리면 고양이인들 못 물겠소?"

영후의 강단진 으름장에 조무웅은 코밑 팔자수염을 검지와 엄지로 만지작거리며 다시 왔다 갔다 서성거렸다.

"간덩이가 배 밖으로 나왔구나?"

"배 밖에 나온 게 어디 간덩이뿐이겠소?"

영후가 조금도 물러서지 않고 신소리를 하자 안찰사 조무웅은 콧방귀를 날렸고, 그 콧방귀에 코밑 팔자수염이 휘청 휘날렸다.

"흥!"

영후는 조무웅의 눈치를 슬머시 살피며 갑자기 목소리를 낮추었다.

"나리, 단둘이 만나게만 해준다면 비사방의 방주 염진충(廉

進忠)이 은거해 있는 폐관 수련 장소와 무림성물의 정체에 대해 말해주겠소."

영후 앞을 서성거리던 조무웅이 멈춰 서선 고개를 삐딱하게 한쪽으로 젖혀놓았다.

"네가 알고 있다는 말이냐?"

영후는 조무웅의 물음에 고개를 천천히 가로저었다.

"모르오. 난 모르지만 앵화는 알고 있소. 내가 캐물어 앵화가 알고 있는 모든 것을 나리께 전해주겠소. 앵화의 입을 열게 만들 사람은 천하에 오직 이 오라비밖에 없소이다. 그년이 어릴 때부터 고집 하난 쇠심줄이었으나, 하나밖에 없는 피붙이에게까진 그러지 못할 거외다."

"시간은?"

"넉넉잡아 반 시진이면 족하오."

영후의 대답에 조무웅은 마른침을 한번 꿀꺽 삼키곤 고개를 주억거렸다.

"좋다! 그런데 내가 걱정할 바는 아니다만, 사후의 대책은 있느냐?"

영후는 절박한 표정으로 조무웅의 얼굴을 올려다봤다.

"도망 다니기도 이제 지쳤소. 그래서 차라리 이곳이 안전하다고 여기고 스스로 이곳으로 기어들어 왔잖소. 당분간 우리 남매를 좀 숨겨주시다가 안찰사 나리의 수중에 무림성물이 들어오면 그때 은자 오십 냥을 우리 남매에게 지급해 주시오. 우린 그 돈으로 바다 건너 외딴 섬마을로 도망가서 있는 듯 없는 듯 쥐 죽은 듯이 살겠소."

영후의 말에 조무웅은 침음을 흘려내며 고개를 작게 끄덕거렸다.

"으, 음! 그래, 좋다."

그러더니 돌연 매서운 눈매로 영후의 얼굴을 꼬나봤다.

"만에 하나, 허튼수작을 부린다면 갖은 죄목을 다 덮어씌워서라도 기필코 너희 남매의 목을 참수할 것이다. 알겠느냐?"

영후는 얼른 고개를 아래로 꺾었다.

"알겠습니다."

"휴우!"

긴 한숨에 황촉의 촛불이 날려갈 듯 휘청거렸다. 황촉에 흘러내리는 촛농처럼 시간은 참으로 더디게 흘러간다.

이처럼 더딘 시간은 듣도 보도 못했다.

안찰사 조무웅은 책상 위에 놓인 황촉만 지그시 노려보고 있었다. 서류를 뒤적거려 봐도, 서책을 펼쳐 놓고 있어도 도무지 손에 잡히지도 눈에 들어오지도 않았다.

황촉에 흐르는 촛농만을 뚫어져라 쳐다보던 조무웅의 입가에 씁쓰레한 미소가 번졌다.

녹(祿)을 먹고산 지도 벌써 삼십여 년째다.

당파싸움에 휘말려 죽을 고비도 여러 번 넘겨봤고, 질풍노도와도 같은 출세가도에 서 있기도 했었다. 그러나 이젠 더 이상 버틸 기력이 없다.

등 비빌 곳마저 없어져 버렸다.

측근들은 당파싸움에 모두 숙청이 되었다.

머지않아 자신의 목에도 숙청의 칼날이 디밀어질 것이다.

얍삽한 관료들의 말장난에 놀아나기도 지겹다.

거추장스런 관복을 훨훨 벗어던지고 자신에게 좀 더 잘 어울리는 옷을 갈아입기로 작정했다.

무림의 세상, 무인으로서의 삶.

좀 험악하고 다소 살벌하긴 해도 꽤 짭짤한 생활을 영유할 수 있다고 들었다. 만약 무림성물 중에 하나만이라도 수중에 들어온다면 천세만세 무림세도가로 자리매김할 수도 있다.

꼴같잖은 학자 나부랭이들의 눈치를 보지 않고 살아갈 수 있다는 것만도 어디냐.

안찰사 조무웅은 입이 먼저 앞서던 학자 나부랭이들과 언쟁을 벌이고 슬금슬금 눈치 봐야 했던 과거를 돌이키다가 부르르 진저리를 쳤다. 절이 싫으면 중이 산을 떠야 하듯, 이 꼴 저 꼴 다 보기 싫으면 관복을 훌훌 벗어던지고 초야에 묻히듯 무림인으로 살면 그만이다.

조무웅은 긴 한숨과 함께 쓴 입맛을 다셨다.

"휴우! 쩝!"

황촉이 닳은 길이로 봐선 대충 어림잡아 한 식경은 넘게 지났겠다.

조무웅이 초조하게 시간을 헤아리고 있을 때, 집무실 문밖에서 누군가의 음성이 불쑥 끼어들었다.

"나리! 소인 포두 오삼이입니다."

포두 오삼이라면 양호섭의 신병을 확보해 놓으려고 양앵화의 고향으로 내려보냈던 포두다.

아마도 헛걸음했음을 복명하러 왔나 보다. 조무웅은 그렇게 생각하며 오삼이라는 포두를 안으로 불러들였다.

"들어오너라!"

집무실의 문이 조심스럽게 열리고 사십대로 보이는 포두가 들어와선 허리를 깊숙하게 접어 보였다.

"나리, 그간 별고없으셨는지요?"

조무웅은 포두 오삼을 향해 빙그레 미소를 지었다.

"헛걸음하고 오느라 수고가 많았다."

오삼이 고개를 번쩍 들어 올렸다.

"그걸 어찌 아셨습니까?"

조무웅은 짐짓 낯을 굳히며 너스레를 떨었다.

"세상사가 모두 내 손바닥 위에 있잖으냐?"

포두 오삼이 면구한 얼굴에다가 어색한 미소를 자아냈다.

"이런! 벌써 소식을 접하셨나 봅니다, 나리."

조무웅은 의아한 생각이 들어서 눈살을 슬쩍 찌푸렸다.

"소식이라니, 무슨 소식?"

오삼도 마주 의아한 표정으로 낯을 고쳤다.

"양앵화의 건달오라비가 피살을 당했다는 소식……."

조무웅의 입에서 피식 하고 웃음이 새어 나왔다.

"허허! 피살을 당하다니? 그게 무슨 뚱딴지같은 소리야! 양앵화의 오라비 양호섭은 멀쩡하게 여기에 있는데?"

포두 오삼이 화들짝 놀라며 두 눈이 왕방울만 하게 커졌다.

"예에? 양호섭이 여기에 있다니요?"

"좀 전에 양호섭이 제 발로 이리로 기어들어 왔다니까!"

포두 오삼의 한쪽 손이 슬며시 뒤통수로 향했다.

"나리, 도무지 무슨 말씀을 하시는 것인지 소인은 도통 모르겠습니다. 어찌 죽은 자가 이곳에 걸어 들어올 수가 있다는 말씀이십니까? 양호섭의 혼령을 보았다면 제가 믿을까……."

그제야 이상하다고 느낀 조무웅의 얼굴색이 불쾌해진 사람처럼 후끈 달아올랐다.

"죽었어? 양호섭이 정말 죽었어?"

"그렇다니까요! 제 눈으로 양호섭의 주검을 확인하고 오는 길인뎁쇼!"

안찰사 조무웅의 몸이 의자에서 튕겨 오르듯 일어섰다.

"언제?"

"며칠 전에 칼을 맞고 피살된 시체로 발견되었습니다. 시반으로 보건대, 적어도 사나흘 전에 죽임을 당한 것으로……."

시반(屍斑)이란 시체에 나타나는 얼룩을 의미한다.

조무웅은 포두 오삼의 얼굴을 노려보며 으르렁거렸다.

"확실하냐? 확실하냐고!"

노발대발 소리치는 안찰사 조무웅의 고함 소리에 포두 오삼은 자라처럼 목을 움츠리고 기어들어 가는 목소리로 대답했다.

"화, 확실합니다요. 제가 그쪽 관아의 관리를 불러서 양호섭의 얼굴 확인까지 다 했는뎁쇼."

조무웅의 입에서 다급한 날숨이 툭 터졌다.

"헉! 그럼 아까 그놈은 도대체……."

그때, 집무실 문이 부서져라 거칠게 열리더니 포졸 하나가 입에 게거품을 물고 달려들어 와서 숨이 목까지 차오른 목소리를 신음처럼 꺼내놓았다.

"아, 안찰사 나리! 처, 철옥이 파, 파옥되었습니다!"

조무웅은 연이은 충격으로 상체가 휘청거렸다.

"파옥이라니?"

조무웅의 황망한 표정을 향해 포졸이 고개를 급히 들어 올렸다.

"죄인 양앵화가 수감되었던 철옥이……."

포졸의 입에서 다급한 복명이 끝나기도 전에 안찰사 조무웅의 입에선 긴 날숨과 함께 나직한 비명이 새어 나왔다.

"하아! 아뿔싸!"

낙성의 도사는 여기저기서 두드려 대는 시끄러운 경종 소리로 귀청이 먹먹하고 귓속은 불이 날 지경이었다.

포졸들과 포쾌들의 달음박질은 우왕좌왕 어지러웠고, 포두들은 정신없이 뛰어다니는 관병들을 단속하느라 목청이 쩍쩍 갈라졌다.

안찰사 조무웅은 활짝 열린 철옥 앞에 망연자실한 표정으로

서 있었다.

철옥으로 다다르기 전에 세 개의 석문을 열고 그곳을 통과해야만 한다. 누군가가 철옥으로 들어가면 석문의 바깥에서 곧바로 문을 걸어 잠그는 게 원칙이다.

그렇다면 곰곰이 생각을 해보자.

적어도 파옥을 시키려면, 처음부터 철옥의 석문을 지키는 간수들을 해치우고 철옥으로 들어갔거나, 아니면 애초부터 내통자가 있었다는 말이 된다.

철옥의 석문은 모두 활짝 열려져 있었고, 세 개의 석문을 지키는 간수들은 모두 의식을 잃고 널브러져 있었다.

처음부터 석문을 지키는 간수들을 해치우고 파옥을 감행했다면 진즉에 파옥된 사실이 조무웅의 귀에 보고되었어야 말이 된다.

철옥 부근엔 철옥을 감시하는 망루가 있었고, 최초 보고자가 망루를 보던 포졸이다. 그렇다면 처음부터 간수를 해치우고 파옥했다는 것은 시간적으로 말이 되질 않는다.

분명 내통자가 있었다.

조무웅은 손을 탈탈 털곤 세 개의 석문을 거쳐 밖으로 나왔다. 그러곤 석문 앞에 쓰러져 있는 간수 하나를 힐끗 노려보며 굴곡없는 목소리를 꺼내놓았다.

"이놈 좀 깨워봐."

조무웅의 싸늘한 명령에 포두 오삼이가 우물가로 달려가 살얼음 낀 두레박을 들고 와선 쓰러진 간수의 얼굴에다 두레박의 얼음물을 쏟아부었다.

좌악!

물벼락을 받은 간수가 움찔거리다가 천천히 눈을 떴다. 옆구리에 열쇠 꾸러미가 있는 것으로 봐선 간수장으로 보였다.

안찰사 조무웅이 실눈을 뜨는 간수장을 냉한 눈길로 내려다보며 발끝으로 옆구리를 툭툭 걷어찼다.

"야, 인마! 어떻게 된 거냐?"

의식은 희미하고 몸은 만신창이가 된 양앵화를 오른쪽 어깨 위에 들쳐 메고 도사의 후미진 길을 내달리고 있었다. 강영후가 향하는 방향은 관병들이 사용하는 막사와 관병들만 들락거리는 도사의 후문 쪽이었다.

이곳까지 달려오면서 영후가 자빠뜨린 관병의 수가 벌써 수십은 될 것이다.

골목길 저편에서 발자국 소리가 어지럽게 들려왔고, 영후는 골목을 돌아서자마자 신형을 대각으로 눕히며 왼발을 휘돌려 찼다. 만만찮은 무게를 어깨에 짊어졌음에도 영후의 신형은 민첩하게 휘돌았다.

팍!

"켁!"

소리와 함께 삼지창을 손에 든 포졸은 턱주가리가 휙 돌아가며 저만치 나가떨어졌다.

화들짝 놀라 멈춰 선 포졸의 수는 이제 네 명.

네 명의 포졸이 삼지창을 내밀기도 전에 영후의 신형이 전광석화처럼 네 명의 포졸을 스치고 지나갔다.

파! 빡, 빠, 박!

한 명에 한 주먹, 한 명에 한 발 돌려차기면 그걸로 딱 족했다.

숨통이 틀어막힌 나지막한 신음 소리와 함께 네 명의 포졸은 휩쓸려 쓰러지듯 일제히 땅바닥에 너부러져 버렸다.

안개처럼 뽀얗게 피어오르는 흙먼지 속에서 영후의 입은 빠르게 날숨을 뿜어냈다.

"후!"

그러곤 자신의 어깨 위에서 희미한 신음을 흘려내는 양앵화의 상태를 힐끔 살피곤 다시 내달렸다.

잠시 후, 영후의 시야 속으로 널따란 연병장과 십여 개의 포졸 막사가 들어왔다.

대부분의 포졸들이 급박한 경종 소리를 듣고 달려나가 버려서인지 막사가 있는 연병장 쪽이 오히려 더 한산했다.

영후는 연병장을 내달렸다.

흑풍이 몰아닥치듯 거센 바람 소리가 들리자 막사에서 당번을 보던 십여 명의 포졸이 이게 무슨 난데없는 난리인가 하며 막사 밖으로 얼굴을 빼끔히 내밀었다.

질풍노도처럼 치닫는 한 사내.

포졸들은 영후의 기세를 확인하고 화들짝 놀라 얼굴을 막사 안으로 도로 숨겨 버렸다.

그것으로 그만이었으면 좋았으련만, 멸치도 생선이긴 생선이다.

개중 기특한 몇몇 포졸들이 막사에서 병장기를 챙겨 밖으로 뛰쳐나온 것이다.

용감무쌍하게 밖으로 뛰쳐나온 포졸은 고작 세 명.

각각 삼지창과 육모방망이, 그리고 환도를 손에 챙겨 나와선 미리 약속이라도 해둔 사람들처럼 한데 모여 달려오는 영후의 앞길을 가로막아 섰다.

한 포졸이 제법 장한 목소리로 소리쳤다.

"서라!"

너라면 서겠냐? 그럴 상황은 아니잖은가.

영후의 질주는 질풍과도 같았다.

달려오는 기세가 가공스러웠으니 병장기를 꼬나든 포졸들이 지레 겁을 먹는 것이 당연했다.

주춤주춤 뒷걸음질을 하는 포졸들을 향해 영후의 신형이 지면을 박차고 솔개처럼 날아올랐다.

탓!

영후의 발끝에서 흙먼지의 폭발이 일어났고, 포졸의 삼지창은 허공을 찔렀으며, 육모방망이는 영후의 다리를 부러뜨릴 기세로 휘둘렀고, 환도를 든 포졸은 겁에 질려 후다닥 뒤로 달아났다.

영후의 오른발이 허공으로 내뻗은 삼지창을 스치며 내리꽂히더니, 삼지창포졸의 가슴팍을 짓이기고 착지하는 동시에 왼쪽 팔꿈치가 번개처럼 돌아나가며 육모방망이포졸의 왼쪽 관자놀이를 급하게 돌려놓았다.

팍, 빡!

두 포졸이 맥없이 나가떨어지자, 뒤로 달아난 환도의 포졸은 환도를 슬그머니 허리 뒤로 감추곤 면구하고 어색한 웃음으로 히죽거렸다.

그 난처한 짓거리에 영후가 입을 뗐다.

"효시(嚆矢) 하나와 활을 가지고 나와라."

효시란 화살촉에 자그마한 소리통을 달아서 화살이 날아갈 때 날카로운 휘파람 소리가 나도록 제작된 신호용 화살이다.

효시를 명적(鳴鏑)이라고도 한다.

어쨌거나…….

듣고도 못 들은 척 멀뚱하게 서 있는 환도포졸을 향해 영후가 눈을 험상궂게 어그러뜨리며 소리쳤다.

"어서!"

양어깨가 들썩거릴 만큼 흠칫 놀란 환도의 포졸이 막사 쪽으로 슬금슬금 뒷걸음질을 하더니, 막사 안으로 후다닥 들어가선 효시 하나와 활을 찾아 들고 나와 영후 앞에 슬그머니 내밀었다.

그런데 활과 화살만 영후에게 내밀었으면 좋으련만 환도의 포졸은 잠시 정신머리를 놓아버렸는지 다른 손에 들린 환도를 자신도 모르게 머리 위쪽으로 스르르 들어 올리고 있었다.

영후는 활과 효시를 받을 생각은 않고 포졸의 손에 들려진 환도를 힐끗 꼬나봤다.

"근데 칼은 왜?"

영후의 입에서 의아한 물음이 나오고서야 포졸은 자신의 팔이 겁도 없이 환도를 번쩍 쳐들고 있다는 사실을 깨달곤 깜짝 놀란 표정으로 손에 들린 환도가 몹쓸 물건인 양 화들짝 손에서 놓아버렸다.

환도는 땅바닥에 떨어져 요란한 소리를 냈다.

철그렁!

영후가 황망해하는 포졸을 향해 싱긋이 웃었다.

"옳지. 됐고! 자, 이제 활을 시위에 매겨."

영후의 말에 포졸은 고분고분 시위에 효시를 매겼고, 영후는 다시 교관의 목소리와 흡사한 음색으로 포졸에게 명령했다.

"시위를 힘껏 당기고!"

포졸이 시위를 팽팽하게 당겼다. 그런데 효시의 화살촉이 향한 방향이 하필이면 영후의 가슴팍 쪽이었다.

당연히 영후는 언짢아했다.

"너, 죽고 싶니?"

영후의 나긋한 으름장에 포졸은 울상이 되어 고개를 절레절레 가로저어 보이곤 화살의 방향을 얼른 밤하늘을 향해 돌려놓았다.

영후의 입에서 청아한 목소리가 새어 나왔다.

"쏘세요!"

효시가 밤하늘을 향해 날아가며 날카로운 휘파람 소리를 남겼다.

핑이, 잉, 힝!

영후는 효시의 휘파람 소리가 밤하늘에서 완전히 사라지고서야 우두커니 서 있는 포졸을 향해 정감 어린 시선을 주었다.

포졸은 영후와 비슷한 연배의 나이로 보였다.

"넌 분명히 벽에 똥칠할 때까지 살 수 있을 거야."

포졸을 향해 뜬금없는 소리를 남겨놓은 영후는 오른쪽 어깨 위에 들쳐 멘 양생화를 한번 으쓱 추스르며 후문 쪽으로 터벅터벅 걸어갔다.

홀로 남은 포졸은 저만치 걸어가는 영후의 등을 보며 덕담이라도 들은 사람처럼 몇 번이고 허리를 숙여 꾸벅꾸벅 감사의 인사를 건넸다.

영후가 후문을 막 나서자, 갑자기 마차 바퀴 소리가 요란하게 들리더니 쌍두마차가 후문 앞에 멈춰 섰다.

급히 멈추느라 말이 목을 휘두르며 투레질을 해댔다.

히이히잉!

마부대(馬夫臺)에 앉은 마부는 젊은 사내다.

눈 밑을 검은 복면으로 가린 막철호가 영후를 반겼다.

"형님, 어서 타시죠!"

하지만 영후의 입에선 뜻밖의 소리가 나왔다.

"이 여인을 데리고 먼저 가라."

먼저 가라는 말에 의아해진 철호가 무어라 궁금증을 드러내기도 전에 마차의 여닫이문이 신경질을 부리듯 벌컥 열리며 가희의 얼굴이 밖으로 툭 튀어나왔다.

"오빠는요?"

예상치 못한 가희의 출현에 당황스런 영후는 일부러 몹시 놀란 표정을 지어 보이며 짐짓 엄살을 피웠다.

"아이고! 놀라라, 인석아!

영후의 타박에도 가희는 도끼눈을 해가지곤 앵무새처럼 했던 말을 되뇌었다.

"오빠는요?"

"난 볼일이 남았어. 철호랑 먼저 가서 기다려. 곧바로 뒤따라갈 테니까."

가희는 울상을 지으며 대뜸 앙살이다.

"싫어요. 저도 따라갈래요. 아니면, 같이 가시든지."

영후는 오른쪽 어깨 위에 들쳐 멘 양생화를 마차 안으로 디밀어 넣으며 볼이 잔뜩 부어 있는 가희를 나무랐다.

"뭐 해, 얼른 좀 안 받고?"

가희는 어쩔 수 없이 축 늘어진 양생화를 받아 마차 안에 눕혔다. 가희가 양생화에게 잠시 정신을 빼앗기고 있는 틈을 이용해 영후는 곧바로 마차의 문을 닫아버리곤 마부 자리에 앉은 철호에게 다가가 빠르게 말을 건넸다.

"가라."

"형님은요?"

"즐길 일이 하나 남았다."

"예? 갑자기 즐길 일이 남았다니요?"

영후는 의아함을 떨쳐 내지 못하는 철호의 궁금증을 풀어주지도 않고 손바닥으로 말의 엉덩짝을 모질게 후려쳤다.

철썩!

영후의 나직한 외침.

"이랴!"

달리는 말발굽 소리와 쌍두마차의 삐거덕거리는 바퀴 소리와 마차 안에서 다급하게 터지는 여인의 앙칼진 목소리.

"오, 오빠! 오빠아!"

점점 멀어지는 가희의 앙살을 들으며 영후는 입가에 쓴웃음을 쓱 지어놓았다.

옆에 있으면 성가시고, 그러다가 옆에 없으면 금방 섭섭해진다. 그게 바로 여자인가 보다.

* * *

"도대체 어찌 돼가는 일인 게야!"

비사방 회령당의 당주 여춘걸의 화난 고함에 회령당의 제일조 조장 서인건이 어깨를 움츠리며 복명했다.

"당주, 암살이 아니라 파옥이 확실하답니다."

"앵화 년의 목을 따라고 보낸 오작두 이놈이 왜 시키지도 않은 파옥을 했냐니까? 그걸 알아오라고 했잖아! 그리고 착오가 생겨 앵화 년을 파옥시켰으면 당장 이쪽으로 데리고 돌아와야 할 게 아니냐! 이 연놈들이 도대체 어디서 뭣 하고 있다는 게야?"

"당주, 제가 그 꼴통의 머릿속을 어찌 알고……?"

서인건이 여춘걸을 향해 난처함을 토로해 보았으나 분노에 가까운 여춘걸의 짜증은 좀처럼 진정될 기색이 없었다.

"그리고 그놈의 뒤를 밟으라고 보낸 제삼조장 탁복한 이 자식은 도대체 뭐 하고 있는데 아직 한마디 보고도 없어? 이런 머저리들을 데리고 내가……!"

그때, 회령당의 제오조장 장노호가 헐레벌떡 달려와선 한쪽 무르팍이 깨어져라 땅바닥에 처박으며 큰 소리로 복명했다.

"당주! 제삼조장 탁복한이 석교 다리 밑에서 발견되었습니다!"

오조장 장노호의 복명에 회령당 당주 여춘걸의 눈매가 더욱 사납게 일그러졌다.

"이 새낀 또 뭐라는 거야? 탁복한 그놈이 다리 밑에서 발견되다니? 그놈이 다리 밑엔 왜 있어?"

장노호의 얼굴이 급하게 들려졌다.

"주, 죽었습니다!"

그렇잖아도 냉한 여춘걸의 얼굴 표정이 한순간에 얼음덩이처럼 굳어져 버렸다.

"뭐라? 죽었어?"

"예! 피살되어 다리 밑에 버려져 있었습니다."

여춘걸은 치밀어 오르는 분노를 참을 길이 없어 아랫입술이 벌벌 떨렸다.

"모든 식솔 무인을 풀어서 오작두 그 꼴통새끼를 찾아내라! 오작두 그 개놈의 새끼를 찾아내! 어서 당장!"

제일조장 서인건이 떨떠름한 표정으로 고갤 들었다.

"다, 당주! 우리 쪽이야 곧바로 움직일 수 있지만, 암풍당(暗風黨)과 혈사대(血蛇隊) 쪽은 저희의 능력으론……."

"그쪽은 내가 직접 협조 요청을 해두겠다. 뭣들 해! 어서 움직여!"

여춘걸의 불호령 같은 명령에 두 조장은 바람처럼 몸을 움직여 어둠 속으로 사라졌다.

자신의 거처 앞마당에 홀로 남은 여춘걸의 입에서 장탄식과 엇비슷한 한숨이 새어 나왔다.

"어허허! 오작두… 이 촌놈이!"

뒤통수를 치려다가 되레 놈에게 뒤통수를 맞은 기분이다.

고개를 절레절레 가로흔들던 여춘걸이 다른 조직에게 협조를 요청하기 위해 발끝을 중문 쪽으로 막 돌릴 때, 여춘걸의 눈길이 자신의 거처 방문 쪽을 향해 빠르게 돌아갔다.

어라? 이상하다?

분명히 자신이 방에서 나올 때 유등을 끄고 나왔는데 방 안에 유등의 노란 불빛이 환하게 밝혀져 있다.

그래, 좀 전까지만 해도 마당엔 희미한 달빛밖엔 없었다.

그런데 자신의 그림자는 무척 길어져 있다. 분명 방 안에서 새어 나오는 유등 불빛에 의해 생겨난 그림자이다. 그렇다면 방금 유등의 불이 누군가에 의해 밝혀졌다는 말이 된다.

여춘걸은 장검의 검파에 한 손을 살포시 얹어놓고 조심스럽게 방문 앞으로 다가가선 발끝으로 미닫이 방문을 스르르 열었다.

자신의 식탁 위에 두 발을 거만하게 포개어 올려놓고 등받이의자에 비스듬하게 몸을 뉘인 채 상체와 의자를 앞뒤로 건들건들 흔들고 있는 사내.

석면쾌검 여춘걸의 두 눈이 찢어질 듯이 커졌다.

"넌……!"

강영후가 여춘걸의 당혹한 얼굴을 힐끗 노려보며 비리게 미소 지은 입으로 싸늘한 목소리를 흘려냈다.

"바람 차다. 문 닫아, 새끼야!"

영후의 입에서 이죽거림이 섞인 욕지거리가 새어 나오자마자 여춘걸의 허리에선 퍼런 섬전이 뿜어져 나오며 불똥이 타다닥 튀었다.

팅!

쾌검의 발검은 찰나의 시간마저 쪼개놓으며 영후를 향해 그어졌고.

씻!

영후의 신형은 눕듯 바람개비 돌며 여춘걸이 그어놓은 장검의 잔영 속으로 빨려 들어갔다.

스각!

장검은 의자의 등받이를 깨끗하게 잘랐고, 영후의 정권은 여춘걸의 복부를 파고들었다. 여춘걸의 허리가 내로라하는 고수답게 영후의 정권을 피해 빠르게 뒤틀렸다.

팡!

영후의 주먹에 설핏 스친 여춘걸의 허리는 타격의 충격보단 권풍의 위력에 오히려 휘청 휘둘렸다.

의자 등받이를 벤 여춘걸의 장검은 종종걸음으로 물러나는 퇴보와 함께 빠르게 당겨져 영후의 누운 허리를 양단할 기세였고, 영후의 왼손은 바닥을 짚고 오른발은 여춘걸의 턱주가리를 으깨놓을 듯 번개처럼 솟구쳐 올랐다.

서로가 똑같은 위기에 직면했을 땐 속도가 최선이고 배짱이 버금이다.

쾌검수로 나름 이름을 날렸던 여춘걸은 속도는 물론이고 배짱마저 영후에게 밀렸다.

화들짝 놀라 허리와 고개를 뒤로 젖힌 여춘걸의 장검은 애초에 노렸던 궤적에서 이탈할 수밖에 없었다.

그런데 문제는 영후의 솟구친 발이 곧장 낙하하며 허리를 뒤로 젖힌 여춘걸의 가슴팍에 그대로 내리꽂혀 버린 것이다.

빡!

여춘걸은 어금니를 틀어 물고 입 밖으로 툭 터져 나오려는 신음을 참아냈다. 하지만 비칠비칠 뒷걸음질하는 발걸음 소리는 민망하리만치 둔탁하고 육중하게 실내에 울려 퍼졌다.

쿵! 쿵! 쿵!

깡다구를 부리듯 굳게 참아내려 했던 신음마저 악다문 잇새를 비집고 기어코 입 밖으로 새어 나오고 말았다.

"으!"

하며 터져 버린 여춘걸의 신음을 향해 영후는 눈곱만치의 자비심도 허락하지 않았다.

호흡을 놓친 여춘걸의 단전엔 왼쪽 주먹이, 움찔 흔들리는 왼쪽 어깻죽지엔 오른쪽 주먹이 숨 돌릴 새도 없이 작렬했다.

파, 팍!

여춘걸의 상체는 또 한 번 더 크게 요동치며 주르륵 뒤로 밀려나 벽면에까지 가서 등짝이 쿵 하고 처박혔다.

벽의 반동을 못 이기고 앞으로 푹 꼬꾸라질 듯하던 여춘걸은 제풀에 흠칫 놀라 상체를 곧추세우곤 장검을 급히 들어 올리며 빠르게 앞으로 쭉 내밀었다.

다급하게 뻗어낸 칼끝은 진저리를 치며 파르르 떨리더니 나직하니 칼 울음을 자아냈다.

우, 웅!

잔잔하게 여운을 남겨야 할 칼의 울음소리가 한순간에 딱 끊어지더니 돌연 금속성의 절단음이 터졌다.

타, 탕!

영후의 오른손 검지와 중지에 검신이 잡혀 비틀리면서 여춘걸의 장검이 동강난 것이다.

여춘걸이 장검을 앞으로 뻗어낼 때부터 장검의 검신이 영후의 손가락 사이에서 절단되기까지의 시간은 겨우 탄지경(彈指頃)의 극히 짧은 시간에 불과했다. 탄지경이란 손가락을 한번 툭 튕길 동안의 짧은 시간을 말함이다.

칼날의 절단음과 함께 여춘걸의 입에서 경악한 헛바람이 빠르게 뿜어졌다.

"헛!"

칼이 부러지는 상황까지 내몰렸으면 자포자기에 빠질 만도 한데, 여춘걸은 백전노장답게 반 토막이 난 장검을 빠르게 휘돌리며 곧바로 방어적 자세에 들어갔다.

쾌검의 칼바람에서 슬쩍 몸을 빼내던 영후는 들숨을 깊이 빨아들였다가 빠르게 날숨으로 토해내곤, 곧장 칼의 궤적 속으로 불나방처럼 뛰어들었다.

"후!"

짧은 날숨을 내뿜으며 치고 들어오는 영후를 향해 여춘걸의 토막 난 칼은 영후의 왼쪽 빗장뼈에서 오른쪽 허리를 향해 내리그어졌다. 그러나 검파를 틀어쥔 여춘걸의 오른 손목이 영후의 왼손에 가로막혔고,

탓!

오른쪽 옆구리가 빈틈이라 노리고 찌른 여춘걸의 왼 수도는 영후의 오른 주먹과 맞부딪쳤다.

팍!

여춘걸의 왼 수도를 가로막은 영후의 주먹이 순간 휙 뒤틀리며 붉은 핏줄기를 쫙 뽑아 올렸다.

슷!

여춘걸의 입에서 경악한 비명이 낮게 터졌다.

"하악!"

영후의 신형은 뒤로 빠르게 물러나고, 여춘걸의 왼쪽 손목은 동맥이 베여 붉은 핏물을 분수처럼 뿜었다.

여춘걸은 선택의 기로에 섰다.

동패구상할 각오로 마지막 일격이라도 가하느냐, 아니면 오른손에 들린 반 토막의 장검을 놓고 왼쪽 손목의 출혈을 그 손으로 틀어막느냐.

여춘걸의 오른손은 장검을 떨어뜨리고 왼쪽 손목을 틀어잡는 선택을 했다. 일각의 시간이라도 목숨이 붙어 있는 쪽을 택한 것이다.

철그렁!

칼이 바닥에 떨어지며 체념의 소리를 울렸고, 그와 동시에 여춘걸은 등짝을 벽면에 기댄 채 스르륵 아래로 침몰했다.

벽에 등을 기대고 퍼더앉아 헉헉 급한 숨을 몰아쉬던 여춘걸은 입가에 웃음 같지도 않은 웃음을 웃음이랍시고 쓱 지어 보였다.

"도, 도대체 넌 누구냐? 오작두 네놈은 대체 누구냐?"

"글쎄다."

시답잖아하는 영후의 반응에 여춘걸은 고개를 절레절레 가로저으며 어금니 악문 소리를 냈다.

"아니다! 넌 오작두일 리가 없다. 넌 절대 개차반 오작두가 아니다. 도대체 네놈의 정체가 뭐냐?"

영후는 오른손 검지와 중지에 끼어 있던 칼날 토막을 휙 던져 버렸다. 그러곤 말없이 등받이가 반쯤 잘려 나간 의자를 바닥에 질질 끌고 왔다.

영후는 등받이의자에 앉아 여춘걸의 얼굴을 물끄러미 쳐다봤다.

"내가 누구면? 그게 그렇게 중요해? 지금 이 시점에 중요한 것은, 넌 죽고 난 살아남아 계속 즐긴다는 거야. 억울하지?"

영후의 장난 어린 물음에 여춘걸은 희미한 눈빛에다가 억지로 독기를 자아냈다.

"도대체 무슨 원한이냐? 무슨 불공대천의 원한이 있기에……."

여춘걸이 억울해하자 영후의 눈매가 어그러졌고, 눈빛은 사악하게 변했다.

"그래, 너에게 원한 같은 건 없어. 그런데 문뜩 너의 대갈통 속이 궁금해지더라. 네가 내게 그랬잖아, 사나이는 즐길 줄 알아야 한다. 누군가를 짓밟아서 쾌감을 느끼고 행복을 누려야 한다. 그런저런 멋들어진 사유로 내가 즐거우려면 남이 괴로워야 한다. 네가 내게 그랬지?"

"……!"

"난 그 이야기를 듣는 순간, 너의 대갈통 속은 나완 좀 다를 것이라는 생각이 들었고, 그것에 대해 심한 궁금증이 생겼어. 그래서 그걸 확인코자 널 찾아왔다."

여춘걸은 눈빛에 씁쓸한 기운을 담아 고개를 천천히 가로저었다.

"빠꿈이끼리 이거 왜 이래? 사실은 그게 아니잖으냐? 어차피 막다른 곳까지 왔으니 이젠 솔직히 말해봐! 위험을 감수하면서까지 다시 날 찾아온 이유는 앙심도 원한도 아니야. 넌 괴물이지 멍청이는 아니니까!"

영후가 삐딱한 눈초리와 삐딱한 입매로 반문했다.

"그게 아니면 뭘 것 같아?"

"양앵화의 신변을 탐냈으면 무림성물의 존재에 대해서 애초부터 알고 있었다는 말이 되겠지. 그러니 전후 사정이 빤하지 않으냐? 무림성물! 그리고 비사방 방주의 은신처! 그런데 양앵화만으론 만족할 결과를 얻어낼 수가 없었겠지. 비사방 방주 염진충이 바보가 아닌 이상 양앵화가 알고 있는 비처에 아직 남아 있을까? 그럴 가능성은 아주 희박하지. 그러니 넌 무림성물에 대한 존재만을 양앵화에게서 재확인하고 다시 날 찾아왔겠지! 안 그래, 이 꼴통새끼야!"

여춘걸은 기운없는 목소리로 악다구니를 쳤고, 여춘걸을 노려보던 영후는 의자에서 부스스 일어서더니 발로 의자를 쓱 밀어놓았다.

"사람은 누구나 보는 만큼 알고, 아는 만큼 생각을 하고, 생각할 수 있는 범주 안에서 좀체 벗어나질 못하지. 그러니 그게 너의 한계다."

여춘걸은 굳은 표정으로 억지 미소를 지어놓았다.

"내가 우물 속 개구리 신세가 되는 건가?"

"내가 널 찾아온 이유는 아주 사소하고 간단해."

"……."

"네가 시녀의 젖가슴을 으스러뜨리듯 주물럭거리며 인간 망종의 개똥철학을 설파하고 있을 때, 난 널 꼭 죽여야 할 놈이라고 생각해 두었어. 아까 내가 그랬잖아? 너의 대갈통 속이 몹시 궁금해졌다고!"

여춘걸은 피식했다.

"위선자 새끼! 넌 나와 뭐가 달라?"

이기죽거리는 여춘걸을 향해 영후는 피비린내보다 더 비릿한 미소를 입가에 지어 보이며 마주 으르렁거렸다.

"그래, 우린 서로 같을 수도 있겠지. 하지만 더러운 오물은 걸레로 닦아. 절대 하얀 비단으로 더러운 걸 닦진 않잖아? 그게 내가 아는 세상의 이치야. 너라는 놈은 누군가는 꼭 치워야 할 오물이고! 난 그것을 닦아 없애는 걸레다! 기꺼이 난 걸레가 되겠어! 그래서 난 걸레가 될 수밖에 없었어!"

여춘걸은 고개를 거칠게 가로저었다.

"오, 오지 마라! 잔인한 손속을 꼭 쓰지 않아도 어차피 난 과다한 출혈로 인해 반 각의 시간도 채 버티질 못한다. 그냥… 그냥 깨끗하게 눈감을 수 있게 해다오. 이봐, 오… 오작두!"

영후는 핏물이 줄줄 흐르는 손으로 손사래를 쳐대는 여춘걸의 얼굴 앞으로 다가가 사악한 눈빛을 들이밀며 오른손 주먹을 천천히 들어 올렸다.

"이봐! 즐기면서 살자며? 타인의 고통이 곧 나의 행복이 될 거라며? 그렇게 사나이는 살아야 한다며? 그게 세상살이라면

서 왜 그래, 이 새끼야!"

영후의 주먹은 망설임없이 여춘걸의 왼쪽 머리통을 내리찍어 으깼다.

파각!

단말마의 외마디 비명도 없이 주검이 되어 축 너부러진 여춘걸을 내려다보는 영후의 눈빛은 흔들림없이 정지되어 있었다.

그러다가 영후는 텅 빈 눈빛으로, 핏물에 젖은 목소리로, 사무친 무언가를 속 깊은 곳에서 끄집어 올려 신음하듯 혼잣말을 중얼거렸다.

"즐기면서… 살자며?"

第七章

내 사랑 똥강아지

黑風上客

문설주 옆에 쌓아놓았던 눈이 밤새 어둠에 물들어 잿빛의 얼음덩이가 되고 말았다.

섬돌을 밟고 내려서니 발끝이 아리게 시렸고, 툇마루 아래에서 깜장 털북숭이 강아지가 뽀르르 기어나와 가희의 발목에 냅다 엉겨 붙었다.

썩 기분이 좋지 않은 가희는 까불거리는 깜장 강아지를 발로 저만치 밀쳐 놓았다.

"저리 가, 똥강아지야!"

저만치 발길에 떠밀려 괄시를 받은 강아지는 가희의 정없는 발길을 장난인 줄 알고 좋아라 하며 다시 달려와선 폴짝폴짝 가희의 발목에 매달리고 비비적거리며 갖은 애교를 다 부려댔다.

가희가 못 이기는 척 쪼그려 앉아 털북숭이 강아지를 보듬어 품에 안으니 강아지는 꼬리를 뱅글뱅글 휘돌리며 좋아 자지러졌다.

품속의 강아지래도 너무 바동거리니 가희는 버겁다.

"좀 가만있어 봐, 요것아!"

숨이 꽉 막히도록 볼끈 껴안자 강아지는 혓바닥을 길게 내밀고 가희의 구긴 눈살을 말똥말똥 올려다봤다.

가희가 까만 털이 복슬복슬한 강아지 한 마리를 장터에서 사온 까닭은 딱 한 가지 이유뿐이다. 영후가 비워놓은 빈자리를 메워놓기 위해서다.

장터에 파는 똥강아지가 어찌 영후의 대역을 해냈겠냐마는, 가희는 소심한 복수심의 발로에서 똥강아지 보기를 영후 보듯 했다.

영후가 생각나고, 영후가 미워지고…….

이런저런 사유로 깜장 강아지는 영후를 대신해 가희에게 말동무요, 때때론 꼭두각시 노릇까지 해야 했다.

지금은 영후가 미우니 털북숭이 강아지도 밉다.

가희는 품에 안고 있던 강아지의 머리를 손가락 끝으로 쿡쿡 쥐어박았다.

"넌 뭐가 그리 잘났니? 설사 내가 좀 철딱서니가 없다고 치자! 그래도 정혼까지 해놓은 사내가 그냥 모르는 척 좀 어여삐 봐주면 안 되니? 꼭 그렇게 잘난 티를 팍팍 내면서 사람 애간

장이나 살살 녹이고 다녀야겠냐고? 에라! 이 망할 놈의 똥개야!"

꽁!

애먼 꿀밤을 맞은 강아지는 낑낑거리며 발버둥을 쳤고, 앓아대는 강아지에게 미안해진 가희는 슬그머니 강아지를 땅바닥에 내려주었다.

그런데 툇마루 아래로 달아날 줄 알았던 강아지는 꿀밤을 얻어맞은 것을 그새 잊어버리고 또 안아달라 놀아달라 보채며 가희에게 달려들었다.

가희는 강아지가 발에 안겨 붙든 말든 손을 툭툭 털고 일어서선 까불거리는 강아지를 못마땅한 눈초리로 째려봤다.

"얘, 얘! 너나 나나 철딱서니없기는 매한가지구나? 매번 호되게 당하고도 또 좋다고 달라붙으니, 쯧쯧! 얘, 너도 참 너다!"

가희가 하룻강아지랑 말동무 삼아 노닥거리고 있을 때, 무룡객잔 별당의 중문이 삐거덕 열리더니 젊은 사내가 가희의 눈 속으로 들어왔다.

평범한 인상에 중키, 눈빛이 무척 맑고 호리호리한 체구를 가졌다. 무룡객잔의 아들 류수민이다.

수민이 가희를 향해 깍듯하게 허리를 접었다.

"아기씨, 단잠 주무셨는지요?"

가희는 수민의 아침 인사가 반갑고 고마우면서도 짐짓 뾰로통한 표정으로 수민의 얼굴을 힐끗 노려봤다.

"단잠은 무슨! 아침부터 웬일이래?"

가희는 뚱한 소리부터 꺼내놓곤 수민의 얼굴을 힐끗 쳐다봤다. 가희가 수민의 얼굴을 힐끔 살피니, 수민이 자신의 거처를 힐끗힐끗 훔쳐보는 것 같다. 방에 숨겨놓은 보물단지도 없는데 무언가를 찾아내려는 눈치였다.

가희가 수상쩍은 수민을 향해 눈을 가만히 흘겨보였다.

"무슨 일이야? 왜 그래?"

수민이 가희의 뾰족한 목소리에 흠칫해선 한 손을 뒤통수에다가 숨겼다.

"아, 예! 혹시 형님께서 여기 계신가 해서요. 처소엔 안 계시기에 혹시 이쪽으로 오셨나 해서… 뭐, 같이 주무셨나, 그런 불순한 의심을 해서가 아니라, 뭐, 그냥… 아기씨, 형님 안에 계십니까?"

수민의 겸연쩍은 너스레와 궁금증에 가희는 두 눈이 대번 동그래졌다.

"형님이 오셨어? 언제?"

수민의 두 눈도 가희의 두 눈처럼 동그래졌다.

"아기씨, 여태 모르시고 계셨어요? 간밤에 형님이 도착하셨는데……."

"간밤에? 간밤에 오셨더란 말이지!"

숨도 쉬지 않고 이어지는 가희의 물음 앞에 수민은 난처한 안색으로 크게 고개를 끄덕였다.

"예, 아기씨."

의아심에 게슴츠레하던 가희의 두 눈이 도끼눈으로 변하는 건 한순간이었다. 사납게 쌍심지 켜진 가희의 눈길에 하필이면 발아래에서 알짱거리던 털북숭이 강아지가 딱 걸려들었다.

아무리 애지중지해도 개는 개일 뿐, 결코 사람은 될 수 없다. 그래서 개 팔자 상팔자라고 해봐야 결국 역시 개 팔자는 개 팔자일 뿐이다. 억울하면 사람이 돼라.

가희의 송곳 같은 목소리가 애먼 강아지의 해맑은 얼굴에 날아가 꽂혔다.

"똥강아지가 사람을 개 무시해?"

깨, 깽!

객잔은 이른 아침이라 손님 하나 없이 텅 비어 있었다.

사환들은 곧 들이닥칠 손님 맞을 채비를 하느라 식탁 위에 올려놓았던 의자를 바닥에 내려 반듯하게 정리하고, 식탁 위에 밤새 내려앉은 먼지를 행주로 훔치느라 분주했다.

창밖이 내다보이는 자리에 한 사내가 홀로 앉아 뜨거운 찻잔을 두 손으로 보듬고 있었다.

겨울 아침바람이 아직은 꽤 매서움에도 사내는 창문의 덧창까지 활짝 열어젖혀 놓고 밖으로 내다보이는 한길에다가 무념무상의 시선을 툭 던져 놓고 앉아 있었다.

사내의 눈동자 속으로 고즈넉한 계절이 강물처럼 잔잔하게 흘렀고, 눈빛엔 차가운 겨울바람도 스치고 지나갔다.

가희는 씩씩거리며 강영후 앞에 섰다.

앙칼지게 소리를 질러댈 기세인 가희보다 영후의 목소리가 먼저 낮게 깔렸다.

"왔으면 앉지 왜 그러고 있어?"

빽 소리가 터져 나오기 일보 직전에 가희의 목청은 봇물같이 들어차는 물기에 먼저 수몰이 되어버렸다.

선잠에 시무룩해진 아기처럼 가희는 잔뜩 풀 죽은 목소리를 슬며시 꺼내놓았다.

"오… 빠."

물기에 젖어 있는 목소리에 영후는 가희의 얼굴에다가 시선을 옮겨놓았고, 가희의 얼굴에 흘러내린 애교머리가 겨울바람에 애살스레 살랑살랑 휘날렸다.

영후는 젖어 있는 가희의 목소리가 걱정이다. 그러나 입에서 새어 나오는 음색은 무심했다.

"아침부터 또 왜?"

영후의 건조한 물음 앞에 가희는 잔뜩 부은 얼굴로 영후와 마주 보고 앉았다.

가희가 마주 앉으니 영후는 괜히 가희를 향해 뜻없는 미소부터 먼저 내보였다.

"우리 아기씨가 왜 또 골이 나셨나?"

가희는 고개를 숙이곤 옷자락 끝을 손가락으로 집어 배배 꼬며 대뜸 힐난이다.

"사람이 왜 그래요?"

가희의 볼멘소리에 영후의 시선은 황량한 겨울 창밖으로 향했다.

“너무 늦게 도착해서 화났구나?”

“사내가 바깥일을 하다 보면 좀 늦을 수도 있죠.”

“그렇게 생각해 주면 됐지! 왜?”

“그래도 왔으면 기척이라도 좀 내주시지… 사람이 어쩜 그렇게 정나미라곤 눈곱만치도 없어요?”

영후의 입가엔 싱거운 웃음이 걸렸고, 시선은 고개 숙인 가희에게로 돌아왔다.

“무슨 소리냐?”

“간밤에 오셨다면서요?”

“그랬지.”

“오셨으면 제가 오매불망 오빠만 기다리고 있는 줄 알면서 어떻게 코빼기도 안 내밀고 그렇게 절 무시할 수가 있어요? 너무 속상해요.”

가희의 투정에 영후는 딴소리다.

“바람이 찬데 창문 닫아줄까?”

겨울 아침바람이 여린 두 볼에 몹시 차가웠지만, 가희는 앙살을 부리듯 고개를 절레절레 가로저었다.

“괜찮아요. 시원한데, 뭐!”

그러나 영후는 엉거주춤 일어섰다.

“아니다. 그러다가 고뿔에라도 걸릴라.”

영후는 창문과 덧창을 꼭꼭 여며 닫아주곤 다시 자리에 앉았다. 찬바람이 멎자 가희는 두 손으로 차갑게 얼어버린 자신의 두 볼을 감쌌다. 그러곤 또 볼멘소리다.

"추워 죽는 줄 알았네."

가희의 엉뚱한 투정이 떨어지기가 무섭게 영후가 한 손을 번쩍 들어 올렸다.

"여기! 뜨거운 차 좀 가지고 와라!"

영후는 부산스런 사환에게 소리쳐 놓곤 다시 가희의 얼굴을 찬찬히 살폈다. 처음보단 많이 풀어지긴 했지만 그래도 앙금이 남아 있는 표정이다.

"그것 때문에 섭섭했구나. 오자마자 널 찾아갔었지. 내가 널 안 찾을 이유가 있어?"

가희의 고개가 번쩍 들려지며 두 눈은 믿을 수 없다는 듯이 동그랗게 커졌다.

"오셨다고요? 언제요?"

"가니까 방에 불은 환히 켜져 있고, 웬 강아지가 툇마루에서 기어나와 날 반기던걸!"

가희는 대번 울상이다.

"어머머! 왜 난 몰랐지?"

민망해하는 것도 잠시뿐, 가희는 또 투정이다.

"그럼 들어오시지 않고 왜 그냥 가셨어요?"

"식탁에 팔베개를 하곤 너무 곤하게 잠이 들어 있더라. 깨워서 눕혀주려다가 깨우면 나 붙잡고 밤새 안 잘 것 같아서… 그냥 나왔지. 근데, 강아지는 웬 거냐?"

영후의 물음에 찔리는 것이 있는 터라 가희의 얼굴은 영후의 의아한 시선에서 슬며시 달아났다.

"그냥 귀여워서……."

"사람 잘 따르는 게 귀엽긴 하더라. 강아지에게 예쁜 이름은 지어줬어? 강아지 이름이 뭐야?"

가희는 영후의 눈치를 슬그머니 봤다.

"네. 이름을 지어주긴 했는데……."

"뭐로 지었어? 복실이? 땡칠이? 아니면… 음! 깜둥이?"

가희는 영후의 빈자리를 대신해 홧김에 강아지를 키운다는 소리를 차마 꺼내놓지 못하여 면구한 웃음을 배시시 자아내며 고개를 살랑살랑 가로저었다.

"아뇨. 똥강아지. 그냥… 똥강아지."

영후의 눈빛 속에서 잔잔한 웃음이 파문처럼 번졌다.

"똥강아지? 그냥 똥강아지라! 너답게 참 재밌는 이름을 지어주었구나. 근데, 아침은 먹었어? 아직 이른 시간이니 먹었을 리가 없지? 조용할 때 같이 먹을까?"

영후의 살가운 물음에 기분이 한껏 달뜬 가희는 무슨 대단한 문제에 봉착한 사람처럼 검지 손톱을 앞니로 야금야금 씹으며 행복한 고민에 빠졌다.

사실 눈 비비고 일어났을 때부터 살짝 시장기가 돌았었다. 그런데 이상하게도 지금은 밥 한 그릇을 뚝딱 비운 듯 포만감에 빠져 버렸다. 헛배가 불러 버린 것은 순전히 영후의 다정다감한 목소리 때문이다. 그러니 가희의 입에서 나온 대답이 시원찮을 수밖에 없다.

"음, 지금은 별로 생각이 없는데……."

그렇게 미안한 대답을 꺼내놓은 가희는 영후의 낯빛이 혹여 언짢아지진 않았을까 걱정이 되어 슬쩍 훔쳐봤다.

다행히 영후의 입가엔 담백한 미소가 걸려 있었다.

영후의 미소를 확인하고 나니 가희는 불현듯 허기가 졌다.

여자의 변덕은 참으로 기기묘묘하다.

그런데 가희가 그 허기져 버린 변심을 다시 표하기도 전에 영후의 입이 먼저 열려 버렸다.

"그럼 나중에 먹자. 그리고……."

영후의 눈치없는 반응에 가희는 섭섭해진 얼굴이 들킬까 봐 얼른 고개를 숙이고 애먼 아랫입술을 윗니로 깨물어 버렸다.

'잉! 그냥 먹자고 할걸!'

사환이 새까맣게 그을린 주전자를 들고 도둑고양이처럼 다가와선 찻잔에 뜨거운 엽차를 따라주고 살금살금 물러났다.

가희가 뜨거운 엽차를 조심스럽게 들어 찻잔을 입술에 살포시 갖다 댈 때, 영후는 사환의 간섭에 잠시 끊어졌던 말을 잊지 않고 있다가 마저 이어나갔다.

"…오다가 예쁜 녀석이 주인도 없이 길가에 떨어져 있기에 날름 주워왔다. 한번 보련?"

가희는 흠칫 놀랐다. 뜨거운 엽차가 입천장을 놀라게 만든 건 아니었다. 머릿속을 스치는 기억 하나가 가희를 섬뜩하게 만들어놓았다.

영후를 따라 처음 이곳에 왔을 때, 홍화기루의 주방장 아들 진이 가희의 존재에 대해 궁금해했었다.

그때 영후는 주방장 아들 진에게 가희를 이런 말로 소개했었다.

"오는 길에 하나 주웠어."

그러니 가희의 마음속엔 갑자기 먹장구름이 우르르 몰려왔고, 두 눈은 까만 눈동자보다 하얀 눈자위가 훨씬 더 많아졌다. 가희는 영후가 주워왔다는 것이 예쁘장한 여자일 거라고 지레 짐작했다.

가희는 뜨거운 찻잔을 식탁 위에 내려놓고 영후의 얼굴을 마주 보지 못하고 슬금슬금 꼬나봤다.

어머, 기가 막혀! 사내들이란 치마만 두르면 앞뒤 안 가리고 일단 자빠뜨리고 싶어한다더니, 그새 또 하나 꿰차고 오셨어요? 잘난 인간이라 뭐가 달라도 다르네!

부모님이 맺어주신 정혼녀를 옆에 앉히자마자 삼첩에 사첩까지 첩질부터 하실 요량이셔?

표독한 눈빛으로 갖은 욕을 다 퍼붓던 가희는 새치름한 표정으로 가시 돋친 목소리를 내뱉었다.

"그렇게나 예뻐요?"

영후는 쑥스러워했다.

"내가 보기엔 참 예뻤는데, 네 눈엔 어떨는지……."

가희는 영후의 어색한 미소를 매섭게 노려보며 입을 삐죽거렸다.

"오빠 눈에 예쁘면 됐지 제 눈치는 왜 봐요? 그래도 양심은 있나 보네!"

"뭐? 네 눈치를 왜 보다니? 그래도 네가 예뻐해야……. 근데 어째 분위기가 쪼끔 요상타?"

고개까지 갸우뚱거리며 의아해하는 영후의 표정이 너무 뻰뻰스럽다며 가희는 입으로 바람을 픽 쏘아냈다.

"칫! 그럼 제가, 어머나! 오빠, 참 잘하셨어요 해야 할까요? 저를 배알도 없는 여자로 보셨나 봐요! 어머머, 어이없어서!"

가희가 독이 잔뜩 오른 얼굴로 펄쩍펄쩍 뛰자 영후는 도무지 영문을 모르겠다며 고개를 설레설레 가로젓다가 긴 한숨을 내쉬며 슬그머니 자리에서 일어섰다.

영후는 여자의 마음이 고양이의 발톱과도 같다는 생각이 들었다. 그런 생각으로 난감한 심사를 표했다.

"난 모르겠다. 여자들의 머릿속을 이젠 알고 싶지도 않아."

그렇게 체념의 말과 함께 영후는 식탁 위에 무언가를 툭 던져 놓고 가버렸다.

식탁 위에 떨어진 것은 붉은 떨잠 한 쌍.

떨잠은 장식용 비녀의 일종이며 보요(步搖)라고도 한다.

붉은 연옥 세 개가 꽃잎 장식 속에 눈알처럼 박혀 있었다. 아무리 못 줘도 개당 은자 한 냥은 줬을 만치 제법 값비싸 보이는 떨잠이다.

영후가 놓고 간 적옥보요(赤玉步搖) 한 쌍을 확인한 가희의 얼굴과 몸은 한순간에 돌덩이처럼 굳어버렸다.

'어머, 이거였어? 바람 피운 게 아니었어?'

가희는 영후가 선물로 사다 준 적옥보요 한 쌍을 두 손으로 조심스럽게 보듬어 쥐고 가만히 고개를 숙여 이마를 식탁 위에 괴었다.

'어머나!'

사람이 꼭 슬프거나, 아프거나, 속상하여 눈물이 흐르는 건 아니다. 너무 미안하고 고마워도 눈물은 흐른다.

식탁 끄트머리에 이마를 괴고 고개를 숙인 가희의 눈초리에서 조르르 흐르는 눈물이 그런 빛깔, 의미였다.

철딱서니없고 소견머리없으면 눈치코치라도 좀 있던가!

한심한 것.

아냐. 나만의 잘못은 아냐.

똥강아지!

그럼 그냥 선물 사왔다며 쑥 내밀던지!

왜 사람 헷갈리게 말을 빙빙 돌려가지곤!

가희는 식탁에 괴어놓았던 머리를 번쩍 들어 올리고 벌떡 일어서선 영후가 사라진 쪽으로 종종걸음을 떼었다.

생채기를 그냥 두면 곪아 덧나듯, 상심한 마음을 그냥 두면 오래도록 화(禍)가 된다. 그래서 가희의 발걸음은 빨라졌다.

"음, 음!"

가희의 헛기침에 영후의 목소리가 문창호지를 통해 새어 나왔다.

"어서 들어오지 뭘 꾸물거려?"

가희는 입을 한번 삐죽거리곤 방문을 열고 방 안으로 들어섰고, 영후는 식탁에다가 두툼한 서책을 펼쳐 놓고 읽는 중이었다.

서책을 펼쳐 놓고 앉아 있으면 천생에 학사의 풍모다.

그나저나, 사람이 들어왔으면 힐끗이라도 쳐다봐야지 숫제 거들떠보지도 않는다.

그래서 가희는 또 한 번 더 들으라고 헛기침을 했다.

"음!"

매정한 인간이 그래도 안 쳐다본다.

가희도 고집이란 놈이 있다.

"음, 음!"

그제야 반응이 온다.

영후의 목소리는 힐난하듯 퉁명스러웠다.

"아침도 생각없다더니 나 몰래 뭘 훔쳐 먹었기에 그래?"

영후는 헛기침을 트집 잡아 생사람을 한번 잡아놓곤 힐끗 가희를 쳐다봤다. 그러곤,

"앉아라. 집 안 무너진다."

툭툭 쥐어박는 영후의 말투에 가희는 마른침을 한번 꼴깍 삼키고 꼭 다문 입술에다가 살며시 힘을 주었다.

켕기는 것만 없었더라면 앙살을 부렸을 텐데 지금은 그럴

입장이 아니다. 가희는 조신한 걸음걸이로 걸어가 영후의 맞은편에 놓인 등받이의자를 당겨 앉았다.

다소곳하게 마주 앉은 가희는 준비해 둔 마음을 영후에게 슬며시 꺼내놓았다.

"오빠, 미안해요. 전 그런 줄도 모르고……."

영후의 시선은 또다시 책 속으로 들어가 버렸다. 영후는 그렇게 책 속에 시선을 홀라당 파묻어놓곤 글귀들을 읊어나가듯 가희를 향해 흥얼거렸다.

"네가 내게 미안해야 할 일이 어디 한두 가지라야지? 그중에 어느 것이 미안한지 하나만 골라봐."

영후의 밉살스런 면박에 가희는 목구멍 밖으로 스멀스멀 기어나오려는 악다구니를 억지로 되삼키곤 최대한 조신한 목소리를 꺼내놓았다.

"선물을 사오셨으면, 그냥 옜다 하고 주시면 되지 꼭 그렇게 에둘러선……. 어쨌거나 오빠의 마음도 몰라주고 소갈머리없이 강짜를 부려서 죄송해요. 오빠, 많이 언짢았죠?"

"아니. 별것도 아닌 걸 가지고 언짢긴!"

영후가 대수롭지 않게 생각해 주자, 역시 사내는 사내구나 하며 가희는 입가에 생긋이 미소를 머금었다.

영후가 또 책을 읊듯 가희를 향해 말을 건넸다.

"어느 아낙네가 칼바람에 애기를 업고선 노리개며, 댕기며, 복주머니며 좌판에 죄다 펼쳐 놓고 장사를 하기에… 슥 지나치면서 보니까 등에 업힌 아기가 두 볼이 새까맣게 다 얼었더라고. 너무 딱하잖아. 그래서 하나 사줬어. 사놓고 보니 딱히 누구 줄 사람도 마땅찮고 해서…….”

영후의 말인즉슨, 착한 일 한답시고 떨잠을 하나 샀는데, 마땅히 줄 사람이 없고 해서 선심 쓰듯 가희에게 줬다는 말이 된다.

이쯤 되면 가희는 못 참는다.

참으면 가희가 아니다.

가희가 자리를 털고 발딱 일어섰다. 그러곤 식탁 위에다가 소리가 나도록 한 쌍의 떨잠을 탁 내려놓았다.

“안 해요!”

그렇게 빽 소리를 지르곤 찬바람이 휭 일도록 뒤돌아섰다.

영후의 시선은 여전히 책 속에 머물렀고, 입에서 새어 나오는 목소리엔 굴곡이 없었다.

“울고 나가면 다신 이 방 출입 금지다.”

화가 머리끝까지 치밀어 문을 박차고 나가려던 가희는 흠칫 놀라 멈칫 멈춰 섰다.

“……!”

“앉아라.”

영후의 나직한 목소리에 가희는 눈물이 찔끔 묻은 눈으로 돌아서선 의자로 되돌아와 웅석 부리듯 털썩 몸을 내려앉히곤 앙칼지게 소리쳤다.

“왜요?”

얼굴에 불만이 가득한 가희가 다시 의자에 마주 앉자 영후가 고개를 천천히 들어 올려 가희의 젖은 눈자위를 바라봤다.

“사실 너 줄려고 샀다. 이것저것 고르다가 내 눈에 제일 예쁜 것 같아서 하나 샀다. 내가 누구에게 무엇을 선물해 본 적이 없어서 사온 것을 내밀려니 손이 많이 쑥스러웠다. 그것뿐이다.”

“…….”

“놀려먹어서 미안하다.”

미안하다는 영후의 말에 가희의 아랫입술과 아래턱이 울먹이는 아이처럼 작게 떨렸다. 알고 보면 사소한 일, 마음만 열면 소소한 말들이다.

그것들이 가희의 여린 가슴엔 서러웠고, 외로운 마음엔 몹시도 고마웠다.

그러지 않으려고 하는데 마음과는 다르게 또 철딱서니없는 눈물이 왈칵 쏟아지려 했다.

영후의 나직한 목소리다.

“울지 마라. 울리려던 게 아니었는데 네가 울어버리면 나도 가슴이 있는 사람이니 속상하다. 사다 주면 좋아라 할까 내심 걱정이었는데, 대뜸 이상한 의심부터 하니 나도 많이 당황스러웠고… 그래서 그랬다. 그러니 이제라도 용서하고 웃어주라, 가희야…….”

영후의 다독거리는 목소리에 가희는 눈으론 울고 입으론 웃었다. 그렇게 울고 웃는데 영후가 검지를 세워 입술에다 댔다.

"쉿!"

가희가 손등으로 젖어버린 눈 언저리를 훔치며 영후의 눈길을 좇아 뒤를 힐끔 돌아봤다.

"왜요? 누가 와요?"

젖은 가희의 목소리에 영후가 고개를 작게 끄덕였다.

"오고 있다."

가희가 들썩거리던 호흡과 어깨울음을 막 가다듬었을 즈음, 문밖에서 들려온 기괴한 사내의 신음 소리.

"으, 으으으!"

가희는 어깨를 움찔거리며 놀랐다.

"뭐예요? 이게 무슨 해괴한 소리예요?"

영후가 말없이 일어나 문으로 걸어가선 방문을 활짝 열었다. 가희가 뒤따라 일어서 영후의 옆에 서니 툇마루 아래에 두 무릎을 꿇고 머리를 조아린 사내가 보였다.

나이는 이십대 중, 후반. 쑥대머리처럼 헝클어진 머리를 드는데 얼굴 생김새가 깜짝 놀랄 만큼 몹시도 흉측해 보였다.

얼굴에 난 십여 개의 굵다란 칼자국이 살아 있는 듯 꿈틀대고 있으니 이목구비가 참으로 난감했다.

눈이 있는 자리에 눈이 있으니 눈인 줄 알고, 코가 있는 자리에 코가 있으니 코인 줄 겨우 알아보겠다.

넝마나 다를 바가 없는 검은 무복에 허리 뒤로 비스듬하게 누워 있는 패도(佩刀)와 오른쪽 옆구리에 삐죽 튀어나온 도파는 한 뼘하고 반이나 되었다.

괴이한 사내가 영후와 눈을 맞추곤 다시 이마를 땅바닥에 찧듯 숙이며 입으로 괴이한 신음 소리를 냈다.

"으으! 으으으!"

영후가 괴이한 사내를 큰 소리로 반겼다.

"왼칼! 어서 와라!"

第八章

이 바보야, 왜 그래?

黑風上客

태양 아래 서면 누구나 하나의 그림자를 가지게 된다.

부자든 가난뱅이든, 남자든 여자든, 아이든 어른이든, 누구나 하나의 그림자를 필연적으로 가지게 마련이다.

그림자가 없으면 사람이 아니라 귀신이다.

그런데 그림자가 하나가 아니라 둘이나 셋이라면 여러 개의 불빛을 우선 의심해 봤을 것이다.

그런데 그건 아니다.

가희에게 그림자가 또 하나 생겼다.

늘 자신의 곁에서 떨어지지 않는 그림자.

왼칼이란 별명만 있고 이름이 없다.

애초부터 이름 따윈 정말 없었는지도 모른다.

말이 없다.

벙어리니 말을 못하는 건 당연하다.

그런데 듣긴 한다.

그냥 듣는 게 아니라 도둑고양이처럼 귀가 아주 밝다.

귀신 재채기 소리마저 들을 수 있는 귀를 가졌다.

그러니 애당초부터 귀머거리라서 벙어리가 된 게 아니라는 말이 된다.

벙어리가 되었으면 글이라도 배웠어야 덜 답답할 텐데 읽을 줄도 쓸 줄도 모르는, 숫제 까막눈이다.

잠도 자는 둥 마는 둥 서서 자다가, 문밖 샛벽에 등을 기대고 퍼더앉아 노루잠에 들었다가, 그래, 어쩌면 아예 잠을 자지 않아도 살아남을 수 있는 괴물인지도 모르겠다.

그렇게 낮밤을 지새웠으면 졸리고 피곤할 만도 한데, 눈빛은 야수의 섬뜩한 그것보다 더 날카롭게 벼려져 있었다.

웃지 않으니 울지도 못할 사람 같다.

중키에 어깨가 유난히 넓다.

얼굴이 몹시 흉측하니 어린애와 임산부들은 슬슬 피해가고, 본인도 그것을 아는지 손으로 슬쩍 얼굴을 가려줬다.

하지만 며칠 참고 보니 흉측한 얼굴이 그럭저럭 볼만하고 익숙해졌다.

남루한 무복이 민망해서 새 무복을 사다가 갈아입혀 놓으니 어쩔 줄을 모르고 어기적거리며 걸어가는 뒷모습에 가희는 배꼽이 빠지는 줄 알았다.

그나마 때 벗기고 광을 내놓으니 이젠 좀 그럴듯하다.

무엇보다 가희가 제일 난감해하는 것은 식사 문제다.

왼칼은 한사코 문 앞에 서서 혼자 밥을 먹는다.

그렇게 지낸 게 벌써 닷새째다.

더 이상 그냥 두고는 못 본다.

가희는 시녀가 가져다준 점심상을 받아놓곤 일부러 먹지 않고 기다렸다가, 다 먹은 척 숟가락을 소리가 나게 상 위에 탁 내려놓았다.

"아이! 잘 먹었네!"

가희의 청아한 목소리가 밖으로 흘러나가자 문밖에 서 있던 왼칼이 발아래에 내려두었던 밥사발을 집어 올려 젓가락으로 입안에 밥과 나물을 급하게 쑤셔 넣었다.

왼칼이 우걱우걱 밥을 씹고 있을 때, 방문이 스르륵 열리더니 가희가 한 손엔 밥사발, 한 손엔 젓가락을 들고 밖으로 나왔다.

그 모습에 왼칼은 찔끔 놀라며 주춤주춤 뒤로 물러섰다.

"으, 으, 어?"

가희가 왼칼의 당황한 얼굴을 째려봤다.

"나랑 식탁에 마주 앉아서 같이 안 먹을 거면, 오늘부터 나도 여기 서서 먹을 테야!"

그렇게 앙칼지게 소리쳐 놓곤 보란 듯이 젓가락으로 밥과 나물을 집어 입안에 넣곤 오물오물 씹었다.

당황한 왼칼이 멀뚱멀뚱 가희의 밥 먹는 모습을 쳐다보다가 먹던 밥그릇을 발아래에 슬그머니 내려놓곤 한쪽으로 쓱 물러나 버렸다.

딴엔 많이 송구스러웠나 보다.

미간이 언짢게 구겨진 가희는 먹던 밥그릇을 발아래에 내려놓더니 보란 듯이 손을 탈탈 털었다.

"칫! 그래, 같이 굶자! 나 굶어서 몸 축나면 형님이 돌아오셔서 좋아하실까? 흥!"

왼칼이 입안 한가득 밥을 문 채 밥알이 더덕더덕 붙은 입술을 슬며시 벌려 짐승처럼 신음 소리를 내며 허리를 연방 접어댔다.

왼칼은 가희의 공갈에 당황스러웠나 보다.

"어, 으으!"

그 모습에 가희는 마음이 짠하고 딱하다.

장탄식이 입 밖으로 새어 나오려는 걸 겨우겨우 참아낸 가희가 약해지려는 마음을 다잡고 왼칼을 향해 앙칼지게 소리쳤다.

"안 돼! 아무리 그래도 안 돼! 나랑 같이 겸상을 하든지! 아니면 매일 서서 이렇게 같이 밥을 먹든지! 그도 아니면 같이 굶어 죽어버리든지! 셋 중에 하나를 선택해!"

왼칼은 장승처럼 서선 죄지은 양 묵묵히 가희의 발끝만 내려다봤다.

두 남녀는 서먹하게 한참 동안 말없이 서 있었다.

그런데 툇마루 아래에서 늘어지게 낮잠을 자던 털북숭이 똥강아지가 가희의 뾰족한 목소리에 잠이 깼는지 밖으로 아장아장 기어나왔다.

밖으로 나온 똥강아지가 밥내를 맡고 환장하여 툇마루 위로 뛰어오르려 폴짝폴짝 뛰더니, 겨우 툇마루 끄트머리에 턱걸이를 하며 바동바동 낑낑댔다.

지성이면 감천이라, 똥강아지는 기어코 툇마루 위에까지 기어올라 왔고, 툇마루에 올라온 똥강아지는 왼칼이 내려놓은 밥그릇을 향해 득달같이 달려들었다.

철없는 짐승이 눈치가 있을 리는 만무하다.

왼칼은 똥강아지가 제 밥그릇에 달려들자 한쪽 발로 툇마루를 쿵쿵 구르며 으름장을 질렀다.

"으! 으으!"

하룻강아지는 범도 안 무섭다.

하물며 똥강아지가 코에 체취를 익힌 사람이 뭣이 무서울까? 설사 머리통에다가 묵은 된장을 처바르고 모가지에 녹슨 부엌칼을 디밀어 넣어도 꼬리를 살랑살랑 흔드는 여유를 부리는 게 바로 똥강아지다.

천하무적 털북숭이 똥강아지는 흠칫흠칫 구린 엉덩이를 뒤로 빼는 척하면서도 기어코 왼칼의 밥그릇에 혀를 날름거렸다.

보다 못한 왼칼이 혀로 밥그릇을 핥아대는 똥강아지를 발등으로 쓱 밀쳐 놓곤, 강아지가 먹다 남은 밥그릇을 다시 챙겨 들었다.

왼칼은 가희의 눈치를 힐끔 보다가 젓가락을 밥그릇 속에 집어넣었다.

갑자기 가희가 달려와 왼칼의 손에 들린 밥사발을 거칠게 쳐서 떨쳐 버렸다.

왼칼의 손에 올려져 있던 밥사발이 가희의 손길에 맞아 마당까지 날아가 쨍그랑 참혹한 소리를 내며 산산조각 깨어져 버렸다.

왼칼은 돌연한 가희의 행동에 멍하게 서 있었고, 가희는 넋을 놓고 있는 왼칼을 향해 바락바락 악을 쓰며 소리쳤다.

"개가 먹던 밥을 네가 왜 먹어, 이 바보야! 사람은 그러면 안 돼! 사람이 개가 먹던 밥을 먹으면 사람이 아니라 개가 돼!"

가희의 악에 받친 고함에 놀란 왼칼은 두 무릎이 깨어져라 털썩 그 자리에 부복하곤 머리를 급히 조아렸다.

"으! 어, 어어!"

가희는 왼칼이 해대는 꼴이 너무 어이가 없고 기가 막혀 헉헉 가쁜 숨을 몰아쉬다가 왼칼의 머리맡에 가만히 쪼그리고 앉아 조용한 목소리로 속삭였다.

"나에게 머리를 조아려 사죄할 만큼 잘못한 것도 없잖아. 누구에게 무릎을 꿇고 머리를 조아려야 할 죄를 지은 것도 아닌데, 도대체 왜 그래? 응?"

왼칼이 고개를 슬쩍 들다가 자신의 머리맡에 가희가 쪼그리고 앉은 것을 확인하곤 상체를 벌떡 세우더니 무릎걸음으로 다급히 물러나기 시작했다.

왼칼의 두 무르팍이 툇마루를 찧었다.

쿵! 쿵! 쿠쿠쿵쿵!

요란한 무릎 소리를 내며 저만치 물러난 왼칼이 다시 마룻바닥에 이마를 찧으며 머리를 조아렸다.

"으, 으!"

그 모습을 노려보던 가희의 목청이 또다시 뾰족한 비명을 질러놓았다.

"도대체 왜 그러냐고, 이 바보야! 왜 그래!"

가희의 고함 소리에 중문이 거칠게 열리더니 류수민이 달려와선 소리를 쳤다.

"아기씨, 무슨 일이십니까?"

가희의 도끼눈이 수민의 의아해하는 얼굴에 날아가 꽂혔다.

"너도 똑같아, 이 나쁜 자식아!"

마른하늘에서 날벼락을 맞은 수민은 황망한 얼굴로 허리를 급히 접었다.

"아, 아기씨, 무슨 말씀이신지……?"

가희가 수민의 당혹한 얼굴을 꼬나봤다.

"사람이 어떻게 저 모양이 되도록 옆에서 그냥 봤어? 말로만 왼칼 형님, 왼칼 형님 하면서 어떻게……!"

가희의 앙칼진 목소리에 수민은 그제야 무슨 사연인지 알겠다며 작게 고개를 숙였다.

"아기씨, 원래 저 형님이 저래요. 아무도 못 말려요. 평생을 주인에게 길들여진 개처럼 저런다니까요. 아기씨, 왼칼 형님은 원래 저래요. 그러니까…….”

수민의 해명이 다 끝나기도 전에 가희의 손에서 밥사발이 날아갔다.

수민이 흠칫 놀라며 날아온 밥사발을 피했고, 수민을 향해 날아간 밥사발은 마당에 떨어져 산산조각 깨어졌다.

쨍그랑!

가희의 카랑카랑한 호통이 따라붙었다.

“뭐야? 형님으로 모시는 사람을 감히 개와 비교를 해? 수민이 너, 이리 와! 이리 안 와?”

노발대발 화를 내는 가희의 목소리에 수민은 자신이 실언했음을 알고 다급히 고개를 떨어뜨렸다.

“죄송합니다, 아기씨!”

그러곤 부복해 있는 왼칼을 향해 깊숙하게 허리를 숙여 보이곤 등을 보였다.

수민이 고개를 절레절레 가로저으며 달아나듯 사라지고 툇마루와 좁다란 앞마당에 황량함만이 남았다.

잠시의 시간이 잔인한 침묵으로 흘렀다.

침묵이 서로의 숨통을 옥죌 즈음, 가희가 머리를 조아린 왼칼에게 다가가 두 무릎을 다소곳하게 꿇고 앉아 꿇어놓은 두 무릎 위에 두 주먹을 가지런하게 올려놓았다.

“일어서! 안 일어서면 나도 끝까지 이러고 있을 거야. 도망가지 마. 도망가 봐야 이젠 소용없어. 난 널 절대 놓치지 않을 거야. 그래도 기어코 내 명을 거역한다면, 형님에게 널 내 호위무사로 절대 받아들일 수 없노라 고집을 부릴 거야. 형님도 내 고집은 못 꺾어. 너도 알지? 내 고집은 절대 못 꺾어. 정 싫으면 그러면 돼. 내가 너 안 보면 그만이야. 그럼 돼. 그러면 돼!"

가희의 젖은 목소리에 윈칼은 굳어버린 얼굴을 슬며시 들어 올렸다.

귀밑머리를 타고 흘러내린 물기가 윈칼의 까칠한 아래턱에 탁한 물방울로 영글었다.

마룻바닥에 떨어지는 식은 땀방울.

톡!

새까맣게 타들어간 윈칼의 입술을 비집고 작게 새어 나오는 신음 소리.

"으, 으."

윈칼의 괴로운 신음 앞에 가희는 젖은 숨결과 습한 목소리로 속살거렸다.

"내가 먼저 일어설게. 너도 일어서. 알았지?"

가희가 먼저 옷깃 소리를 내며 일어섰다.

어깨를 움찔거리며 망설이던 윈칼이 부스스 몸을 일으켜 세우곤 가희의 발끝을 가만히 내려다봤다.

가희가 작은 목소리로 윈칼의 시선을 나무랐다.

"고갤 들어. 그리고 좀 웃어봐. 너의 웃는 모습 보고 싶어."

윈칼이 어렵게 고개를 들어 올려 가희의 그렁그렁 젖어버린 눈망울을 바라보다가 입가에 억지웃음을 지어 보였다.

가희는 윈칼의 입가에 번진 일그러진 웃음을 보았다.
"그래, 됐다."
가희의 숨결이 윈칼의 얼굴에 닿았고, 윈칼의 입가 웃음이 가희의 그렁그렁한 시선 속에서 잔잔한 파문처럼 일렁거렸다.
겨울이 끝날 무렵…….
가희는 세상에서 가장 슬픈 웃음을 보고 있었다.

바람은 차고 햇볕은 제법 따스했다.
처마 아래에 목을 맨 놋쇠 풍경이 바람 그네를 타며 딸랑거렸다. 절간처럼 고즈넉하다 못해 폐가처럼 을씨년스럽다.
좁다란 앞마당엔 퇴색한 낙엽들이 길 잃은 혼령처럼 서성거렸고, 무덤을 지키는 무석인(武石人)처럼 우두커니 서선 떠나는 계절의 끝자락을 물끄러미 바라보는 사내의 과묵한 눈동자가 있었다.
방문이 열리는 소리가 나자 사내의 눈동자는 잠시 잠깐 흔들렸다.
옷자락이 스치는 소리와 함께 가희가 윈칼의 옆에 다가와 서선 대뜸 한숨이다.
"휴우! 그 인간은 죄 받을 거야. 꼭 죄를 받아야 돼. 내가 꼭 그렇게 되게 만들 거야. 망할 인간……."
윈칼은 입이 없어 말이 없고, 가희는 되돌려 받을 대꾸도 기다리지 않았다. 가희는 맥없이 툇마루 끄트머리에 걸터앉아 두 다리를 그네 태우며 발을 까불거렸다.

"심심해, 너무너무 심심하다."

기운 하나 없는 목소리로 중얼거리던 가희는 망주석(望柱石)처럼 우두커니 서 있는 왼칼을 힐끗 올려다봤다. 그러곤 무엇이 마음에 들지 않는지 입을 한번 샐쭉거리며 잇새로 바람을 뿜어냈다.

"치!"

가희가 뿜어낸 바람 소리에 왼칼의 눈빛은 보일 듯 말 듯 잔잔하게 파동을 일으켰다. 그것뿐, 왼칼의 표정은 목각 인형과도 같았고, 눈빛 속에 스치는 것은 차가운 바람뿐이다.

가희가 갑자기 짜증을 부렸다.

"얘가 왜 이래? 누가 너랑 놀자고 했어? 저리 안 꺼져!"

괜히 제풀에 놀란 왼칼의 시선이 가희에게로 급하게 돌아섰다.

가희의 송곳 같은 목소리는 다른 원인에 있었다.

툇마루에 걸터앉아 두 발을 까불거리던 가희에게 털북숭이 강아지가 달라붙었다.

똥강아지는 까불거리는 가희의 두 발을 어떡해서라도 한번 물어보겠다며 깡충깡충 뛰어다니며 부산을 피웠다.

왼칼은 허리를 꼿꼿하게 펴곤 다시 텅 빈 마당을 주시했고, 가희는 나대는 똥강아지의 성화를 못 이기고 결국 발딱 일어서선 정신없이 설쳐대는 똥강아지를 덥석 잡아다가 가슴에 볼끈 끌어안았다.

"아무리 심심해도 너랑은 안 놀아! 알겠니?"

똥강아지에게 알아듣지도 못하는 면박을 준 가희는 툇마루 밑기둥에 묶어둔 목줄을 똥강아지의 목에 단단히 매어놓았다.

목줄에 모가지가 결박당한 똥강아지는 살려달라, 놀아달라 낑낑댔고, 가희는 만족한 미소를 입가에 지어 보이며 손을 탁탁 털었다.

“이렇게 묶어두면 속 편한 걸 가지고…….”

혼잣말을 종알거리던 가희는 무슨 기발한 생각을 해냈는지 갑자기 얼굴에 화색을 피워놓으며 손뼉을 탁 쳤다.

“어머! 형님 오시면 너랑 같이 묶어둬야겠다. 그럼 딱 되겠네!”

늘 곁에 없는 영후를 똥강아지와 함께 묶어놓으면 만사 걱정이 없겠다는 기발한 발상에 가희는 통쾌한 듯 허리를 감싸고 깔깔깔 소녀의 웃음소리로 웃었다.

청아하던 가희의 웃음소리는 이내 찬바람에 사라지고 가희는 또다시 시무룩한 표정으로 마당을 서성거렸다.

강영후는 양앵화의 부탁을 받고 귀향길에 동행했다. 자신이 알고 있는 모든 것을 다 털어놓은 양앵화는 신변의 안위를 위해 이국땅으로 떠나기로 했고, 그전에 마지막으로 고향땅을 한번 밟고 싶다는 양앵화의 간청을 영후가 차마 거절하지 못했기 때문이다.

가희는 미색이 좋은 양앵화와 영후가 단둘이 오붓하게 먼 길을 떠난다는 점이 못내 마음에 걸렸다. 그래서 막가전장의 큰아들 막철호를 딸려 보냈다. 영후가 그럴 필요까진 없다는 걸 가희가 한사코 우겨서 감시원 겸 방해꾼 삼아 철호를 딸려 보냈다.

사내란 절대 믿을 게 못 된다.

설령 부처님 가운데 토막이라고 바득바득 우겨도 그 말을 곧이곧대로 믿었다간 큰코다친다. 더군다나 상대가 미색으로 여러 남자 후려먹었던 전력이 있는 양앵화라면 더더욱 그렇다.

가희는 구긴 눈초리로 중문을 힐끗 꼬나봤다.

'그나저나 왜 이렇게 안 오신대?'

오늘쯤은 돌아올 줄 알았는데 여직 소식이 없다.

걱정이다.

영후가 가희더러 물가에 내놓은 아기처럼 늘 걱정이라며 타박을 주었었다. 그때 가희는 속으로 이렇게 영후의 걱정을 되받아주었다.

"피차일반이네, 이 사람아!"

가희의 입에서 돌연 짜증이다.

"씨! 떼써서라도 따라갈걸!"

가희는 발길에 거치적거리다가 발등에 달라붙은 낙엽을 신경질적으로 걷어차 올렸다. 머리 높이까지 훨훨 날아오른 낙엽을 향해 가희의 두 주먹이 빠르게 내뻗어졌다.

파, 팡!

연타에 맞아 앞으로 쏘아진 낙엽을 향해 가희의 두 발이 날아올라 가위차기를 멋들어지게 해냈다.

파, 팍!

가희의 매서운 발차기에 낙엽은 한번 크게 휘청 휘날리더니 유엽비도처럼 땅바닥에 내리꽂혔다.

가희는 왼쪽 무릎을 쪼그리듯 한껏 구부리고, 오른쪽 다리는 앞으로 쭉 펴며 발뒤꿈치로 땅바닥을 내리찍듯 착지했다.

가희는 잠시 그 동작으로 정지해 있다가 천천히 왼칼에게로 시선을 돌리며 생긋이 미소를 건넸다.

"어때? 나 제법 하지?"

잔뜩 기대를 가지고 그럴싸한 반응을 고대하던 가희의 눈길 속에 왼칼의 얼굴 표정은 조금의 변화도 없이 오히려 시큰둥하다.

그러니 가희는 제풀에 또 짜증이 치밀어 앙살이다.

"아휴! 재미없어! 쓰다 달다 반응을 좀 보여줘야지! 내 주변엔 왜들 전부 목석같은 인간들뿐이람! 이렇게 살 바에야 차라리 머리 빡빡 깎고 산으로 들어가 비구니나 되어버리는 게 낫겠어!"

가희가 잔망스럽게 투덜거리자, 석상같이 서 있던 왼칼이 무슨 생각에서인지 툇마루에서 내려와 마당 가장자리로 가더니 토담 아래에 모여 있는 낙엽 몇 개를 발끝으로 쓱쓱 그러모았다. 그러곤 곧장 낙엽들을 발끝으로 툭 차서 허공으로 휙 날렸다.

네 개의 낙엽이 왼칼의 발끝에 걸려 훨훨 날아올랐고, 왼칼의 정권이 낙엽 사이를 섬전처럼 파고들었다.

팡팡!

왼칼의 정권에 가격당한 두 개의 낙엽은 폭발하며 뽀얀 먼지가 되었고, 나머지 낙엽들은 권풍에 휘말리며 더 높이 치솟아올랐다.

왼칼의 두 발끝에서 흙먼지가 작게 폭발하더니 왼칼의 신형이 허공으로 솟구쳤다.

타닷!

허공에 둥실 뜬 왼칼은 높다랗게 날아오른 두 개의 낙엽을 가위차기로 휘돌려 버렸다.

파팍!

왼쪽 발등에 걸린 낙엽은 중문 앞까지 쏜살처럼 날아가 떨어졌고, 나머지 하나의 낙엽은 지면을 향해 내리꽂히더니 정말 유엽비도가 땅바닥에 날아와 박히듯 낙엽이 언 땅에 꼿꼿하게 틀어박혀 버렸다.

팟!

한 바퀴 공중제비를 돈 왼칼은 두 무릎을 살짝 구부린 자세로 지면에 착지하곤 그대로 잠시 정지해 있었다.

그 모습을 관심 깊게 지켜보던 가희는 무언가 불쾌하다는 듯이 살며시 미간을 찌푸렸다.

왼칼이 가희가 자랑 삼아 내보였던 권각술을 고대로 흉내를 낸 것이다. 하지만 가희의 권각술과는 비교도 되지 않을 만큼 왼칼의 권각술의 위력은 파괴적이고 빠르기는 번개와도 같았다.

살짝 자존심이 상한 가희가 뚱한 소리를 내뱉었다.

"뭐? 왜? 뭐 어쩌라고?"

왼칼이 살짝 구부린 자신의 두 무릎을 두 손으로 탁탁 쳐 보였다.

"으!"

그러곤 다시 자세를 낮춰 가희가 해 보였던 착지 자세를 흉내 내며 고개를 가로저었다.

"으으!"

왼칼은 한쪽 다리를 쭉 뻗어 바닥에 바짝 낮추었던 자세를 벌떡 일으켜 세우곤, 다시 두 무릎을 살짝 구부린 자세를 해 보이며 무르팍을 탁탁 쳤다.

"으!"

가희는 왼칼이 자신에게 하고파 하는 말이 무슨 뜻인지 알아들었다. 왼칼의 몸짓으로 봐선 착지 자세를 자신처럼 해야 한다는 말이다.

왼칼은 실속없이 멋만 부리지 말고 좀 더 방어적이고 공격적인 자세로 착지해야 한다는 것을 가희에게 알려주려고 했다.

맞는 말이다. 그러나 새치름해진 가희는 콧방귀를 날렸다.

"흥! 잘났어, 정말!"

가희는 그렇게 쌀쌀맞은 반응을 왼칼에게 내보이곤 토라진 모습으로 털레털레 걸어가 툇마루에 걸터앉았다.

가희의 까칠한 반응에 왼칼이 당황스런 얼굴로 자신의 자리로 급히 되돌아가려고 했다. 그때 가희가 왼칼의 당황한 발걸음을 잡아 세웠다.

"잠깐 기다려!"

가희의 앙칼진 목소리에 왼칼의 걸음은 멈칫 섰고, 얼굴은 슬며시 들려졌다.

가희가 왼칼의 얼굴을 째려보며 쌀쌀맞은 목소리를 꺼내놓았다.

"좀 더 해봐! 내 호위무사가 정말 날 지켜낼 수 있는 실력은 가지고 있는지 내 눈으로 직접 확인해 봐야겠어."

왼칼은 작게 고개를 숙이고 망설이는 기색이다.

툇마루 끄트머리에 걸터앉은 가희가 두 발을 간들간들 까불며 다시 졸라댔다.

"뭐 해? 얼마나 잘하는지 보고 싶어! 어서!"

왼칼이 가희의 장난스런 눈빛을 힐끔힐끔 살피더니 허리 뒤쪽으로 비스듬하게 돌려놓았던 패도와 요대를 풀어 땅바닥에 내려놓았다.

가희는 팔짱을 끼고 앉아 계속 까불까불 발장난을 쳤다.

왼칼이 자세를 잡고 심호흡을 하더니 빠르게 허리를 휘돌리고, 권을 날리며, 공중제비 차기를 해 보였다.

파, 파, 팡!

주먹에선 폭음이 터지고, 휘돌려 차는 발길질에서 뽀얀 먼지가 잔영처럼 따라붙었다.
그것은 몸 풀기에 불과했다.
쫙 편 두 손을 크게 가로 벌려 자세를 되잡은 왼칼이 짤따란 날숨을 단말마처럼 뿜어내며 다시 파공음을 울려댔다.
"흡!"
파파파팟!
정권은 섬전처럼 빨랐고, 찰나지간에 변하는 금나수는 강철이라도 엿가락처럼 부러뜨릴 기세였으며, 비상하여 뿌리는 권각은 작렬하는 폭죽 소리와 함께 사위를 산산조각으로 부숴놓았다.
파, 파파팟, 팡!
왼칼의 놀라운 무위에 가희의 입은 스르륵 벌어졌고, 거만하게 팔짱을 끼고 있던 두 손은 자신도 모르게 손뼉을 치고 있었다.
짝! 짝! 짝!
"어, 어머! 대단해! 어쩜……!"
가희는 감탄을 연발하며 일어섰고, 왼칼은 묵묵히 땅에 내려놓았던 요대와 패도를 주워서 다시 허리에 찼다.
가희가 왼칼에게 달려가 왼칼의 얼굴 밑에 제 얼굴을 불쑥 들이밀었다.
"실력이 좋다고 하더니 이 정도일 줄은 진짜 몰랐어. 어머머! 너 정말 대단하다!"
가희의 달뜬 숨결이 왼칼의 얼굴에 닿았다.

그때, 왼칼은 가희의 숨결에서 설중매의 은은한 향기를 찾아내어 뼛속 깊은 곳에 각인시켜 놓았다.

하지만 그것은 찰나의 순간이었다.

코밑으로 와락 스며드는 여인의 향기에 왼칼이 당황해하며 뒤로 주춤주춤 물러나 허리를 깊숙하게 숙였다.

"으, 으!"

가희는 달뜬 표정으로 달아나는 왼칼의 옷깃을 낚아챘다.

"어머머! 너랑 같이 있으면 적어도 맞아 죽을 일은 없겠네! 우리 이참에 바깥에 나가서 맛난 거도 좀 사 먹고 코에 바람이라도 좀 쐬고 오자! 내가 맛난 거 사 줄게. 뭐 먹고 싶어? 응?"

가희가 달라붙어 아기처럼 보채자 왼칼은 어찌할 바를 몰라 몸을 자꾸 이리저리 돌려놓으며 난처한 신음 소리만 흘려냈다.

"으, 으으!"

가희가 이리저리 피하기만 하는 왼칼의 등을 두 손으로 힘껏 밀어붙였다.

"같이 놀러나 나가자!"

왼칼의 등짝은 가희의 두 손에 떠밀렸고, 두 발은 어쩔 수 없이 중문을 향해 비척거렸다.

가희의 손에서 전해진 따스한 체온이 왼칼의 등줄기를 타고 왼칼의 발끝부터 머리끝까지 짜릿한 전율로 퍼져 나갔다.

두껍게 얼어 있던 동토(凍土)의 강.

그 심연 속에서 아무도 모르게 흐르다가 움트는 초록의 생채기다.

계절은 또 그렇게 지고 피었다.

* * *

막가전장의 내실.

후덕한 인상의 중년인이 난처한 표정으로 입을 열었다.

"이보게, 영후. 은 삼백 냥은 너무 지나치지 않은가?"

중년인은 막가전장의 전장 주인인 막소광이다.

막소광과 마주 앉은 강영후는 얼굴에 쓴웃음을 보였다.

"영업 이익으로 생긴 알토란 같은 돈을 베풀자는 게 아니잖습니까? 전부 손에 피를 묻혀 받아낸 청부금입니다. 이곳 전장을 비롯하여 몇몇 가게에서 벌어들인 이익금으론 훗날을 기약하고, 청부금은 세상에 환원시켜야 합니다. 그 돈은 제 몫이 아니라 세상의 몫입니다."

"영후 자네의 갸륵한 맘은 알겠네만… 삼백 냥이야. 자그마치 은 삼백 냥! 그것을 그냥 풀어버리자니… 쯧쯧!"

영후 옆에 두 무릎을 꿇고 앉은 막소광의 큰아들 막철호가 제 아비의 눈치를 힐끔 살폈다.

"아버지, 형님의 사사로운 돈이니 형님의 뜻에 따라야 합니다. 아무 말씀 마시고 그렇게 하세요."

막소광의 눈길이 아들 철호에게로 매섭게 날아가 꽂혔다.

"인석아! 내가 지금 그걸 몰라서 이러는 거냐! 목숨 걸고 받아낸 청부금을 무지렁이 촌것들에게 다 풀려고 생각하니 속이 쓰리고 아파서 그래! 우리가 이런다고 세상이 눈곱만큼이라도 변할 줄 아냐? 절대 세상은 변하지 않아!"

겉으로 보이는 후덕한 인상과 그 사람이 가진 인성과는 완전히 별개다. 그 대표적인 예가 바로 철호의 아비 막소광이었다.

밑 빠진 독에 들이부을 돈이 아까워 죽겠다며 으르렁거리는 막소광을 향해 영후가 나직한 목소리를 건넸다.

"어르신, 세상이 변하든 변하지 아니하든 그건 상관없습니다. 전 그냥 제가 생각하는 도리를 좇을 뿐입니다. 어르신께서 너그러이 이해해 주십시오."

그렇게 뜻을 밝힌 영후는 어이없어하는 막소광을 향해 작게 고개까지 한번 숙여 보였다.

영후가 그렇게까지 자신의 뜻을 피력하자 막소광은 입안이 소태가 된 듯 입맛을 쩝쩝 다시다가 체념을 하고 영후를 향해 고개를 내밀었다.

"좋아, 나도 모르겠네! 자네의 생각이 정히 그렇다면 누가 말리겠나. 그럼 그쪽 관아에 은자 삼백 냥을 밀어 넣을까?"

영후는 정색을 했다.

"안 됩니다. 관아엔 절대 안 됩니다. 강서지방에 기근이 들어 나라에서 얼마 되지도 않는 구호미와 구제금을 내렸는데, 그것마저 고위 관료로부터 시작해서 하급 관리까지 빼돌리고 착복하니……."

막소광이 자그마한 앉은뱅이 탁자를 주먹으로 내려쳤다.

쾅!

"하여튼 녹봉을 먹는 관료란 자들이! 내가 이놈의 관아를 찾아가 확 불살라 버려야……."

짐짓 치미는 분개를 못 참겠다며 소리를 버럭 지르는 막소광의 입을 재빨리 가로막은 사람은 큰아들 철호였다.

"아버지!"

아들의 구긴 눈살에 막소광이 면구스런 표정으로 헛기침을 게웠다.

"흐, 흠! 그건 그렇고, 그러면 어떤 방법으로 삼백 냥이란 거금을 민초들에게 풀 생각인가?"

막소광의 물음에 영후는 준비해 놓은 이야기를 꺼내놓았다.

"강서지방에 수성촌(守成村)이라는 변두리 마을이 하나 있습니다. 그곳에 가면 죽방선생(竹芳先生)이라는 노학사가 꾸리는 죽림서학(竹林書學)이란 이름의 서원이 있고요. 그곳 죽방선생에게 은 삼백 냥을 넘기십시오. 평생을 욕심없이 사신 분이랍니다. 그분이라면 믿을 만합니다."

"전부 다? 그래도 사람이란 게 본디 견물생심이라서……."

"그럴 분이 아니십니다. 믿고 전부 다 맡기십시오. 그럼 그분이 알아서 잘 처리하실 겁니다."

"아무런 표식도 하지 않고 몰래 그냥 다 맡기긴 쪼끔 그렇잖아? 기근에 허덕이는 백성들을 위해 써달라는 쪽지 제일 밑에다가 막가전장의 막 아무개라는 이름 석 자 정도는 넣어두는 것도 괜찮을 성싶은데?"

구차하고 애살스런 아비의 언행에 낯이 화끈 달아오른 철호가 버럭 화를 냈다.

"채신없게 왜 이러세요, 아버지!"

막소광이 검지로 귓구멍을 틀어막으며 얼굴을 오만상 찌푸렸다.

"아이고, 귀청 떨어지겠다, 이놈아! 말이 그렇다는 것이지 정말로 내가……."

그때, 문밖에서 사내의 다급한 목소리가 끼어들었다.

"형님! 저 수민이입니다!"

영후의 고개가 방문 쪽으로 돌아갔다.

"웬일이냐?"

수민과 홍화기루의 주방장 아들인 진이 방문을 열고 들어와서 허리를 크게 접어 보이곤 얼굴을 들어 올렸다.

여드름쟁이 진이 먼저 입을 열었다.

"형님, 무림맹 추의당 당주란 자가 이곳 평원에 나타났습니다."

모든 시선이 빠르게 진의 얼굴로 모였다.

영후는 의아한 표정을 지어 보였다.

"추의당의 당주라면, 천리추운 민철! 민철 그자가 여길 어떻게?"

철호의 시선이 영후에게로 향했다.

"형님, 민철이라면 북관성에 나타나 귀면살수에 대해 캐고 다니던 바로 그자가 아닙니까?"

영후는 철호의 물음에 대꾸도 없이 진을 향해 갸름한 눈길을 던졌다.

"민철 혼자더냐?"

"아닙니다. 길라잡이 삼아 사냥개를 앞장세웠습니다."

"사냥개?"

"저잣거리를 들쑤시고 다니는 언행으로 봐선 아무래도 북관성 저잣거리에서 만났다는 그 백수건달 추가 놈인 듯합니다."

진의 보고에 영후의 입가엔 쓴웃음이 스쳤다.

"백수건달 추가라? 그자가 끝까지 애를 먹이는군. 추가를 대동했다면 무언가 냄새를 맡고 이곳까지 추적해 왔을 수도 있다는 말인데……."

수민이 빠르게 영후의 말을 받았다.

"형님, 놈들이 물러날 때까지 일단 은신해 있든지 다른 곳으로 잠시 피하는 게 좋을 듯합니다."

철호가 가당찮다며 수민의 얼굴을 쏘아봤다.

"무슨 소리야? 그냥 쥐도 새도 모르게 해치워 버리면 될 일을 가지고!"

하지만 영후는 고개를 천천히 가로저었다.

"아냐. 나 편하자고 그자를 죽일 순 없다. 그리고 그럴 명분도 내겐 없어. 그자는 그자의 일을 하고 난 나의 일을 할 뿐이다."

수민이 영후의 눈치를 슬그머니 살피며 목소리를 낮췄다.

"형님, 문제가 또 하나 더 있습니다."

영후의 안색이 찌푸려졌다.

"또 무슨 문제?"

"별당 아기씨가 왼칼 형님을 데리고 지금 밖에 나와 있는 상황입니다."

영후가 무어라 하기도 전에 철호가 두 눈을 부라리며 수민을 향해 버럭 소리쳤다.

"야, 인마! 추의당 당주 민철이란 자가 설쳐 대고 있는 이 마당에 아기씨를 밖으로 내보내면 어떡해?"

수민이 철호를 향해 마주 으르렁거렸다.

"야! 추의당 당주가 이곳에 와 있는 줄 알았으면 아기씨를 밖으로 내보냈겠냐? 그때까지만 해도 몰랐다니까!"

영후가 손을 들어 씩씩거리고 있는 철호와 수민을 달랬다.

"됐다. 이미 엎질러진 물이다. 근데 아기씨는 어디로 나간다고 했어?"

"왼칼 형님을 데리고 바람이나 좀 쐬고 오신다면서… 저잣거리로……."

영후의 미간이 일순 구겨졌다.

다른 곳도 아니고 저잣거리라면 걱정이 아닐 수가 없다.

백수건달 추가는 가희에게 호되게 당한 과거가 있는 터라 가희의 얼굴을 잊지 않고 똑똑히 기억하고 있을 것이다.

가희는 추가에게 귀면살수에 대해 언급했었다. 그리고 관제묘까지 가희를 추적하다가 자신의 손에 몰살을 당한 추혼오응도 백수건달 추가에게서 가희에 대한 정보를 얻었다고 했다.

추가는 추의당 당주 민철과 연이 닿아 가희에 관한 이야기는 물론이고 추혼오응에 대해서까지 귀띔을 해줬을 것이다.

민철은 곧바로 전문 추쇄꾼인 추혼오응의 뒤를 밟았을 것이 자명하다. 그리고 추혼오응의 흔적을 쫓던 민철은 가희가 잠시 머물렀던 관제묘에 도착했을 것이고, 민철의 눈에 추혼오응의 주검이 발견되었을 가능성이 농후하다.

그렇다면 민철은 가희의 존재에 대해 더 깊은 의심을 가졌을 것이다.

천리추운 민철은 가희와 귀면살수와의 연결고리를 알아내기 위해서라도 집요하게 가희의 뒤를 쫓을 것이고…….

거기에까지 생각이 미친 영후의 얼굴은 난감함으로 천천히 일그러졌다.

"문제군, 문제야."

잠시 고심을 하던 영후의 눈길이 수민에게로 향했다.

"수민아, 전에도 이와 비슷한 경우가 한번 있었지?"

눈치 빠른 수민이 눈알을 뜨르륵 굴리다가 무언가 생각이 난 듯 고개를 조심스럽게 주억거렸다.

"예, 형님! 들병이 누님 문제로 기찰포두가 끈질기게 개입하면서……. 하지만 그때 써먹었던 녀석이 워낙 호되게 고생했던 터라 또 하려고 할지가 걱정입니다. 그 녀석이라면 저보다 진이 더 잘 알고 있습니다."

영후가 싱거운 웃음을 내보이며 진 쪽으로 시선을 돌려놓았다.

"진아, 안 하면 죽여 버린다고 으름장을 놓든지! 네 특기잖아?"

진이 무어라 대꾸를 하기도 전에 영후는 이내 고개를 가로저으며 진의 얼굴을 흘기듯 쳐다봤다.

"아니다! 그 방법보단, 걔에게 약점 같은 건 없어?"

진이 눈빛을 빛냈다.

"하나 있긴 있습니다. 그 녀석의 누나가 기루에서 기녀로 생활했습니다. 한데 녀석의 기녀 누나가 폐병을 앓아 지금 형편이 아주 어렵게 되었답니다."

"누나가 일을 못하는 처지라? 거기에다가 폐병쟁이가 되어 버렸다. 그럼 누나의 약값을 대느라 지금 돈이 많이 궁하겠군?"

"예! 일단 그걸로 꼬드겨 놓겠습니다."

"녀석만 한 솜씨도 없으니 그 아일 한 번 더 이용해."

"예, 형님!"

진은 목소리에 힘을 실어 대답했지만 옆에 서 있던 수민의 안색이 갑자기 어둡다.

"상대가 무림맹 추의당의 당주입니다. 자칫하다간 그 아이의 목이 날아갈 수도 있어서……."

영후의 시선이 수민에게로 향했다.

"최대한 빨리 움직여서 일을 수습한다. 그리고 일이 수습되는 대로 녀석을 자수시켜. 그럼 그 아이의 목숨을 파리 목숨 취급하지 못할 거야. 민철 그자가 공명심이 큰 대신 공정심 또한 만만찮은 작자이니 기껏 그 아이의 머리통을 몇 대 쥐어박고 잡범으로 관아에 넘겨 버리겠지. 그 아이가 옥살이를 시작하면 사식도 섭섭잖게 넣어주고, 간수에게 뒷돈도 찔러주고, 성심성의껏 옥바라지해 주며 며칠 두고 보다가 적당하게 손써서 옥살이를 면하게 해줘. 그리고 그만한 값어치의 목돈도 넉넉하게 챙겨주고. 그럼 됐지?"

"예!"

수민의 대답을 들은 영후가 자리를 털고 일어나 가볍게 손뼉을 탁탁 쳤다.

"자, 자! 전부 움직여!"

*　　*　　*

햇살이 조금씩 따스해지니 겨우살이가 바닥을 드러냈고, 겨울 내내 꽁꽁 얼어 있던 발길들이 하나둘 저잣거리로 나오기 시작했다.

저자의 한길은 그럭저럭 쏘다닐 만했는데, 협소한 저자 골목길에선 걸핏하면 서로의 어깨가 부닥치고, 잠시만 한눈을 팔아도 발이 서로 얽혀서 비틀거리기 일쑤였다.

좁다란 골목길에도 닭장 같은 상가들이 다닥다닥 늘어서 있었고, 시장바닥 아니랄까 봐 주위는 몹시 시끌벅적했다.

그 잡다한 소음 속에서 유독 큰 소리가 터졌다.

자그마한 포목점 안에서 터진 짜증 서린 사내의 목소리였다.

"몇 번을 말했소? 진짜 못 본 얼굴이올시다! 그만한 미색이면 화방에서 내다 파는 족자에나 들어 있지 않을까요? 그쪽이나 한번 가보시든지!"

그렇게 뚱한 소리를 내뱉어놓은 포목점 점원은 광목에 묻은 먼지를 먼지떨이로 툴툴 떨어내며 획 뒤돌아서 버렸다.

절세가인을 그려놓은 장식용 표구를 용모파기로 베껴놓은 듯 수려한 외모를 가진 여인의 초상화가 그려진 종잇장을 들고 포목점 앞에 서 있던 백수건달 추가의 얼굴이 대번 똥 씹은 표정이 되어버렸다.

"이런 우라질 놈을 봤나? 지금 네놈의 눈엔 이 몸이 길바닥에 굴러다니는 개똥으로 보여? 소똥으로 보여?"

점원이 짜증스런 얼굴로 추가의 얼굴을 힐끗 흘겼다.

"소똥이든 개똥이든, 대체 뭐 하시는 분이시오? 관에서 기찰이라도 나오셨소?"

점원의 물음에 추가는 양쪽 입매를 잔뜩 밑으로 늘어뜨려 놓으며 무어라 거만을 떨어댈 기세였다.

그때 죽립을 깊숙하게 눌러쓴 중년의 사내가 추가의 어깨를 자신의 어깨로 툭 치며 지나갔다.

"주접 떨지 말고 그만 가자."

백수건달 추가는 죽립사내의 목소리에 찔끔 놀라 어깨를 재바르게 돌려놓았다. 어쩔 수 없이 끌려가듯 죽립사내를 따라가는 추가는 무엇이 섭섭한지 포목점을 향해 고개를 돌려 점원에게 크게 한번 눈을 부라려 놓으며 구시렁거리는 걸 잊지 않았다.

"망할 놈의 새끼가… 감히!"

가뜩이나 좁은 골목길에서 추가의 걸음걸이가 아주 가관이다.

치질에 걸린 사람처럼 두 다리를 쩍 벌리고 오리처럼 뒤뚱거리며 팔자걸음을 걷는데, 지나가는 사람마다 모두 눈꼴사납다는 듯이 눈살을 한 번씩 찌푸리고 지나쳤다.

이 모든 것이 추가의 허파에 잔뜩 바람이 들어가 있기 때문이다.

추가는 추의당 당주의 앞잡이 노릇하는 짓이 무슨 큰 벼슬자리에라도 오른 것처럼 의기양양 거만해져 있었다.

하기야 저잣거리 백수건달 노릇만 하던 자가 무림맹 추의당의 당주와 어깨를 나란히 하고 걸을 수 있다는 것만으로도 대대손손 자랑거리일지도 모른다.

사자성어에 이런 말이 있다.

목후이관(沐猴而冠).

쉽게 풀이하자면 원숭이가 관(冠)을 썼다는 표현으로, 추가의 거만한 걸음걸이가 지금 딱 그 짝이었다.

추가를 앞세운 추의당의 당주 민철이 골목길 모퉁이에 있는 건어물 가게 앞에 서선 턱짓을 해 보였다.

추가가 민철의 눈치를 슬쩍 보다가 큰 헛기침과 함께 건어물 가게의 늙수그레한 노인장을 향해 손짓을 해가며 불렀다.

"어험! 이봐, 이봐!"

머리가 희끗희끗한 건어물 가게 노인장이 버르장머리없는 추가의 손짓을 꼬나봤다.

"뭐요? 뭔데 젊은 사람이……!"

추가는 불쾌해하는 노인장의 말꼬리를 싹둑 잘라먹었다.

"시끄럽고! 이렇게 생긴 계집 봤어, 못 봤어?"

정승판서의 큰 감투라도 쓴 듯이 유세 부리려는 추가의 얼굴을 한번 힐끗 째려본 노인장이, 추가가 펼쳐 놓은 용모파기의 종잇장을 갸름한 눈길로 초점을 맞춰가며 찬찬히 살폈다.

추가는 속 시원한 대답이 선뜻 나오지 않자 노인장의 입을 닦달했다.

"영감! 이 계집 봤어, 못 봤어?"

노인장은 젊은 미녀의 용모파기가 그려진 종잇장을 한 번 더 곁눈질로 살피는 척하더니, 시답잖아하는 목소리를 추가의 면전에 툭 던졌다.

"봤지! 매일 밤마다 보는걸!"

그 말을 곧이곧대로 믿어버린 추가의 두 눈이 대번 대문짝 열리듯 크게 열렸다.

"봤어? 매일 밤마다 어디서 봤어?"

"선녀야 매일 밤마다 꿈속에서 보는걸! 늙은이의 꿈에 매번 나타나 도솔천 가자, 월궁 가자 희롱하는걸!"

그제야 자신이 놀림감이 되었다는 사실을 알아차린 추가의 얼굴은 술에 취한 듯 불콰해져 버렸다.

"이, 이런! 이놈의 영감탱이가……!"

화가 정수리까지 치받친 추가가 상판에 늘어놓은 바짝 마른 북어 하나를 집어 건어물 노인장에게 집어 던지려는 순간, 다급하게 들리는 고함 소리.

"잡아라! 저놈 잡아라!"

들어 올린 추가의 손은 머리 위에서 멈칫했고, 시선은 고함 소리가 들려온 쪽을 향해 쓱 돌아섰다.

수상쩍어 보이는 젊은 녀석 하나가 추가의 시선으로 쏜살처럼 빨려 들어왔다.

추가의 입이 당혹함에 스르륵 벌어지고,

"…어?"

추가의 가슴팍에 한쪽 어깨를 쿡 처박고 비틀거리는 십대 후반의 사내.

그런데 고개를 숙여 사과를 해도 시원찮을 판에 되레 십대 사내의 입에서 거친 욕지거리가 터졌다.

"에이, 시벌! 저리 비켜!"

딴엔 한가락 해먹던 추가가, 그래, 오냐 하고 그냥 넘어갈 리는 만무하다.

낯짝을 험상궂게 구긴 추가가 젊은 사내의 어깨를 틀어잡았다.

"이 새끼가……!"

팍!

젊은 사내의 주먹이 추가의 명치에 틀어박혔다. 어처구니없이 기습을 당한 추가는 입을 쫙 벌리고 눈동자를 위로 한껏 치켜뜨며 탁한 신음을 게워냈다.

"윽!"

추가의 배에 주먹을 쑤셔 넣은 젊은 사내가 자신의 어깨를 틀어잡고 있는 손을 떨치고 달아나려는 순간, 죽립을 쓴 천리추운 민철이 젊은 사내의 어깨를 또다시 낚아챘다.

"어딜?"

젊은 사내가 획 돌아서며 민철을 향해 또다시 주먹을 날렸다.

"넌, 뭐야?"

타, 팍!

젊은 사내의 주먹은 민철의 얼굴에 닿기도 전에 민철이 슬쩍 벌려놓은 왼팔에 막히고, 민철의 우수도(右手刀)가 젊은 사내의 왼쪽 목덜미를 빠르게 가격했다.

빡!

"컥!"

하며 탁한 비명을 토해내며 픽 쓰러진 젊은 사내가 다시 몸을 벌떡 일으켜 세울 때, 민철의 오른발이 젊은 사내의 정강이를 매섭게 걷어찼다.

팍!

앞으로 푹 꼬꾸라지는 젊은 사내.

민철이 젊은 사내의 등짝을 한 발로 지그시 밟고 있을 때, 서생 차림을 한 젊은이 셋이 민철과 젊은 사내를 에워쌌다.

한 젊은 서생이 민철을 향해 허리를 접었다.

"대인, 고맙습니다."

민철이 손끝으로 깊게 눌러쓴 죽립을 슬쩍 들어 올리며 물었다.

"대체 무슨 일이오?"

젊은 서생이 민철의 발밑에서 끙끙 앓는 소리를 내고 있는 젊은 사내를 내려다보며 사연을 이야기했다.

"이놈에게 소매치기를 당했습니다. 달포치의 유학 자금을 몽땅 털렸습니다."

소매치기 사건이라면 북새통인 장터에서 흔히 발생하는 사건사고 중 하나이다.

민철이 고개를 작게 끄덕여 보이곤 소매치기사내를 내려다봤다.

"일어나."

소매치기사내가 투덜거리며 부스스 몸을 일으켜 세웠다.

"재수 옴 붙었네. 씨!"

일어선 소매치기사내가 눈동자를 이리저리 불안하게 굴려대자, 민철이 소매치기사내를 향해 낮은 목소리를 깔아냈다.

"내놔!"

소매치기사내는 모든 것을 포기한 듯 품속에서 묵직해 보이는 전낭을 순순히 꺼내어 젊은 서생을 향해 휙 던졌다.

"옜다!"

젊은 서생이 공중에 떠 있는 전낭을 손으로 낚아채는 순간, 소매치기사내가 옆에 멀뚱하게 서 있던 추가를 확 밀치고 달아나려 했다.

젊은 서생을 따라온 두 명의 다른 서생이 달아나려는 소매치기사내를 덮치고, 민철의 손이 소매치기사내의 어깨를 다시 낚아챘다.

그것으로 끝났으면 좋았었는데, 민철 뒤에서 구경하던 구경꾼 두 명이 소매치기를 함께 잡아주겠다며 뛰어들어 민철과 함께 뒤엉켰다.

좁은 골목길, 많은 구경꾼, 모든 것은 한순간이었다.

민철의 상체가 뒤엉키며 몸부림치는 사람들에 의해 휘청거릴 때, 구경꾼으로 등장한 젊은 사내가 소매치기와 민철을 혼동했는지 돌연 허리를 휘감고 민철의 상체를 자빠뜨려 버렸다.

민철의 등 뒤에서 누군가가 어이쿠 하며 먼저 쓰러지고, 민철은 쓰러진 누군가의 몸에 발뒤축과 다리오금이 걸리며 그만 꽈당 뒤로 나자빠지고 말았다.

민철이 짜증스런 표정으로 자신의 가슴 위에 자빠진 구경꾼사내를 신경질적으로 밀쳐 내며 일어섰다.

"비켜!"

그 경황 중에서도 일어선 민철의 손은 여전히 소매치기사내의 어깨를 놓치지 않고 있었다. 구경꾼사내가 민망한 표정으로 민철의 옷에 묻은 흙먼지를 털어주려고 했다.

"이거, 죄송합니다. 도우려다가 그만……."

민철이 구경꾼사내를 한번 힐끗 흘겨봤다.

기껏 되어봐야 스무 살 전의 나이겠다. 혈기왕성한 나이이니 그 혈기를 못 이기고 뛰어들었다가 그만 실수를 한 게다.

그렇게 생각한 민철은 대수롭지 않다는 듯이 고개를 한번 주억거려 보이곤 시선을 전낭 주인인 서생에게로 돌려놓았다.

"이놈을 관아에 넘겨주겠소. 그만 가보시오."

젊은 서생이 민철을 향해 손사래를 쳐 보였다.

"아닙니다. 이 소매치기 놈은 이 바닥에서 아주 유명한 놈입니다. 족제비라면 모르는 사람이 없는 소매치기죠. 제 손으로 이 소매치기를 관아에 넘기고 관아의 판관이라도 만나서 좀 따져야겠습니다."

젊은 서생이 그렇게까지 분개해하자, 민철은 하는 수 없다며 족제비라는 별명의 소매치기사내를 젊은 서생들에게 넘겨주었다.

젊은 서생들과 소매치기 족제비가 민철의 시야에서 등을 보이며 점점 멀리 사라져 갔다.

잠시 아수라장이 되었던 골목길 안이 잠잠해질 즈음, 민철은 불현듯 이상한 기분이 들어서 자신의 허리춤을 더듬거렸다.

다행히 허리춤의 전낭은 그대로 있었다.

괜한 의심을 했다며 민철이 쓴웃음을 지어 보일 때, 건어물 가게의 노인장이 민철을 향해 뜬금없는 말을 건넸다.

"쯧쯧! 당했소이다."

민철의 의아한 시선이 노인장에게로 빠르게 돌아섰다.

"당하다니요?"

노인이 또다시 혀를 툭툭 찼다.

"쯧쯧! 족제비로 통하는 소매치기는 아까 그 소매치기가 아니라오."

놀란 민철의 두 눈이 커졌다.

"그… 럼?"

노인장이 목소리를 바짝 낮추었다.

"아까 구경하던 젊은 놈 있죠. 함께 나뒹굴었던 바로 그 젊은 놈!"

순간, 민철은 자신의 가슴팍을 더듬거렸다.

없다.

가슴속에 있어야 할 기밀 문서들이 사라졌다.

그간 귀면살수에 대해 조사한 보고서며, 북관성 제갈화평에게서 받은 북관성 성주인준허가서며 몽땅 다 사라졌다.

전낭을 잃어버렸다면 떡 사 먹은 것으로 치부해 버릴 수도 있지만, 기밀 문서는 경우가 다르다.

민철의 입에서 거친 신음 소리가 새어 나왔다.

"헉!"

오만상이 되어버린 민철이 건어물 가게 노인장을 꼬나봤다.

"어르신! 왜 이제야……?"

노인장은 쓴 입맛을 쩝 다시며 민철 옆에 서 있는 추가를 못마땅한 눈길로 한번 쓱 흘겨보곤, 민철의 난감해하는 얼굴에다가 시선을 주었다.

노인장의 뚱한 대답.

"내 맘이요!"

한편, 골목길 안에서 벌어진 한바탕의 소란을 골목 밖 한길에서 구경하고 서 있었던 가희는 구경거리가 기대완 다르게 싱겁게 끝나 버리자 옆에 딱 붙어 서서 잔뜩 주위를 경계하고 있는 왼칼에게 괜히 뚱한 소리다.

"치! 시시하게 끝나 버렸네."

그러곤 가희는 왼칼의 옷자락을 잡아당기며 얼굴을 살짝 찡그려 보였다. 가희는 저잣거리를 쏘다니며 이것저것 군것질을 하고도 뱃속이 여전히 허한 모양이다.

"나 아직 배고파. 너도 배고프지?"

왼칼의 대답은 가희의 귀엔 이도저도 아니었다.

"으……!"

第九章

그냥 조져 버려!

黑風上客

저잣거리 후미진 곳, 자그마한 주루에 두 남녀가 나란히 들어서선 빈자리를 하나 꿰차고 앉았다.

저잣거리에 바람 쐬러 나온 가희와 왼칼이다.

가희가 자신의 별당이 있는 무룡객잔으로 가지 않고 낯선 이 소궁주루(小宮酒樓)를 찾아온 이유는, 만날 먹던 음식이 아닌 좀 색다른 맛을 맛보고 싶다는 소소한 이유 때문이었다.

여자란 원래 그렇다.

별거 아닌 것에도 애써 특별한 것을 찾고 그 의미를 원한다. 그런데 특별한 것을 찾아온 곳이 기껏 남루한 주루였고, 막상 자리에 앉고 보니 주루의 분위기가 좀 께름칙하다.

건들거리는 사환의 태도며, 어수선한 잡음이며, 주루에서 풍기는 전체적인 분위기가 무언가 모르게 퀴퀴하고 어둡다.

가희가 왼칼의 얼굴을 들여다봤을 때에도, 왼칼은 무언가 잔뜩 날을 세워놓은 눈빛으로 앉아 있었다.

마치 모든 어둠을 적으로 삼고 귀를 바짝 곧추세워 웅크리고 있는 도둑고양이의 날 선 눈빛과도 흡사했다.

왼칼이 아무런 이유 없이 신경을 곤두세우고 있을 리는 없다. 그래서 가희는 수상쩍은 눈길로 주루를 한번 휘둘러보았다.

듬성듬성 앉아 있는 손님들.

도적놈 같이 생긴 상인 하나, 기녀로 여겨지는 여인과 마주 앉아 히득거리는 건달 하나…….

휘둘러보던 가희의 눈길이 한쪽 구석에서 어수선한 소란의 원인을 발견해 냈다.

소란의 원흉은 십여 명의 무인.

차림새론 전부 어떤 단체에 소속된 무인들로 보였다.

가희는 주문을 하기 위해 사환을 부르려다가 왼칼의 눈빛이 너무 벼려져 있다는 걸 확인하곤 왼칼의 의향을 넌지시 물었다.

"좀 찜찜한데, 다른 곳으로 옮길까?"

왼칼이 고개를 천천히 가로저었다.

—괜찮습니다, 아기씨.

"아냐. 너랑 기분 좋게 나왔다가 기분 잡치고 싶지 않아서 그래. 내가 안 괜찮아서 그러니 그냥 나가자. 괜히 이상한 데

들어왔나 봐. 미안해. 딴 데 가자."

가희의 속삭임에 왼칼의 눈빛은 고심하는 듯 잔잔하게 흔들렸다.

사실 왼칼은 이곳 소궁주루가 처음이 아니다.

오래전 언젠가 기회가 있어서 한번 들른 적이 있었다.

소궁주루, 이곳은 왕가방(王家幇)이라는 무림 단체의 평원 지부이다. 왕가방은 이곳 지방에서 상당히 행세를 하는 무림 단체이다. 지부만 해도 스무 곳이 넘는 걸로 알고 있다.

이곳 소궁주루도 왕가방의 지부 중에 하나다.

그러나 그 모든 것이 왼칼에겐 아무런 상관이 없다.

상관없는 게 아니라 왼칼에겐 기회의 장소이자 시간이다.

왼칼은 가희에게 자신의 존재에 대해 깊이 각인시켜 놓고 싶은 마음뿐이다. 기회의 상대가 사파 세력이라면 더 바랄 나위가 없다.

왼칼은 불안해하는 가희의 얼굴을 훔쳐보듯 살폈다.

왼칼은 두렵다.

어린 시절, 지옥 나찰 같았던 사부에게서 인성 말살을 당하면서까지 철저하게 살수로 키워졌을 때, 왼칼은 그 사부가 두려웠었고, 무시무시했던 사부의 곁을 떠나 무림에 나오고부터 세상 그 무엇도 두려운 게 없는 삶을 살아왔다.

그러다가 왼칼은 강영후라는 한 사나이를 죽음 직전에서 만나고부터 잊고 살았던 두려움을 다시 기억해 낼 수가 있었다.

죽음의 문턱에서도 일말의 두려움마저 가지지 않았던 자신이 강영후라는 사나이를 만나 재생의 삶이 시작되는 그 순간에, 두려움을 뼛속이 아리도록 느끼게 된 것은 자신이 생각해도 좀 뜻밖의 이질감이었다.

그리고 또 하나의 두려움.

바로 자신의 앞에 앉아 심란한 표정을 하고 있는 이 여인이다.

윈칼은 마주 앉은 이 여인의 숨결이 두렵고, 그 숨결에 배어 있는 향내가 두려웠다. 다가오는 말 한마디 한마디마다 조심조심 가슴을 졸여야 했을 만큼 이 여인이 윈칼은 두려웠다.

옷깃이라도 슬쩍 스치면 가슴이 바람맞은 문풍지처럼 떨렸고, 나란히 걷다가 손끝이라도 옷깃에 닿으면 머릿속이 섬뜩하고 찌릿했으며, 자신의 몸에 여인의 하얀 손길이 아무렇지도 않게 다가올 땐 핏줄기마저 동파(凍破)되어 버릴 듯이 몸이 굳어버리곤 했다.

하지만 그 모든 것은 자신이 예전에 알고 있던 고통과는 전혀 다른 의미의 고통이었다.

스스로 철(鐵)의 심장에서 흘러나온 철의 핏물로 움직이고 살아가는 인간이라 자부해 왔는데, 한 여인 앞에만 서면 첫눈 쌓인 아침을 맞이한 아이와 별반 다를 것이 없어져 버렸다.

그랬다.

거친 무인의 삶을 살아가는 사내에게 여인이란 한낱 스쳐 지나가는 풍경이라고 생각하며 살아왔는데, 그 견고한 신념이 한순간 가희라는 이름의 칼날에 참수되어 주검으로 널브러져 버렸다.

악귀보다 더 지독했던 사부라는 자가 어린 자신의 목구멍에 지독한 약물을 적신 헝겊을 디밀어 넣어 벙어리로 만들어놓았다.

그때가 아마도 왼칼이 열두어 살 무렵이었지 싶다.

사부는 왼칼을 벙어리로 만들어놓고 히죽 웃으며 이렇게 말했다.

"무인은 절대 비겁해선 안 된다. 사내는 입이 있어서 비겁해진다. 그래서 내가 너의 입을 없애 버리는 것이다. 알겠느냐?"

어쨌거나…….

두려움.

왼칼은 그 두려움에서 시선을 슬며시 돌려놓았고, 오랜 침묵이 가희에겐 고집으로 받아졌나 보다.

가희가 왼칼의 반응을 기다리다 지쳐 소리를 질렀다.

"여기, 주문 좀 받아요!"

여인의 목소리치곤 너무 당당한 외침이었으니 주루 손님들의 귀엔 그것이 당돌하게 들렸나 보다.

그럴 수도 있겠다.

사환의 시선은 물론이고 모든 시선이 가희에게로 몰려들었다. 제풀에 머쓱해진 가희는 제일 먼저 주루 구석에 모여서 떠들어대던 무인들의 눈치부터 슬쩍 살폈다.

역시나 가희 쪽으로 관심을 가지며 숙덕거리고 있는 무인들.

이왕 터뜨려 놓은 목소리였으니 가희는 무인들이 자신의 얼굴을 힐끗거리며 숙덕거리든 말든 상관치 않고 또다시 목청을 높였다.

"여기 주문 안 받을 거예요?"

재차 이어진 가희의 고함 소리에 중년 나이의 사환이 능글맞은 웃음을 지어 보이며 다가와선 주문은 받지 않고 한참 동안 가희의 얼굴만 뚫어져라 쳐다봤다.

중년 사환은 가희의 묘한 미색에 잠시 정신머리를 놓쳐 버렸나 보다.

가희가 사환의 얼굴을 노려보며 톡 쏴붙였다.

"왜 그래요?"

중년의 사환이 당황해하며 말을 더듬거렸다.

"아, 아닙니다. 뭘 좀 차려 드릴까요?"

가희가 반문했다.

"뭐가 제일 맛있어요?"

"우리 집에서 가장 자신있는 것은 짚불에 구운 오리 요리지요. 짚불의 향기와 함께 살짝 탄 껍질은 바삭하고 속살은 쫀득하며……."

가희가 수선스런 사환의 말을 싹둑 잘라먹었다.

"됐어요. 그걸로 줘요!"

머쓱해진 사환이 돌아서선 주방을 향해 과하게 큰소리다.

"구운 오리 한 마리요! 잘 구워달랍니다!"

중년의 사환은 부탁하지도 않은 말까지 덧보태어 주방에다가 전해놓곤, 십여 명이 모여 있는 무인을 향해 걸어가 버렸다. 그러곤 가희가 있는 자리 쪽을 힐끗거리며 무어라 무인들에게 말을 섞고 있었다.

가희는 중년 사환의 행동을 놓치지 않고 살피고 있다가 쓴 입맛과 함께 왼칼에게 시선을 돌려놓았다.

께름칙한 심사와는 달리 왼칼을 바라보는 가희의 얼굴엔 화사한 웃음이 번져 있었다.

"술도 한잔 시킬까? 사내들은 기름진 음식엔 술이 꼭 있어야 하잖아. 한잔 사줄게. 어때?"

가희는 왼칼에게 술을 한잔 먹여놓고 싶었다. 그런데 왼칼은 고개를 가로저었다.

실망한 가희가 조르듯 얼굴을 내밀었다.

"왜?"

왼칼은 여전히 고개만 가로젓는다.

가희는 왼칼의 얼굴을 슬며시 흘겨보며 뾰로통한 목소리로 따졌다.

"왜 그래? 술을 못 마시는 거야?"

왼칼이 고개를 끄덕였다.

가희는 실망한 눈빛으로 왼칼의 외면한 눈길을 노려봤다.

"치! 뭐야, 사내가 술도 한잔 못 마시고?"

가희의 투정 같은 면박에도 왼칼의 외면한 시선은 되돌아오지 않았다.

가희는 왼칼에게서 무슨 큰 결함이라도 발견한 듯 집요하게 캐물었다.

"원래 술 못 마셔? 그런 거야?"

왼칼이 다시 고개를 주억거렸다.

한 번도 술을 마시지 않았다. 마시고 싶어해 본 적도 없다. 앞으로도 마실 생각이 전혀 없다.

왼칼이 가희의 따가운 시선을 느끼고 있자니 심심해진 가희의 입이 참새처럼 종알거리기 시작했다.

어쩌다가 팔자에 없는 벙어리가 되었느냐, 형님은 어떻게 알게 되었느냐, 고향은 어디며 부모님은 뭐 하시는 분이며 살아 계시기는 하느냐, 사람이 태어나면 귀천과 상관없이 당연히 이름 석 자 정도는 가지고 태어나는데 왜 이름을 밝히지 않느냐…….

가희의 입에선 왼칼에 대한 궁금증이 쉬지 않고 쏟아져 나왔고, 왼칼은 묵묵히 주루 입구 쪽만 쳐다보고 있었다.

답 없는 질문에 먼저 지쳐 버린 쪽은 가희다.

잔인할 만큼 과묵할 수밖에 없는 사내 앞에서 울상이 되어 버린 가희의 귀에 사내의 굵직한 목소리가 이물질처럼 끼어들었다.

"어이! 내가 갖다 줄게!"

가희는 목소리가 난 쪽을 슬쩍 쳐다봤다.

중년 사환이 주문한 오리 요리를 받쳐 들고 나오는데, 무인

하나가 중년 사환에게서 오리 요리를 뺏어 자신이 직접 들고 가희가 앉은 식탁 쪽으로 성큼성큼 다가오고 있었다.

가희의 눈살이 사르륵 찌푸려졌고, 왼칼의 시선은 주루 입구에 여전히 머물며 가희의 언짢음을 감지해 내고 있는 듯했다.

"여기 있소."

식탁 앞에 다가온 무인이 노릇하게 구워진 오리 요리를 식탁 위에 소리가 나게 탁 내려놓았고, 가희의 시선이 무인의 얼굴로 빠르게 옮겨졌다.

삼십대 초반쯤.

사내의 얼굴은 취한 듯 불콰해져 있었고, 몸에서도 술내가 풀풀 풍겼으며, 근자에 싸움을 벌였던지 한쪽 입꼬리에 검붉은 피딱지가 눌어붙어 있었다.

가희는 제법 뜨거워 보이는 오리 요리 쪽으로 시선을 다시 돌려놓곤 젓가락 한 모를 챙겨 왼칼 앞에다가 가지런하게 놓아주곤 자신도 젓가락 한 모를 챙겨 손에 쥐었다.

가희의 목소리는 청명했다.

"먹자."

왼칼의 시선이 가희에게로 돌아왔다. 하지만 왼칼은 젓가락을 들지 않았다.

가희가 잘게 썰어놓은 고기 한 점을 집으며 왼칼을 슬쩍 쳐다봤다.

"뭐 해, 안 먹고?"

왼칼은 대답이 없고 옆에 지키고 섰던 무인이 불쑥 끼어들었다.

"아가씨, 초면인데 어디서 오셨소?"

가희는 피딱지무인에게 눈길도 주지 않고 냉랭한 목소리로 반문했다.

"왜요?"

"너무 예뻐서 묻는 거잖소!"

"당신 눈에 예뻐 보이려고 이렇게 예쁘게 태어난 건 아니니까 그만 신경 끄세요."

가희의 당돌한 대답에 피딱지무인은 흠칫했는지 잠시 할 말을 잃고 있다가 뒤늦게 짐짓 호탕한 척 소리 내어 웃었다.

"으하하하! 참 재밌는 아가씨구려! 이렇게 서로 말문을 튼 것도 큰 인연인데 우리 저쪽으로 가서 합석이라도……."

피딱지무인은 말끝을 맺지 못했다.

왼칼의 눈빛과 마주친 것이다.

생쥐가 독사와 눈이 딱 마주쳤을 때, 정수리에서부터 발끝까지 번지는 전율에 입과 몸이 굳어버린다.

피딱지무인의 지금 상황이 생쥐의 경우와 다를 바가 없었다.

흠칫 놀란 피딱지무인은 잠시 멍하게 서 있다가 슬쩍 동료들 쪽으로 눈길을 돌려놓았다. 속사정을 알 길 없는 동료들의 눈길은 오랜만에 한탕 해주리라는 기대감이 가득했다.

피딱지무인은 귀밑머리 아래로 식은땀이 송골송골 배어 나왔으나 체면상 그냥 물러설 수는 없었다.

피딱지무인이 슬쩍 물러나는 척하며 가희의 등짝으로 손이 갔다.

"맛있게들 드시고 좀 있다가……."

피딱지무인은 가희의 등을 한번 토닥거리거나 쓰다듬는 것으로 동료들에게 체면치레를 하려고 했나 보다.

하지만 그것은 자신만의 우둔한 생각.

팟!

"컥!"

소리와 함께 피딱지무인이 비칠비칠 뒷걸음질을 쳤다.

피딱지무인의 오른팔 오금을 관통한 나무젓가락 한 짝.

팔오금을 관통한 젓가락 끝자락을 타고 붉은 핏물이 줄줄 흘러내렸다.

피딱지무인이 왼칼을 노려보며 누런 이를 드러냈다.

"이, 이런… 썅!"

왼칼이 자리에서 일어섰다.

피딱지무인의 두 눈은 왼칼이 일어선 것만을 확인했다.

불행히도 그것이 피딱지무인의 한계였다.

팡!

왼칼의 오른발이 피딱지무인의 가슴팍에 날아가 꽂히고, 피딱지무인의 몸은 저단치 튕겨져서 빈 식탁 위로 떨어지며 애먼 식탁만 박살을 내놓았다.

쿵!

콰지직!

구석 자리에 있던 동료 무인들이 일제히 병장기를 뽑아 들며 앞으로 튀어나왔다.

"뭐야!"

왼칼의 손이 앞으로 뿌려졌다.

핑!

제일 앞서 달려나오던 무인의 한쪽 허벅지에 나머지 젓가락이 날아가 박히며 무인은 꼴사납게 앞으로 푹 꼬꾸라졌다.

"윽!"

연이어 동료가 둘이나 널브러지자, 나머지 무인들이 양 갈래로 빠르게 갈라서며 달려왔다.

가희가 일어서 왼칼의 옷자락을 급하게 잡아당겼다.

"씨! 내가 이럴 줄 알았어! 그냥 가자!"

하지만 가희의 바람은 그냥 바람일 뿐이었다.

가희와 왼칼의 퇴로를 차단한 무인이 셋.

마주 보며 대치한 무인이 여덟.

그중 한 무인이 소리쳤다.

"전부 나가! 오늘 장사 끝이야!"

몇몇 손님들이 사태의 심각성을 깨닫고 급하게 달아났다. 손님들이 다 달아나자 퇴로를 차단하고 있던 무인 하나가 주루의 문을 굳게 닫곤 그 앞에 버티고 서선 포악하게 인상을 썼다.

"이 연놈들! 오늘 다 뒈졌어!"

그때,

쾅!

닫아놓았던 주루 문짝이 폭발하듯 부서지며 한 사내가 주루 안으로 쓱 들어섰다.

죽립을 깊게 눌러쓴 사내.

입구를 가로막고 있던 무인이 죽립의 사내를 향해 으르렁거렸다.

"넌 또 뭐야?"

죽립사내의 대답은 이랬다.

팡!

죽립사내의 주먹이 무인의 가슴팍에서 폭발했다. 정통으로 가슴팍을 내어준 무인의 몸은 두 발이 공중으로 붕 떠올랐다가 저만치까지 날아가 육중한 소리로 떨어졌다.

쿵!

짐짝처럼 날아가 떨어진 무인은 단말마의 비명도 없이 곧바로 주검이 되어버렸다.

이런 걸 두고 흔히 즉사라고도 한다.

그 순간 죽립의 사내가 가희에게로 다가와선 대뜸 가희의 손목을 낚아챘다.

"가자!"

강영후의 목소리에 가희가 놀라 입이 스르륵 벌어졌다.

"오… 빠?"

죽립을 슬쩍 들어 올린 영후는 그늘진 얼굴로 가희의 당혹한 얼굴을 노려봤다.

"인석아, 너는 늘 사고구나?"

가희는 딴엔 억울하여 울상이다.

영후의 시선과 왼칼의 시선이 마주쳤다.

왼칼이 눈빛으로 영후에게 물었다.

—형님, 어찌할까요?

영후가 가희를 주루 밖으로 끌 듯 데리고 나가며 왼칼에게 차갑고 무심한 대답을 남겼다.

"그냥 조져 버려!"

영후와 가희가 주루 입구 쪽으로 걸어나가자, 감히 두 남녀의 앞길을 막아서는 자가 없었다.

급속하게 얼어붙은 주루의 공기.

홀로 남은 왼칼의 눈동자는 흔들림이 없었으나, 왕가방의 여남은 무인들의 눈동자가 오히려 걷잡을 수 없이 흔들리기 시작했다.

왕가방의 무인들은 난감하고 당혹스러웠다.

적의 옷깃 한번 스쳐 보지 못하고 지금까지 세 명의 동료가 널브러져 버렸다. 장난으로 시작한 단순하고 우발적인 시비가 이젠 목숨을 내놓고 칼끝을 디밀어야 할 상황으로까지 내몰렸다.

한 무인이 주루 이층으로 통하는 나무 계단 쪽을 애틋한 눈길로 힐끗 올려다봤다. 주루 이층으로 향한 눈빛이 누군가를 고대하는 눈치였다.

왼칼이 뒤를 힐끔 돌아보자 퇴로를 막고 있던 두 명의 무인이 퇴로 차단의 막중한 임무마저 은근슬쩍 포기하고 슬금슬금 게걸음질을 하며 동료 무인들과 한데 뭉쳐 버렸다.

적의 퇴로를 막는 것은 전세가 유리할 때나 하는 짓이다. 지금처럼 생과 사가 아슬아슬한 시기엔 동료들과 한군데 아우러져, 있는 듯 없는 듯 파묻혀 있는 게 오히려 살아남을 확률이 높다는 계산이었나 보다.

오합지졸이 달리 오합지졸인가.

윈칼은 그런 오합지졸을 상대로 오래도록 대치하며 시간을 헛되이 보낼 생각이 눈곱만치도 없다.

오지 않으면 가는 거다.

윈칼의 한 발에 여남 명의 무인들은 움찔거리며 한 발 물러섰다. 또 한 발 다가가자 또 한 발 물러서 버리니 윈칼의 발끝은 참지 못하고 폭발하고야 만다.

타, 닷!

쥐도 궁지에 몰리면 고양이를 물려고 덤빈다고 했다.

그것은 공포가 낳은 기이한 용기다.

한 무인이 장하게 마주 뛰어나와 신형을 허공에 띄우며 손에 들린 장검을 대각으로 그었다.

슷!

바람에 휘청거리는 억새처럼 윈칼의 상체가 칼바람에 슬쩍 뒤틀리는가 싶더니, 윈칼의 우수도(右手刀)가 상대의 오른쪽 어깻죽지와 빗장뼈 사이를 빠르게 치고 빠져나왔다.

빠각!

아작 나는 뼈다귀 소리와 함께 무인의 몸뚱이는 허공에서 뱅글 돌며 저만치 날아가 쿵 하고 떨어지고, 내리그었던 장검은 주인의 손아귀에서 이탈하여 마룻바닥에 날카로운 쇳소리로 내리꽂혔다.

팟!

동료 하나가 눈 깜짝할 사이에 또 작살이 나버리자 무인 하나가 숨통이 아주 답답했던지 입을 스르륵 벌려 탁한 신음 소리를 흘려냈다.

"흐… 읏!"

저승사자에게 혼백이 빨린 듯한 동료의 신음 소리에 다른 무인 하나가 죽기 아니면 까무러치기라는 생각에서인지 비명과도 같은 괴성을 지르며 신형을 솟구쳐 올렸다.

"우, 아악!"

극한 상황에 처하면 왕왕 미친 짓도 하게 마련이다.

박도(朴刀)를 양손으로 틀어잡은 무인은 왼칼의 정수리부터 가랑이 사이를 일도양단시킬 기세로 칼날에 모든 체중을 실어 박도를 내리찍었다.

슈웅!

쏟아져 내리는 물줄기를 베듯 칼바람을 쪼개고 들어오는 또 하나의 칼바람.

하지만 칼바람을 베는 또 다른 칼바람엔 번쩍이는 찰나의 섬광은 있었으나 궤적을 긋는 칼바람 소리는 결코 없었다.

탄지경이 찰나처럼 지나갔다.

"윽!"

짤막한 단말마가 터지고,

쿵!

육중한 소리를 내며 주검이 마룻바닥에 떨어지고서야 허공에서 핏줄기가 길게 뿌려졌다.

잠시 정지된 시공(時空).

왼칼의 오른손엔 주인을 잃고 바닥에 꽂혀 있던 장검이 들려져 있었다.

허리 옆 수평으로 쫙 벌려놓은 장검이 왼칼의 손아귀에서 맥없이 바닥으로 떨어졌다.

한 칼에 한 목숨을 취했으면 족하다.

철커덩!

차가운 금속성이 주루에 울리자 남은 무인들의 어깨는 자신들의 간담이 바닥에 툭 떨어져 내린 듯이 움찔 놀랐다.

왕가방의 남은 무인의 수는 이제 열 명.

십 대 일의 싸움이라면 해볼 만한 장사임에도 열 명의 무인은 하나같이 칼끝에 당찬 기운을 실어내지 못하고 있었다.

헛세월 보내듯 마냥 기다릴 수 없는 왼칼은 무인들의 무딘 칼끝이 많이 섭섭하고 탐탁잖다.

그래서 왼칼의 왼손은 그러지 않아도 될 일에 패도의 도파에 얹히고야 만다.

왼칼의 오른쪽 허리 뒤에 걸려 있던 도초(刀鞘)에서 칼의 비린 소리가 을씨년스런 마찰음을 울리며 빠져나오고,

스르렁!

그제야 왕가방의 무인은 생과 사의 선택을 하기 위해 손아귀에 힘을 집어넣었다.

오금이 저리도록 바짝 긴장한 무인 하나가 방정맞게 마른침을 삼켰다.

꼴깍!

왼칼의 패도가 섬광을 작렬시켰고,

파, 파파팟!

죽립을 깊게 눌러쓴 사내와 방립에 달린 검은 면사를 어깨까지 늘어뜨려 얼굴을 가려놓은 여인이 골목길을 막 빠져나왔다.

소궁주루에서 빠져나온 영후와 가희다.

영후는 가희를 무룡객잔 별당으로 데리고 가서 이곳을 뜰 채비를 할 참이었다. 무언가가 두렵고 뒤가 켕겨서 떠날 생각을 한 것은 아니었다.

괜히 미련하게 뭉그적거리다가 신분이라도 노출되면 이곳에 상주하는 여러 사람의 처지가 돌이킬 수 없는 상황에까지 내몰릴 수 있다는 생각에서 떠날 생각까지 하게 된 것이다.

어차피 해빙의 시절이니 나서야 할 시기도 되었다.

영후와 가희의 바쁜 발걸음이 누군가의 거친 호흡에 가로막혔다. 두 사람 앞을 가로막고 선 사람은 홍화기루 주방장의 아들 진이다.

진은 주위부터 힐끗힐끗 살피곤 숨이 목까지 차오른 목소리로 속살거렸다.

"혀, 형님! 문제가 생겼습니다."

영후는 잡고 있던 가희의 손목을 슬며시 놓으며 급하게 달려온 사유를 진에게 물었다.

"문제라니?"

"이곳에 혈마령주(血魔令主)가 나타났습니다."

진의 복명에 흠칫 놀란 영후는 주위의 시선을 무시하고 깊게 눌러쓴 죽립을 벗었다.

영후의 얼굴은 경직되어 있었고, 눈빛엔 파란 인광이 불길처럼 피어올랐다.

"혈마령주가 이곳에 나타났다는 것을 어찌 알았느냐?"

"추의당 당주 민철의 품에서 빼내온 기밀 문서에 혈마령주의 동선에 대한 보고서가 있었습니다. 혈마령주는 분명히 이곳에 있습니다."

민철의 품에서 빼내온 기밀 문서라면 소매치기 족제비가 민철의 관심을 딴 곳으로 돌려놓기 위해 훔쳐 낸 문서일 것이다.

그렇다면 틀림없다.

혈마령주는 이십여 년 전에 무림 공적으로 몰렸다가 세상의 이목에서 홀연히 사라졌던 희대의 마인, 오마령주(五魔令主)의 일원이다.

혈마령주는 이십여 년 전에 내분으로 와해되어 버린 숭마문(崇魔門)의 다섯 영주(令主) 중에 두 번째 서열이었으며 왼칼을 살수로 키워낸 장본인이기도 하다.

혈마령주 견자강(甄滋剛)이 왼칼의 사부라는 말이 된다.

수년간 생사마저 알려지지 않았던 노괴물이 이곳에 불쑥 나타났다는 것을 단순한 우연으로 보기엔 너무 기묘한 일이 아닐 수가 없다.

어떤 식으로든 왼칼에 대한 정보를 입수한 혈마령주가 자신의 영향력에서 이탈한 왼칼을 노리고 이곳에 나타났을 수도 있다.

영후가 다급하게 물었다.

"자우에게선 아직 연락이 없더냐?"

자우라면 무언가 알고 있는 것이 있을 것 같아서 물었으나 진은 고개를 가로저었다.

"자우 형님의 소식은 아직……."

슬쩍 이맛살을 구기던 영후는 손에 들린 죽립을 진의 머리에다가 씌워주곤 빠르게 몸을 돌려세웠다.

"넌 아기씨를 뫼시고 충악산(忠岳山)으로 먼저 떠나라."

칼끝에선 찐득한 핏물이 점액처럼 주르륵 흘러내렸고, 주루 바닥은 발길을 내딛기가 미끄러울 만큼 핏물이 진창처럼 번져 있었다.

목숨이 붙어 있는 왕가방의 무인은 단 두 명.

전의를 완전히 상실한 무인 하나가 왼칼의 야차와도 같은 눈빛을 받으며 주춤주춤 뒷걸음질을 치더니 결국 손에 든 칼마저 바닥에 툭 떨어뜨리곤 곧장 등을 보였다.

왼칼의 시선이 주루 이층으로 통하는 계단을 향해 달아나는 무인에게 쏠려 있는 틈을 노리고 다른 무인이 암습하듯 왼칼을 덮쳤다.

왼칼은 무인의 칼날에서 슬쩍 등을 보이며 피하는 동시에 각을 세운 오른쪽 팔꿈치를 무인의 목덜미 안으로 박아 넣으며 울대뼈를 박살 내놓았다.

빠각!

"꺼, 꺽!"

무인은 아스라진 울대뼈와 목뼈로 기이한 신음을 흘려내며 천천히 뒤로 널브러졌다.

쿵!

죽음의 여운 소리가 채 사라지기도 전에 왼칼의 시선이 빠르게 계단 쪽으로 향했다.

이층이 유일한 활로라며 달아났던 무인이 어쩐 일인지 뒷걸음질을 하며 도로 계단을 내려오고 있었다.

계단 아래까지 떠밀리듯 뒷걸음질을 친 무인이 무르팍이 깨어져라 털썩 부복하며 어깨를 와들와들 떨어댔다.

왼칼의 시선이 다시 계단 위쪽으로 향했다.

검은 장포를 입은 중년인 하나가 계단을 밟으며 천천히 내려와선 왼칼의 얼굴을 삐딱한 눈길로 꼬나보며 이죽거렸다.

두꺼비를 연상케 하는 인상을 가진 이자는 왕가방의 지부장인 와상검(蛙像劍) 마동성(馬棟盛)이다.

"진즉에 내려와서 손님치레를 했어야 하는데, 하필 귀하신 어른신이 내방하시는 바람에 대접이 소홀하여 미안하이! 위에 계시는 어르신이 한사코 자네의 실력이나 좀 구경하자시기에 어쩔 수 없이…쩝!"

마동성의 너스레는 쓴 입맛을 다시는 것으로 끝이 났다.

왼칼은 별것도 아닌 마동성이 자신 앞에 저렇듯 여유를 부릴 수 있다는 것이 의아하여 마동성의 입을 통해 드러난 귀한 어르신이란 자의 정체가 궁금해졌다.

왼칼의 시선이 슬쩍 계단 이층 쪽으로 다시 향했고, 때를 맞춰 거친 발소리와 함께 계단을 밟아 내려서는 검붉은 가죽 단화가 왼칼의 시선 속으로 와락 들어왔다.

그 검붉은 가죽 단화를 확인한 왼칼은 무언가에 몹시 놀란 표정으로 낮은 신음 소리를 토해내며 주춤주춤 뒤로 물러섰다.

"으……!"

깡마른 체구에 나이를 짐작할 수 없을 만큼 얼굴에는 수많은 주름살이 흉하게 덮여 있었다.

길게 쭉 째진 눈매, 매부리코, 얇팍한 입술과 날카로운 하관, 울대 아래까지 내려온 은빛의 수염과 등허리까지 길게 늘어뜨린 은빛의 머리카락.

괴노인의 은빛 머리카락이 살아 있는 실뱀처럼 한 번씩 너울너울 휘날렸다.

괴이한 노인이 파리하게 질려 있는 왼칼의 얼굴을 지그시 노려보며 쇳소리 같은 목소리로 으르렁거렸다.

"개놈아! 주인을 봤으면 반갑다며 꼬리를 흔들든지, 아니면 살려달라 짖기라도 해야지!"

왼칼은 핏물에 젖은 칼끝을 천천히 들어 올리며 두려움에서인지 아니면 분노에서인지 아래턱을 벌벌 떨었다.

"으! 으… 으!"

은발의 괴노인이 왼칼을 향해 피비린내보다 더 비릿한 미소를 지었다.

"이 개놈이, 이젠 키워준 주인도 몰라봐?"

『흑풍비객』 2권에 계속…

도서출판
청어람